Sur l'auteur

John Wainwright (1921-1995) est né dans le Yorkshire. Il quitte l'école à 15 ans, et s'engage dans l'aviation anglaise où il devient canonnier lors de la Seconde Guerre mondiale. Il travaille ensuite dans la police d'investigation, ce qui nourrira durablement son œuvre. Parallèlement, il reprend des études et obtient un diplôme de droit en 1956. Il quitte son poste dans la police en 1966 pour se consacrer entièrement à l'écriture. Très prolifique, il a écrit 83 ouvrages et de nombreuses nouvelles. Son roman *À table !* est publié par la « Série noire » et adapté au cinéma en 1981 par Claude Miller avec Michel Serrault et Lino Ventura, sous le titre de *Garde à vue*.

JOHN WAINWRIGHT

LES TROIS MEURTRES DE WILLIAM DREVER

Traduit de l'anglais
par Clément Baude

SONATINE ÉDITIONS

Titre original :
The Distaff Factor

Éditeur original : Macmillan London
© John and Avis Wainwright, 1982.
© Sonatine Éditions, 2022,
pour la traduction française.
ISBN 978-2-264-08188-9
Dépôt légal : février 2024

UN

La justice traite les hommes comme s'ils étaient les mêmes à jeun ou après un bon dîner, au repos, en pleine euphorie, ou surmenés, ou après une dispute conjugale. Non seulement chacun est un cas particulier, mais il faudrait l'étudier à chaque heure, à chaque minute de chaque journée[1].

Georges Simenon,
Quand j'étais vieux

---

1. Georges Simenon, *Quand j'étais vieux*, in *Tout Simenon*, tome 26, Presses de la Cité, « Omnibus », 1993, p. 156.

Elle ne pouvait pas oublier les yeux. Le reste n'était que brouillard. Hormis les yeux, tout avait été flou. Vague. Indistinct. Portait-il son costume marron ? Sa chemise blanche et la cravate marron assortie ? Ses cheveux étaient-ils bien peignés ou alors, comme si souvent par le passé, les avait-il laissés lâches, indifférent à son apparence ? Elle ne savait pas. Elle ne se rappelait pas. Peut-être n'y avait-elle même pas fait attention.

Ce qui s'était dit ? Même chose que pour le décor. Un brouhaha lointain, comme si elle n'avait pas été là, mais avait écouté d'une autre pièce. Le représentant du jury : si elle avait compris le fond de sa pensée, les mots précis, en revanche, lui étaient passés au-dessus. Le sermon du juge, l'énonciation du verdict, les murmures et les mouvements quand la cour s'était levée et que les trois magistrats avaient quitté la haute estrade. Puis la bousculade, la main délicate de l'avocat alors qu'il l'accompagnait hors de la salle et dans les couloirs. La foule des journalistes quittant le tribunal, les échanges furieux lorsque l'avocat et son assistant s'étaient frayé un chemin jusqu'à la voiture.

Rien. Rien de clair. Rien dont elle ait gardé le *souvenir*. Rien qu'elle puisse dire à Anne ou à Robert. Rien... Pourtant, ils voudraient savoir. Cet homme était leur père, donc ils voudraient savoir. Et elle serait incapable de leur répondre, car la seule chose dont elle se souvînt vraiment, c'étaient les yeux.

D'une voix douce, Rouse dit :

« C'est terminé, madame Drever. Détendez-vous un peu. C'est terminé.

— Bleus. Un vrai bleu de bleuet. »

C'était sa voix qui prononçait les mots. Instinctivement. Pas par un effort conscient de sa part. Ils n'étaient que l'écho de ce qui dominait son esprit.

L'avocat fronça les sourcils.

« Je vous demande pardon ?

— Les yeux d'un enfant, répondit sa voix. Quarante-cinq ans, mais les yeux d'un enfant. Les enfants ont les yeux de cette couleur. Souvent. Les adultes, rarement. Mais *lui*, oui. Les yeux d'un petit garnement qui demande à être pardonné.

— Madame Drever. »

Rouse, l'avocat, s'éclaircit la gorge. Dans ce genre de moments, sa tâche était ingrate. Mais il avait choisi de se spécialiser dans le droit pénal et cela faisait partie du travail. Très délicatement, il tendit la main et referma ses doigts autour de celle, gantée, de la femme de son client.

« Madame Drever, vous devez regarder les choses en face. Il a été condamné. L'honnêteté m'oblige à reconnaître que ça ne m'a pas surpris.

Quand il recouvrera la liberté, il sera vieux. Il...
Il a toujours insisté pour que nous acceptions le
verdict. Pas d'appel. Il *faut* regarder les choses
en face. »

Elle bascula légèrement la tête en arrière et plaqua sa nuque contre le cuir frais du siège. Elle
entendait les mots. Elle les comprenait. Mais les
yeux continuaient d'occuper ses pensées.

« Du repos, continua Rouse. Un long repos. Dans
un lieu calme. Intime. Quelque part où vous pourrez progressivement digérer ce qui s'est passé. »

Ils l'avaient surnommé « Jack l'Imitateur ».
À l'époque où ils ne connaissaient pas son
nom. Avant qu'il ait été identifié comme étant
William Archibald Drever. La presse, les mar-
chands de panique, les amateurs de sensations
fortes, les plumitifs malfaisants dont les formules
immondes servaient à choquer. « La Panthère
noire ». « L'Éventreur du Yorkshire ». Et maintenant, « Jack l'Imitateur ».

« Vous avez des amis quelque part ? demanda
Rouse. Des connaissances, peut-être ? Un endroit
calme et à l'écart. Un mois, peut-être. Deux mois.
Le temps d'oublier. Le temps de reprendre votre
vie en main. »

Mais c'était William. *Pas* Peter William Sutcliffe. *Rien à voir* avec Peter William Sutcliffe.
Pas un calque. Pas une résurrection. Il était plus
vieux... beaucoup plus vieux. Il n'avait pas prétendu entendre des voix. Il n'avait pas commis
les mêmes erreurs que Sutcliffe. Les trois filles
étaient des prostituées – condamnées et pourries
par la maladie. *Rien à voir* avec Sutcliffe. Ni dans

l'apparence, ni dans le mode de vie, ni même dans le *modus operandi*. Alors pourquoi diable « Jack l'Imitateur » ?

Les doigts de Rouse se crispèrent un peu.

« J'essaie de vous aider, madame Drever. Pour le moment, vous avez *besoin* d'aide.

— Combien de temps… »

La fin de sa question resta coincée dans sa gorge, menaçant de l'étouffer. Elle contempla le plafond de la voiture. Les premières larmes coulèrent. Les premiers signes de tremblement agitèrent son corps.

« Vingt ans, sans doute moins. » Rouse sentit la main gantée se transformer peu à peu en un poing serré. « Il n'est pas bon d'esquiver la vérité, madame Drever. Sans doute moins. Il y a des chances que ce soit moins. Mais tablez sur vingt ans. Et agissez en fonction.

— En fonction ?

— Vous avez la vie devant vous. Quarante-trois ans ? Vous êtes une femme relativement jeune… Dans la fleur de l'âge. » Il s'interrompit avant de reprendre. « C'est ce qu'il voudrait. Croyez-moi. J'ai appris à le connaître. Il voudrait que vous ayez des projets. »

C'était l'assistant de l'avocat qui conduisait. Un automobiliste prudent. Trop, peut-être. Assez pour agacer ceux qui le suivaient. Assez pour causer un accident sans y être impliqué.

« Il a *dit* ça ?

— Pas en ces termes. Mais c'est ce qu'il voudrait. »

Le rond-point marquait le début de la banlieue. Le début du quartier résidentiel, qui allait peu à peu se clairsemer, laisser place à un paysage de campagne ouverte, et ce jusqu'à Beechwood Brook.

Les larmes coulaient abondamment. La digue cédait et l'impossible pression s'évacuait. Accompagnée de tremblements, aussi. Comme si elle avait de la fièvre. Mais ça faisait du bien – d'une manière étrange, psychologique –, et parce que ça faisait du bien, parce que ce poids colossal semblait progressivement se soulever de ses épaules, elle se sentait coupable. Honteuse. Elle était sa femme. Ils partageaient beaucoup… *Tout*. Le bien, le mal… Tout. Le bien, le mal. Toujours deux moitiés, toujours à parts égales. Mais cette chose-là, elle *ne pouvait pas* la partager. Elle le laissait tomber. Elle devrait…

« Une nouvelle vie. » Rouse se faisait plus téméraire. Il choisissait ses mots avec moins de tact. « Vous êtes une secrétaire diplômée. Sténographe. Vous trouverez du travail sans problème. Accordez-vous, disons… un peu de temps. Pour guérir. Pour construire une nouvelle vie. Pour l'oublier.

— Comme ça, en un claquement de doigts ? soupira-t-elle.

— Ce ne sera pas facile, concéda Rouse. Après vingt-trois ans de mariage. Je sais que ce ne sera pas facile. »

Toujours tremblante, toujours les yeux rivés sur le plafond de la voiture, laissant toujours les larmes rouler sur ses joues, elle lâcha :

« Allez vous faire voir. »

Parce que les médecins étaient synonymes de maladie, et parce qu'elle ne voulait pas admettre que son état actuel s'en approchait, elle avait refusé qu'on appelle un médecin. Rouse le lui avait conseillé mais n'avait pas insisté. S'entendre dire « Allez vous faire voir » alors qu'il faisait tout pour aider et réconforter l'avait froissé. Il avait *fait* de son mieux face à ce qui était, depuis le début, une cause désespérée. On aurait pu s'attendre à quelques remerciements, quelques signes de gratitude. Au lieu de ça… « Allez vous faire voir. »

Eh bien soit.

Il l'avait aidée à sortir de la voiture, escortée le long des badauds et des journalistes, accompagnée jusqu'au bout de l'allée, puis dans la maison. En réalité, il l'avait confiée à sa grande sœur. Il s'était déchargé d'une responsabilité qui, à proprement parler, n'était pas la sienne.

« Je pense que vous devriez appeler un médecin.

— Oui, je le ferai.

— Je n'ai *pas besoin* d'un médecin ! »

Et ce, malgré le tremblement constant et les larmes qui coulaient toujours sur ses joues sans qu'elle le remarque. Les mots étaient sortis presque comme un crachat à travers ses dents serrées.

Elizabeth – Elizabeth Stewart, la grande sœur – avait laissé un sourire morne et las gagner ses lèvres.

Rouse avait haussé les épaules et murmuré :

« Je… Je vous la laisse. Si vous avez besoin de quoi que ce soit, vous avez le numéro de mon bureau. »

Sur ce, il était reparti.

Elle avait attendu que la porte soit refermée.

« Je n'ai pas besoin d'un médecin, Liz.

— Si tu le dis.

— C'est le choc. Voilà ce que c'est – pour l'essentiel : le choc.

— Oui. J'imagine.

— Tu as entendu le verdict ? »

Liz avait acquiescé. En l'aidant à ôter son manteau de fourrure, elle avait ajouté :

« C'est un des journalistes. Il est venu à la porte me l'annoncer. »

Toujours avec son chapeau, toujours avec ses gants, elle s'était installée dans un fauteuil. Environnement familier. Le tremblement diminuait. Les larmes ralentissaient. Liz lui tendit un mouchoir. Elle se moucha vigoureusement, bruyamment. Comme pour réaffirmer qu'elle était maîtresse de ses émotions. Enfin elle retira son chapeau, ôta ses gants et les donna à sa grande sœur.

« Pas de médecin, à ton avis ? demanda gentiment Liz.

— Pas de médecin. Je maintiens. Un brandy bien tassé, deux cachets d'aspirine et un bon bain chaud. C'est tout ce dont j'ai besoin. Ensuite, on pourra discuter. »

C'était bizarre. Effrayant. Liz Stewart en avait des frissons dans le dos. Carol, elle le savait, avait une volonté d'airain. C'était impressionnant, et parfois presque inquiétant. Mais ça ! Les larmes coulaient encore, moins vite, certes, mais elles ruisselaient sur ses joues. De même, le tremblement ne l'avait pas tout à fait quittée. Mais qu'importe.

Le propos était ferme. Pas de médecin. Un brandy, de l'aspirine et un bain. D'un ton normal. Carol Drever décidait et, une fois sa décision prise, n'était ouverte ni à la discussion ni à la persuasion... Rien ne saurait faire obstacle. Pas même son cœur brisé. Quand d'autres femmes – toutes celles auxquelles Liz pouvait penser – auraient été bien contentes d'avoir un soutien moral, sa petite sœur semblait parvenir à mettre de côté son désarroi et à régler sa vie froidement, sans hésitation.

Liz dit :

« Je vais faire couler ton bain, chérie. Tu... Tu devrais peut-être téléphoner à Anne et Robert. »

Elle quitta la pièce en emportant le manteau, le chapeau et les gants.

Carol Drever resta encore quelques instants dans son fauteuil. Elle luttait contre elle-même. Elle reprenait peu à peu le contrôle. Finalement, elle se leva et s'approcha du bar. Elle fit un léger faux pas et toucha le dos du canapé, comme pour donner de l'assurance à sa démarche. Elle déboucha la carafe de brandy, choisit un verre et se servit.

Lorsque le col de la carafe tinta doucement contre le bord du verre, elle murmura :

« Nom de Dieu ! »

Le bain fut apaisant. Au moins, elle connaissait son corps. Elle savait qu'une eau brûlante ferait baisser la tension plus vite et plus efficacement que n'importe quel somnifère prescrit par un charlatan. L'huile de bain parfumait l'eau. La vapeur odoriférante emplissait la salle de bains et se condensait

sur les miroirs teintés qui occupaient toute la lar-
geur du mur.

Cette salle de bains. Le cadeau qu'il lui avait fait
pour ses quarante ans. Le jour que tant de femmes
redoutent… quoi qu'en dise Sophie Tucker dans
sa chanson.

« Déjà à la moitié du chemin.

— Pardon ?

— Le chemin vers le tombeau. C'est une longue
pente, désormais.

— Foutaises, ma chérie. »

Ce rire, presque un pouffement.

« Tu es mûre. Tu resteras mûre pendant des
années.

— Façon légèrement répugnante de formuler
les choses.

— C'est la vérité. On ne tente plus rien de nouveau. On connaît toutes les ficelles.

— Pourquoi est-ce que les hommes doivent
toujours tout réduire au sexe ?

— Réduire ? Élever, plutôt ? »

Encore ce rire presque grinçant.

« Un cadeau d'anniversaire. Une bague. Une
bague en diamant. Assez grosse pour être vulgaire,
c'est ça ?

— Non. » Une légère hésitation, car elle ne voulait pas passer pour une écervelée. « Une nouvelle
salle de bains. Une salle de bains très spéciale. »

Et c'était parti. Une salle de bains *très* spéciale.
La totale : baignoire, douche, toilettes, bidet et
lavabo à double vasque encastré dans un cabinet
qui occupait tout le mur. Elle avait coûté presque
aussi cher qu'une petite maison. Il n'avait pas

simplement été question d'agrandir la salle de bains existante ; il avait fallu bien davantage. Une des chambres d'amis avait été transformée. Les ouvriers et les plombiers étaient venus de Lessford. Les pièces avaient dû être envoyées de… quelque part en Écosse. Il était devenu fou. Des miroirs teintés biseautés, du sol au plafond. Des porte-serviettes chauffants, assez gros pour qu'on puisse se cacher au-dessous.

Et, malgré la double vasque, il n'avait jamais utilisé cette salle de bains.

« Elle est à toi, ma chérie. À toi et rien qu'à toi. Je raclerai la crasse dans l'ancienne. »

Parce qu'il savait. La propreté. Le petit faible de Carol. À la limite du fétichisme.

« Bon Dieu, tu ne te laisses même pas le temps de te salir ne serait-ce qu'un peu.

— William, je préférerais que tu évites de jurer.

— Je veux une femme, moi. Je veux que tu aies une odeur de femme. Je n'ai pas envie d'une jeune fille pure. »

Ça, c'était vers la fin. Pourtant, le jour de leur mariage, ils étaient tous deux vierges. Lui, maladroit et inexpérimenté, empoté, s'excusant presque. Indubitablement sa première fois. Et elle, pour sûr qu'*elle* était vierge. Et leur lune de miel ! Chaucer aurait pu l'ajouter à ses *Contes de Canterbury*. Mais deux décennies plus tard… Cette salle de bains et « Tu es mûre. Tu resteras mûre des années ». Remarque sortie de la bouche d'un vrai playboy. Ou d'un homme un peu roué. Ou de William tel qu'il était devenu, et non tel qu'il avait été jadis.

Elle se laissa légèrement glisser dans le bain moussant, tendit la main vers les robinets placés au centre et, à mesure que l'eau chaude faisait lentement augmenter la température de son ventre, convoqua ses souvenirs. Elle repensa au passé pas si ancien et oublia à dessein le présent quelque peu terrifiant.

Liz venait de faire du café. Il attendait, aux côtés d'un deuxième verre de brandy bien raide, sur une table basse installée devant les barres rougeoyantes de la cheminée électrique.

On pouvait toujours compter sur Liz. Liz, la fiable. Liz, la gouvernante *ex officio* qui, pendant des années, avait soulagé sa sœur cadette de toutes les corvées inhérentes à la vie d'une bonne ménagère. Une fête ? Un dîner pour un client important et sa femme ? Vous pouvez compter sur Liz. Elle s'occupait du menu, de la cuisine, du service et, une fois que tout était terminé, du rangement. Liz faisait la lessive. Liz vérifiait attentivement les factures avant de les remettre à William pour règlement. Liz s'assurait que la bonne faisait bien son travail ; que le jardinier n'était pas aussi paresseux qu'il aurait voulu l'être ; qu'Anne et Robert se rappelaient la date d'anniversaire de leurs parents et envoyaient des lettres de remerciement chaque fois qu'eux recevaient des cadeaux.

Elle s'était installée avec eux juste avant la naissance d'Anne. Depuis, elle était restée en tant que baby-sitter à domicile. Ensuite, Robert était né, et Liz, à ce moment-là, faisait partie de la famille. Elle les connaissait – tous les quatre. Elle en savait plus sur eux qu'eux-mêmes. Chacun partageait avec elle ses secrets, conscient qu'ils ne seraient pas ébruités. Elle était « Liz ». Même pour les enfants, elle était « Liz ». Plus qu'une tante, plus qu'une sœur, plus qu'une belle-sœur. Par bien des aspects, elle était la famille. Le ciment qui maintenait tous les éléments ensemble.

Lorsque Carol s'affala dans un fauteuil, releva les pieds et enroula son épais peignoir autour de ses genoux, Liz demanda :

« Tu te sens mieux ?

— Qu'est-ce qu'on ferait sans toi, Liz ?

— Oh, vous n'auriez aucun mal à vous débrouiller. » Liz tendit à sa sœur une petite tasse de café noir. « Il est sucré et remué. » Puis, prenant la deuxième tasse et s'asseyant dans le fauteuil jumeau : « Et Anne et Robert, au fait ?

— Ils peuvent rester une nuit de plus chez leur grand-mère.

— Ils seront au courant », lui rappela Liz. Elle jeta un coup d'œil vers la coûteuse pendule de voyage posée sur le linteau en chêne de la cheminée. « Les actualités locales. La télévision ne parle que de ça. Ils connaîtront le verdict, d'ici là.

— Les actualités locales ? » Carol Drever sourit. Sur ses lèvres, un rictus amer, sardonique. « *Nationales*, tu veux dire ? "Jack l'Imitateur". Le pays, le monde… Nous sommes *célèbres*, Liz. Ou tristement célèbres, plutôt ?

— Raison de plus pour que tu leur passes un coup de fil. Au moins ça.

— Plus tard », dit Carol. Elle agita la main.
« Va me chercher une cigarette, s'il te plaît. »

Liz se leva, posa sa tasse sur la table, prit l'étui à
cigarettes sur le linteau de la cheminée et l'ouvrit.
Elle alluma le briquet et protégea la flamme. Ayant
reposé l'étui à cigarettes, elle retourna à son fauteuil, et Carol poursuivit.

« Qu'est-ce qui l'a poussé à faire ça, Liz ?
Enfin... je veux dire... *Pourquoi ?*

— Les gens font de drôles de choses », murmura Liz. Elle but une gorgée de café. « Qui sait
ce qui leur passe par la tête et pourquoi ils font
ces choses idiotes ?

— Idiotes ?

— Tu vois un autre mot ?

— Maléfiques. Quoi d'autre ? Trois femmes.
Éventrées comme des lapins. Ce n'est pas simplement *idiot*. C'est... ignoble. Et on ne parle pas de
"gens", on parle de William.

— On s'y est habituées, fit tristement remarquer Liz. Au début... Rappelle-toi, le premier soir,
quand l'inspecteur nous a annoncé par téléphone
qu'ils l'avaient arrêté. On est restées debout toute
la nuit. À nous inquiéter. À nous demander. Dans
un état lamentable.

— C'était si soudain. Inattendu. » Carol tira sur
sa cigarette. « On ne savait pas pourquoi il avait
été arrêté et ils refusaient de nous le dire.

— Et quand on a *su*. Quand ils nous l'ont *enfin*
dit. Après l'avoir inculpé. Ç'a été terrible... Mais
pas aussi terrible que cette première nuit. » Elle
but encore du café avant de poursuivre. « Depuis
– chaque fois qu'il était amené au tribunal pour

une audience –, c'est devenu peu à peu une partie de notre vie. De notre vie quotidienne. Et aujourd'hui... » De nouveau, le sourire fugace et triste. « Il a été reconnu coupable et condamné, et nous, on reste assises là, à boire du café. On n'est pas *vraiment* bouleversées. On a été... je ne sais pas, conditionnées. Comme avec un proche qui souffre d'une maladie incurable. Quand il meurt, on est triste, mais on n'est pas choqué.

— Moi, je suis choquée, rétorqua Carol Drever. Profondément choquée.

— Mais pas abattue.

— Choquée quand même.

— Pourquoi donc ? À cause de ce qu'il a fait ? Parce qu'il a été jugé et condamné ? Ou peut-être parce que c'étaient des filles des rues ?

— Tout. C'est un tout.

— Et une fois que tu as tout ça, insista Liz. La somme totale. On peut *quand même* être assises ici et boire du café. On peut quand même en parler sans pleurer.

— J'aimerais savoir pourquoi. »

Elle termina son café.

« Tu en veux encore ?

— Non, merci. » Elle se pencha pour poser la tasse et la soucoupe sur la table. Elle prit le verre de brandy. « J'aimerais savoir pourquoi, ne serait-ce que pour comprendre.

— Pardonner ?

— Non... Pas pardonner. Jamais.

— Parce que c'est un assassin ? Parce qu'il a assassiné des femmes ? Parce qu'il a assassiné des prostituées condamnées pour leur activité ?

— D'abord parce qu'il a *fréquenté* des prostituées. Comprendre la raison pour laquelle il a fait ça nous mettrait peut-être sur la bonne voie.

— Les hommes ont toujours vu des prostituées, répondit simplement Liz.

— Tous les hommes ?

— Certains hommes, rectifia Liz.

— Très bien. Pourquoi lui ?

— Ma chérie, tu es mieux placée que quiconque pour répondre à cette question.

— Il n'en avait pas besoin, soupira Carol Drever.

— Pourtant, il le *faisait*. »

Elles parlaient de lui au passé. Comme s'il était mort. Mort et enterré depuis longtemps. Comme si la période de deuil était achevée, comme si on pouvait s'autoriser à parler du mort sans émotion, sans que ce soit inconvenant.

En un sens, c'était le cas. William Archibald Drever était « mort » le jour où la police avait exposé le motif de son arrestation. Les trois meurtres étaient du bois dont on fait les gros titres. Assez abominables pour garantir de meilleures ventes.

« Bon Dieu ! Ce salaud est encore pire que Sutcliffe.

— Je sais. Je ne veux pas entendre les détails. Pas au petit déjeuner.

— C'est un animal. C'est un...

— S'il te plaît, William. Plus tard. Quand on aura fini de manger. »

Et dire que c'était *lui* ! Pendant tout ce temps ! Lui ! Jouant la comédie. Prononçant les commentaires outragés de rigueur... Et néanmoins *lui*.

Creusant sa propre tombe, en réalité, prêt à affronter le moment où il « mourrait ». Il devait bien savoir. Il devait bien savoir qu'il se ferait attraper. Et qu'une fois attrapé, sa femme et sa famille sauraient. Qu'à cet instant-là, il n'aurait plus sa place. Il cesserait d'exister. Il ne serait plus un mari, ni un père, ni un fils, ni un frère, ni un beau-frère... ni *quoi que ce soit*. Il serait « mort », sans espoir de résurrection. Il devait bien savoir. Il était tout – maléfique, tordu, frustré, *tout* – sauf bête. Par conséquent, il devait bien *savoir*.

« Pourquoi ? soupira-t-elle. Nom de Dieu, pourquoi ? »

Liz ne répondit pas. Elle préféra se lever et avancer jusqu'à la grande fenêtre. Le crépuscule d'octobre devenait obscurité. Le commencement d'une brume nocturne était retenu par les branches basses des arbres.

Elle dit :

« Il y en a qui sont encore là.

— Qui donc ?

— Les journalistes.

— Des vautours. »

Le mépris narquois dans sa voix ne fit qu'exacerber la violence du mot.

« Ils font leur boulot, répondit Liz avec un soupir. Avant qu'on découvre que c'était William, on avait hâte de lire les dernières nouvelles.

— Qu'est-ce qu'ils veulent de plus ? Ils savent tout, maintenant. Qu'est-ce qu'ils peuvent demander d'autre ?

— Je crois qu'ils appellent ça "l'angle humain". »

Elle tira les lourds rideaux de velours et, l'espace d'un instant – avant qu'elle appuie sur l'interrupteur –, la lumière projetée par la cheminée électrique fit de la pièce un patchwork d'écarlates et de noirs. Tandis qu'elle regagnait son fauteuil, le téléphone sonna. Elle s'écarta pour répondre.

« Oui... Qui est à l'appareil ? Je suis désolée, ce n'est pas possible... Elle n'est pas en état de parler au téléphone... Non, absolument pas... Je suis sa sœur, mais ça ne vous regarde pas... Non, rien... Écoutez, vous voulez bien nous laisser tranquilles ? »

Elle raccrocha violemment :

« Encore un journaliste. »

Carol Drever lui lança :

« Laisse-le décroché. »

Liz hésita une seconde, puis décrocha le combiné et le posa sur la table du téléphone. Avant de se rasseoir, elle prit aussi une cigarette dans l'étui et l'alluma.

Il n'y avait rien à dire, semblait-il. Rien qui méritât d'être dit. Tout avait été *dit*, une dizaine de fois et sous diverses formes.

Bon sang, pourquoi William ? Un individu parfaitement ordinaire, quelconque. Ambitieux, peut-être. Travailleur. Différent du jeune homme qu'elle avait rencontré et dont elle était tombée amoureuse, mais enfin ça remontait à près de trente ans, et d'une certaine façon tant mieux. À l'époque, timide, pas sûr de lui. Un comptable frais émoulu qui regardait le monde autour de lui avec de grands yeux, en quête d'une brèche, de « perspectives ». Devenu directeur d'une entreprise prometteuse, membre de l'élite professionnelle de la ville, à la tête d'une famille possédant deux maisons et deux voitures. Aussi différent que ça. Mais, dans le fond, le même homme.

Et pourtant… un monstre !

Qu'un homme puisse être un monstre et paraître si ordinaire – si banal, si agréable, si propret et (oui) si *beau* – quelque chose clochait. Oscar Wilde avait eu tout faux. *Le Portrait de Dorian Gray*. Le mal *n'a pas* d'apparence extérieure. Il ne se *voit* pas. Pas de pustules, pas de plaies suppurantes, pas d'yeux cernés et fixes. Rien. Non pas Dorian Gray, mais William Archibald Drever, provincial bon teint, avec la tête de l'emploi, mais également incarnation du mal. Un sadique. Un pervers. Un boucher. Plus qu'un tueur, un mutilateur. Malgré tout, un compagnon très agréable. Un garçon gentil, avec qui partager une partie de golf. Un camarade sympathique, de ceux qu'on aurait envie d'inviter à dîner pour passer une bonne soirée. Apprécié, et à juste titre. Un type formidable… qui baisait des putains en secret et, les ayant baisées, les éventrait de l'entrejambe jusqu'au sternum.

« Le sang, murmura-t-elle. Je ne comprends toujours pas le sang.

— Quoi ? » fit Liz, arrachée à ses pensées.

Carol Drever se déploya, se leva et prit une autre cigarette dans l'étui posé sur la cheminée.

En l'allumant, elle dit d'une voix égale : « Il a dû littéralement nager dans le sang. Pourquoi est-ce qu'on n'a jamais rien *remarqué* ?

— Ma chérie, je ne suis pas sûre qu'il faille s'attarder…

— Moi, j'ai envie de "m'attarder". » L'interruption était teintée d'une certaine hystérie. « À quoi d'autre devrait-on penser ? À quoi d'autre *pourrait*-on penser ? Ce qu'il a fait à ces femmes. Il devait y avoir du sang partout.

— Il... » Liz s'humecta les lèvres. « Les policiers ont tout expliqué. Il l'a raconté dans sa déposition, du moins d'après eux.

— Qu'il se lavait ? »

Carol reprit sa position recroquevillée dans le fauteuil.

« Apparemment.

— Qu'il était nu quand il se servait de son couteau sur elles ?

— Oui – oui... Apparemment.

— Tu te rends bien compte de ce que ça veut dire ?

— Bon sang, Carol !

— Qu'est-ce que tous ceux qui ont lu ce petit détail se sont demandé ?

— Arrête, s'il te plaît.

Où diable cachait-il le couteau ? »

Liz baissa la tête, leva les mains et s'en couvrit le visage.

« Je le sais, reprit Carol. Tu le sais. J'étais au tribunal quand toute cette histoire sordide a été rendue publique. Qu'il se déshabillait dans une autre pièce. Que, ayant profité de la femme, il s'excusait un instant. Les toilettes. Pour soulager sa vessie. Qu'il revenait avec le couteau. *Mais ça n'a jamais figuré dans un article de journal*. Je ne l'ai jamais vu. Et toi ? »

Sans bouger ses mains, Liz fit signe que non.

« Une blague cochonne, tu vois ? » L'hystérie était en train de monter progressivement. « Il est devenu une blague cochonne. "Mais où a-t-il bien pu cacher le couteau ?" Un comique graveleux aura déjà préparé une bonne réplique. Un public à l'esprit mal tourné aura déjà…

— Carol ! Si tu ne te tais pas tout de suite, je m'en vais.

— Il n'est *pas* une blague cochonne. » En une fraction de seconde, l'hystérie se transforma en colère froide. « Pour moi, pour nous… Mon Dieu, pour *nous* il n'est pas drôle. Pas drôle. Ignoble. Répugnant. Mais il n'est plus concerné. Il est enfermé entre quatre murs. Ça ne l'affectera pas, lui. Tu trouves ça juste ? Tu trouves que…

— Tais-toi ! » Liz abaissa les mains. Les larmes coulaient sur ses joues, et ses yeux étaient pleins de colère, mais une colère qui n'était pas celle de sa sœur. « Ce qu'il a fait… C'est impardonnable. Parfait. C'est impardonnable. Mais pour nous, il a été un homme bien. Un bon mari. Un bon père. Un homme bien. Il y a quelque chose qu'on ne pouvait pas comprendre. C'est tout. Un secret qu'il ne pouvait pas partager. On peut lui reprocher des tas de choses. On peut lui reprocher ce qu'il a fait. Mais ne va pas lui reprocher la manière dont les journaux l'ont raconté. Ne lui reproche pas *tout*. Ne va pas comprendre. Ne cherche même pas à comprendre. Mais ne le condamne pas pour des choses qu'il ne peut pas maîtriser.

— Ne va pas comprendre ? Ne va pas *comprendre* ? Qui peut comprendre un monstre ? »

Les lèvres de Liz tremblèrent légèrement.

« Qui sait ? dit-elle. La personne qui l'a engendré, peut-être ? »

Elizabeth et Carol Stewart. Elles étaient représentatives de la plupart des sœurs. Leur relation relevait de ce curieux mélange d'amour et de haine qu'ont en commun une majorité de sœurs.

Petites filles, elles avaient choisi leurs compagnons de jeu dans des groupes différents. Adolescentes, elles avaient eu chacune sa « meilleure amie ». En un sens, chacune avait suivi sa voie, vécu sa vie et, si elles n'avaient été sœurs, elles ne seraient probablement jamais devenues amies. Mais elles étaient sœurs et, la maturité aidant, l'amitié s'était muée en quelque chose de bien plus fort que la simple nécessité familiale. Une amitié propre aux sœurs, toutefois. Une amitié qui ne retenait pas ses coups. Qui, parfois, pouvait laisser s'échapper une meurtrissure délibérée, ou une insulte délibérée. Et pourtant, si profonde soit la meurtrissure, si blessante l'insulte, leur amitié était assez forte pour les supporter et leur survivre.

Cette amitié, le mariage de Carol l'avait renforcée. Le fait que, alors, elles ne vivaient plus sous le même toit et se voyaient moins consolida un lien déjà puissant. Puis Liz s'était installée, et Anne était née, et Robert. Quand, cinq et sept ans plus tard, elles avaient perdu leurs parents l'un après l'autre, il y avait eu une proposition et une acceptation tacites mais bien comprises. Le foyer Drever était devenu le foyer de Liz.

Jusqu'au fauteuil dans lequel elle était assise. Ce n'était pas « son » fauteuil – rien d'aussi rigide –, mais c'était son siège préféré. Par conséquent, il était souvent laissé libre, même quand elle n'était pas là et n'était pas attendue avant un bon moment.

Carol renifla ses larmes.

Liz sortit un petit mouchoir de sa manche, se moucha, puis bredouilla :

« C'était méchant de ma part. Je suis désolée.

— On est à cran. » Carol était même prête à trouver des excuses à sa grande sœur. « Toutes les deux. Il faut qu'on fasse attention. On n'a plus que nous, maintenant. »

Elle le pensait. Elle le pensait en le disant mais, bien qu'elle ne s'en rende pas compte, ses mots trahissaient une forme de complaisance réciproque. La confusion des émotions interdisait tout espoir de pensée logique. Lui aurait-on posé la question que Carol n'aurait pas hésité. Elle haïssait son mari. Elle le méprisait, elle l'abominait, elle se sentirait souillée jusqu'à la fin de ses jours pour l'avoir laissé pénétrer son corps. Elle l'aurait dit, elle y aurait cru, mais elle se serait trompée. L'amour ne peut pas être fermé comme un robinet. Il peut être nié et, avec le temps, il peut mourir... Mais pas d'un seul coup. Pas instantanément. Trop de sa vie à elle avait été sa vie à lui, et vice versa. La haine viendrait. Avec le temps, et si elle y travaillait avec assez d'ardeur, la haine qu'elle proclamait serait sienne. Mais ça ne se ferait pas facilement, et pas du jour au lendemain. Pas même au bout de quelques semaines, ni de quelques mois. Il faudrait des années.

C'était une des raisons de sa souffrance. Elle désirait quelque chose qui était encore hors de sa portée. Elle revendiquait ce qu'elle ne possédait pas encore.

La sonnerie de l'entrée retentit.

Liz se leva de son fauteuil.

« J'y vais.

— Si c'est un journaliste, préviens-le que je vais appeler la police.

— Je m'en occupe. »

Mais ce n'était pas un journaliste. C'était le collègue de William, Samuel Jones.

Certains hommes possèdent ce que l'on appelle communément « une présence ». Ce que Hollywood, à l'époque où c'était encore une usine à rêves, appelait « le charisme ». Ils entrent dans une pièce et il se produit aussitôt une illusion d'optique. La pièce semble rétrécir. Ils semblent occuper un espace plus important qu'il ne devrait l'être.

Et la taille ne change rien à l'affaire. Jones n'était pas très grand – pieds nus, il atteignait à peine le mètre soixante-quinze –, mais parce qu'il avait cette « présence », il donnait l'impression d'être un sympathique géant au visage triste. Vêtu d'un pardessus sombre pour se prémunir du froid, il tenait dans sa main un trilby et une paire de gants. Ses cheveux blanc argenté étaient impeccablement coiffés. Il représentait la puissance motrice derrière la société que William dirigeait. Plus d'un an auparavant, il était devenu membre de l'ordre de l'Empire britannique pour services rendus aux petites entreprises.

Liz lui fit signe de prendre un des sièges libres.

« Non, merci, dit Jones. Je vais rester debout.

— Quelque chose à boire ? Un café, peut-être ? Je pensais en refaire. Ou quelque chose de plus fort ?

— Rien, je vous remercie. »

Si sa voix avait été un instrument, c'eût été la contrebasse d'un virtuose. Elle dégageait de la profondeur, de la force, de la résonance, et en même temps de la douceur. Elle fut douce lorsqu'il s'adressa directement à Carol Drever.

« J'ai appris la nouvelle. Le verdict. »

Elle acquiesça.

« Je suis désolé. Cela dépasse mon entendement – de très loin –, mais il m'a paru normal et convenable d'attendre la fin du procès. » Il s'arrêta, puis reprit : « Je suis ici pour aggraver votre peine, madame Drever. Vous m'en voyez tout aussi désolé. »

Elle fronça les sourcils, ne comprenant pas.

« Je vous en prie... Asseyez-vous. »

L'espace d'un instant, il parut hésiter.

« Merci. » Il prit le fauteuil de Liz. Il posa délicatement son chapeau et ses gants sur la moquette, croisa les jambes, croisa les doigts et reprit. « William... Je n'ai pas besoin de vous le rappeler, William faisait partie du conseil de direction. Directeur financier. C'était son titre officiel. C'est moi qui l'avais nommé. L'idée semblait bonne, à l'époque. Il se trouve que c'est la plus grosse erreur que j'aie jamais commise.

— C'était un bon comptable. »

Elle n'en savait rien. La comptabilité était du chinois pour elle. Pourtant, elle se retrouva à défendre un mari qu'elle maudissait à peine quelques instants plus tôt.

« Un trop bon comptable. » Jones eut un sourire forcé. « Il maniait parfaitement les chiffres. Il pouvait faire dire à un bilan tout ce qu'il voulait.

— Excusez-moi, je ne…

— C'était une crapule, madame Drever. Pendant des années – au cours des dix dernières années –, il a systématiquement piqué dans la caisse de l'entreprise. Beaucoup d'argent.

— Oh, mon Dieu ! »

Liz ferma les yeux quelques secondes, puis tendit la main et toucha la cheminée, comme pour garder l'équilibre.

Jones poursuivit.

« Nous avions des soupçons. Il y a eu un audit indépendant. Nous avons découvert ce qu'il faisait juste avant que… » Il s'éclaircit la gorge. « Juste avant que cette autre affaire ait lieu. La somme était trop importante. L'entreprise ne pouvait pas l'assumer. Nous avons donc dû choisir. Le poursuivre en justice ou trouver un arrangement.

— Quel genre d'arrangement ? murmura Carol Drever.

— Si nous l'avions poursuivi, il serait allé en prison. Nous avions des preuves, voyez-vous. Il serait allé en prison. Mais cela ne nous aurait pas rendu notre argent. Alors nous avons trouvé un arrangement.

« — Quel genre d'arrangement ? répéta Carol Drever.

— Ce n'était pas une petite somme. » Jones semblait s'excuser par avance de ce qu'il allait dire. « Je ne veux pas ajouter à vos angoisses, madame Drever. Mais vous avez bien dû vous rendre compte de quelque chose. Cette maison. La résidence sur la côte des Cornouailles. Votre train de vie en général. Tout ça grâce au salaire de William. Un petit calcul, rien de plus. Ce n'est pas possible. »

Très doucement, Liz intervint :

« Combien ?

— Soixante-dix mille, à peu de choses près. Un chiffre rond. »

Pour la troisième fois, Carol demanda :

« Quel genre d'arrangement ?

— Cette maison et ce qu'elle contient. Dans les faits, il a tout transféré à l'entreprise.

— C'est… C'est *ridicule* ! »

— Non, madame Drever. J'ai bien peur que ce soit parfaitement légal. La maison n'appartient plus à William. Il avait simplement le droit de l'habiter, le temps de trouver un emploi ailleurs. Nous… euh… Nous n'avons pas voulu être trop durs… malgré ce qu'il avait fait.

— Je ne vous crois pas. Il me l'aurait dit. Il aurait…

— Madame Drever, l'interrompit Jones, poliment mais fermement. J'aurais préféré ne pas devoir vous l'annoncer. Il ne voulait pas que vous le sachiez. C'était une assurance qu'il nous a demandé de lui donner… De ne pas vous le dire.

Pour nous, l'un ou l'autre, ça ne changeait rien à l'affaire. Il pouvait bien vous livrer sa version des faits. Voilà pourquoi nous avons attendu sa condamnation pour l'autre affaire. Un acquittement... » Jones agita les mains, un geste expressif. « Et il aurait pu continuer de chercher ailleurs... »

Il attendit une réaction. Elle tarda à venir. Lorsqu'elle vint, elle était comme vide, somnambulesque.

« Cette maison ne m'appartient pas ?

— Je crains que non.

— Les meubles ? Les voitures ?

— Je suis navré.

— La maison en Cornouailles ?

— Elle est toujours à vous, madame Drever. Vous avez encore un endroit où habiter.

— L'argent ? Le compte en banque ?

— Il est à découvert », soupira Jones.

Liz semblait s'être ressaisie. Elle paraissait soucieuse, mais pas sonnée.

« Combien de temps ? demanda-t-elle doucement.

— Je vous demande pardon ?

— Avant que vous vouliez qu'on parte. » Jones eut l'air gêné.

« Le délai initial, dit-il, celui que nous avions accordé à William, était d'un an. Je ne vois aucune raison de modifier cette échéance. »

C'était donc ça. Un assassin doublé d'un voleur. Un pervers doublé d'un truqueur de comptes.

Carol Drever, de toute évidence, avait pris un coup sur la tête. Jones était reparti, Liz avait regagné son fauteuil, elles avaient bu un autre verre de brandy et étaient désormais assises en silence, seules avec leurs pensées.

La visite de Jones avait expliqué au moins deux choses, certes sans importance, mais qu'elle n'avait pas comprises jusqu'à présent. La remarque de Rouse sur ses talents de sténographe – comme quoi Carol trouverait du travail sans difficulté. Sur le coup, elle y avait vu une bête phrase de réconfort un peu creuse. Mais Rouse était donc au courant. Il était au courant et, avec sa maladresse, avait voulu préparer le terrain. Or ça n'allait pas être aussi simple. Rouse était déconnecté de la réalité. Dieu seul savait depuis quand elle n'avait pas touché une machine à écrire ou pris un carnet et un crayon pour tout noter en sténo. La triste vérité ? N'importe quelle adolescente sortie de son école de secrétariat de seconde zone était meilleure sténo qu'elle. Le coup de main se perd. Le talent vous abandonne. Comme pour les musiciens : restez éloigné de votre instrument suffisamment longtemps, vous avez beau savoir encore comment faire, le geste concret n'est plus là.

Et les yeux. La demande de pardon. William savait. Et plutôt deux fois qu'une ! L'autre affaire – celle des prostituées – n'était qu'une partie du problème. C'était donc de ça qu'il avait honte. D'avoir laissé sa femme et ses enfants dans la misère. Même pas un vol « propre ». D'avoir volé sans mettre de côté les gains et, au moins, laisser aux siens assez d'argent pour survivre. D'avoir trafiqué les comptes, dépensé trop, mené la belle vie… puis oublié ses responsabilités pendant qu'il profiterait du confort spartiate de quelque prison.

Çà oui, il pouvait se permettre des salles de bains extravagantes. Çà oui, il pouvait leur offrir des vacances hors de prix deux fois, voire trois fois par an. Çà oui, il pouvait avoir deux maisons, deux voitures, entretenir une belle garde-robe et boire seulement les meilleurs vins. Çà oui, il pouvait vivre sur un grand pied. Car l'heure des comptes sonnerait, et il ne serait plus là pour payer.

« Nom d'un chien, marmonna-t-elle, c'était un vrai salaud.

— Il faut qu'on mange. » Liz laissa son pragmatisme naturel reprendre le dessus. « On ne peut pas pleurer l'estomac vide.

— Je n'ai pas faim.

— Moi non plus. Mais à quand remonte ton dernier repas ?

— J'ai pris un petit déjeuner.

— C'est bien ce que je disais. Il faut qu'on mange.

— Liz. » Carol Drever regarda sa grande sœur avec une hostilité teintée de méfiance. « Jusqu'à présent, tu ne l'as jamais critiqué. Pas une seule fois.

— Pourquoi le devrais-je ?

— Nom de Dieu ! C'est le dernier des minables. C'est…

— Il m'a donné un foyer. Un bon foyer.

— Ce n'était pas à lui de te le donner.

— D'accord, mais j'ai accepté et j'en ai profité. Je lui en suis reconnaissante.

— C'est un… C'est un…

— Je sais très bien ce qu'il est. Ce que le monde dira de lui. Mais pour moi, il a été une sacrée vache à lait.

— On n'a nulle part où aller. On n'a plus rien. » Les yeux de Carol fulminaient. Elle hurlait presque. « Tu ne te rends toujours pas compte ? Il nous a laissé sur les bras un beau bébé... et il n'en a rien à faire.

— Je vais chercher à manger dans le frigo. Je reviens. »

Le ton était bas mais sévère, maîtrisé, étouffé par les dents serrées et les lèvres pincées.

« Je ne veux rien. Je ne pourrai pas...

— Tu vas manger.

— Tu parles que je vais manger. Je m'étoufferais.

— Tu vas manger, rétorqua Liz. Tu vas manger et tu seras contente de pouvoir manger. Il y a trois femmes qui ne peuvent plus... Ou peut-être que tu les as oubliées ? Je me moque comme d'une guigne de ce qu'il a piqué à l'entreprise. Une fois que j'aurai entendu sa version, je me ferai une idée. Peut-être qu'ils l'ont bien cherché. Peut-être qu'il n'est pas le seul... et qu'il paie pour les autres. Je me ferai une opinion quand il aura expliqué certaines choses. D'ici là, on a un an devant nous. On ne survivra peut-être pas un an... Ce serait une solution parfaite à tous nos problèmes. Mais tant qu'on vit, je lui dois une chose. M'occuper de toi. M'occuper d'Anne et de Robert. C'est une dette que j'ai bien l'intention de régler. »

Liz se retourna et quitta la pièce, le dos très raide.

Après avoir rendu leur verdict, les jurés étaient retournés chez eux et avaient repris le cours de leurs existences respectives au point exact où elles avaient été brièvement interrompues. Après avoir prononcé la peine, le juge avait regagné son hôtel en taxi, pris un bain, s'était changé et était en train de fumer un cigare avant le dîner. Les diverses parties prenantes – les greffiers, les avocats – avaient ôté leur perruque, retiré leur robe, refermé leur serviette et se détendaient chacun et chacune à sa façon. Y compris William Archibald Drever. Avant sa condamnation et la sentence, la prison où il se trouvait l'avait traité davantage comme un invité que comme un détenu. Désormais, le long processus qui le ferait passer du rang de citoyen libre à celui d'assassin condamné ne lui laisserait pas le temps de réfléchir ou de se lamenter sur son sort.

En un mot comme en cent, les protagonistes n'étaient pas en train de devenir fous.

Ils avaient de la chance. Pendant quelque temps, même William Archibald Drever eut de la chance. On ne pouvait pas en dire autant de Carol Drever et d'Elizabeth Stewart. Assises devant la cheminée électrique, elles mangeaient du poulet froid avec une salade de pommes de terre, beurraient du pain complet, buvaient du thé brûlant dans des gobelets fabriqués à la main… et ne sentaient le goût de rien. Il faisait bon dans la pièce. Dehors, en ce début de soirée, le givre hivernal montrait ses crocs, mais le chauffage central, aidé par les barres incandescentes de la cheminée électrique, maintenait la température intérieure à un niveau agréable.

N'empêche, elles avaient froid. C'était un froid dû à l'engourdissement. Carol Drever en avait fait l'expérience, de ce froid, pendant le trajet du retour en voiture à Beechwood Brook. Elle sortait du tribunal, elle avait été aux premières loges pour assister au dénouement d'un procès pour meurtre, avec son mari dans le box et condamné. Chez elle, la colère et l'indignation avaient momentanément pris le dessus et l'avaient réchauffée. La visite de Jones, ce qu'il avait dit, avait été un contre-choc. Comprendre, c'était penser ; être en colère exigeait un certain degré d'émotion. À présent, elle était engourdie. Ce que les médecins auraient pu appeler un « choc secondaire »… Elle avait l'impression que son sang se refroidissait dans ses veines. Son tremblement menaçait de reprendre et sa figure avait la couleur d'un vieux parchemin, caché des siècles durant dans quelque placard obscur.

Liz n'allait guère mieux. Chez elle, c'était une prise de conscience de plus en plus claire. Son tempérament terre à terre avait été soumis à rude épreuve. Elle avait essayé… Dieu, qu'elle avait essayé ! Il fallait bien que quelqu'un garde la tête froide. Souvent, elle avait serré les dents en se disant que c'était *sa* mission. Il *fallait* que quelqu'un garde le contrôle de la situation et, ce faisant, sauve ce qui pouvait être sauvé des vies esquintées de gens moins doués qu'elle pour encaisser.

Pourtant, elle aussi était peu à peu gagnée par l'engourdissement. Qu'y avait-il à sauver ? William

40

était vraiment un monstre. En apparence, il avait fait bien plus que massacrer un trio de putains. Pour couronner le tout, il avait sciemment empêché sa propre famille de pouvoir refaire sa vie. Il avait bel et bien sabordé le navire. Sa femme, ses enfants – il leur avait arraché tout espoir. Ils se retrouvaient sans le sou – pas de maison, pas de travail, rien –, et les frais de justice allaient très vite arriver. Nom de Dieu, William, pourquoi ? Pourquoi ? Tu étais égoïste. Nous le savions. Carol et moi savions que tu étais égoïste. Pas au début, peut-être. Pas quand nous t'avons rencontré. À l'époque, tu n'étais pas sûr de toi. Tu ne savais pas ce qui t'attendait. Tu ne pouvais pas te permettre d'être égoïste. Tu avais trop peur pour être égoïste. Mais ensuite… La réussite t'a changé. Oh, comme elle t'a changé ! À l'instar de beaucoup de gens, tu as confondu ambition et cupidité.

« Liz, je serai le meilleur. Je veux être au sommet.

— J'espère bien.

— Ce n'est pas de l'espoir. C'est de la détermination. Espérer ne sert à rien. Il faut agir.

— Tant que le prix à payer n'est pas trop élevé.

— Aucun prix n'est assez élevé, Liz. Pas pour ce que je veux atteindre. Le point culminant, tout là-haut. Les morceaux de choix, Liz. Bien gros, bien juteux. À portée de main. Et je *vais* les manger… Tous. Sans rien partager. Avec *personne.* »

Tu te rappelles cette conversation, William ? Tu te rappelles cette déclaration d'intention ? Elle m'a fait peur. Elle m'a fait peur à l'époque, elle me fait toujours peur. Elle sentait la mégalomanie à plein nez. J'ai eu peur pour Carol. J'ai eu peur pour Anne et Robert. J'ai eu peur pour *toi*. Dans tes paroles, il y avait de la mégalomanie et de l'autodestruction. Je l'ai tout de suite su. Tu n'as fait que me prouver que j'avais raison.

Eh bien, quel goût ont-ils, ces morceaux de choix, maintenant que tu es dans une cellule ? Quel goût avaient-ils pendant que tu massacrais des filles des rues ? Que tu les éventrais et les vidais de leurs viscères ? Est-ce qu'il fallait ça avant que tu puisses planter tes crocs dans les morceaux de choix ? Est-ce que ça faisait partie du prix que tu étais prêt à payer ?

Une partie de son cerveau perçut le bruit d'une voiture qui approchait puis s'arrêtait. Liz entendit des portières s'ouvrir et claquer. Un brouhaha de voix.

On sonna à la porte d'entrée.

« Si c'est encore un de ces foutus journalistes…, dit Carol.

— Je vais ouvrir. »

Ce n'était pas un journaliste. C'étaient les parents de William, avec Anne et Robert.

Ils se ressemblaient beaucoup. Trapus, âgés, vêtus sobrement, des cheveux gris coiffés dans un style strict. Ils auraient pu être frère et sœur. Jumeaux, même. La face rougeaude, et d'une brusquerie qui frisait la grossièreté, ils étaient l'image même du Yorkshire. Le Yorkshire « rural ».

Bill et Mary Drever. Les parents d'un monstre, mais prêts à mourir plutôt que de le reconnaître. Ils firent entrer d'abord Anne et Robert Drever.

Liz, derrière eux, referma la porte et les suivit lentement jusqu'à la cheminée.

Anne, vingt ans, sembla hésiter une seconde avant de se précipiter vers sa mère. Elle se laissa tomber à genoux à côté du fauteuil, enlaça le cou de Carol Drever et éclata en sanglots. Carol caressa les cheveux de sa fille en prononçant des sons réconfortants. Le fils, Robert, eut l'air gêné par les effusions de sa sœur. À dix-huit ans, il était aussi pataud que son père au même âge. Il s'écarta pour laisser passer ses grands-parents.

« On a essayé de vous joindre, dit Mary Drever.

— Le téléphone est décroché. »

Carol leva les yeux, assez longtemps pour que cela tienne lieu d'explication, et se remit à consoler sa fille.

« Vous auriez dû nous appeler, grommela Bill Drever. Bon Dieu, on était fous d'angoisse.

— Les enfants, précisa sa femme. Ils ne savaient pas quoi penser. »

Liz s'avança.

« Asseyez-vous, madame Drever. Monsieur Drever. » Elle s'efforça de sourire, un sourire triste. « Les journalistes. Ils sont insupportables. C'est pour ça que nous avons décroché le téléphone.

— Chassez-les, dit Drever. Appelez la police. Faites-les partir.

— Pour le moment, répondit doucement Liz, la police n'est pas tout à fait de notre côté. »

Drever renifla et s'assit sur le canapé. Sa femme (intentionnellement, semblait-il) prit le fauteuil dans lequel Liz avait l'habitude de s'asseoir.

Robert fourra les mains dans les poches de son pantalon et marmonna :

« C'est bon. Je suis bien comme ça. »

Il resta debout.

« Je vais, euh… Je vais refaire du thé, dit Liz. Et préparer des sandwichs. »

Elle quitta la pièce.

Carol Drever consola sa fille encore quelques instants.

« C'est fini, mon chaton. Il faut que… qu'on parle. Je sais ce que tu ressens. Ce que nous ressentons tous. Sèche tes larmes, ma chérie. »

La tête enfouie dans l'épaule de sa mère, Anne acquiesça, accepta le mouchoir que celle-ci lui tendait, s'épongea le visage et se lova sur la moquette à ses côtés.

« Alors ? »

C'était Mary Drever. Son mot déchira le bref silence, comme un pistolet de départ. Le signal pour commencer… ce qui devait commencer.

« Tu y es allée ? demanda Bill Drever sans ménagement.

— Bien sûr. »

Mary Drever intervint :

« Ça n'a pas dû aider. Ta présence là-bas. Il a dû être bouleversé.

— Oui. » Carol Drever essaya de ne pas se montrer sarcastique. « Il était bouleversé.

— Ta présence là-bas n'a pas dû aider.

— Ma présence – ou non – là-bas n'a strictement rien changé.

— C'est mon fils. Je lui ai donné la vie…

— Oh, mon Dieu !

« — Je le connais mieux que personne. C'est moi qui l'ai éduqué, depuis le berceau. Chaque fois qu'il était malheureux – et il a été un enfant malheureux –, c'était moi…

— Belle-maman. » Dans cette interruption sèche se firent entendre des années d'hostilité contenue. Presque un petit cri de haine refoulée. Carol poursuivit, d'une voix tremblante de colère. « Pendant que vous "l'éduquiez", pourquoi ne lui avez-vous pas enseigné la décence la plus élémentaire ? Pourquoi ne lui avez-vous pas expliqué qu'aller coucher ailleurs ne fait pas un mariage heureux ? Que tuer des putains n'équivaut pas à jouer aux petits chevaux ? Que c'est mal de piquer dans la caisse ?

— Qu'est-ce que ça veut dire ? » grogna Bill Drever.

Elle leur raconta. Oh, elle se fit une joie de leur raconter. Elle dégusta chaque mot, savoura le goût de chaque phrase.

« Il n'a pas fait les choses à moitié, vous comprenez. Rien n'était trop gros pour ce cher William. Soixante-dix mille. Soit plus que ce qu'il avait ou que ce qu'il aurait jamais. Plus que ce qu'il aurait jamais pu rembourser. »

La présence d'Anne et de Robert ne la dérangeait pas. Elle insistait sur l'ignominie de leur père et pour l'instant ça n'avait aucune importance. Les parents de l'homme qui lui avait fait honte – les deux êtres responsables de sa naissance –, ces beaux-parents qui, depuis des années, par des sous-entendus ou des allusions, montraient sans ambages que, dans leur esprit, leur cher fils aurait pu se choisir une meilleure épouse.

« Pas un penny. Pas un pet de lapin. Encore un pilier de votre "éducation", certainement. »

Pendant plus de cinq minutes, elle les déchiqueta. Elle les piétina, les pilonna, les blessa. Le couple âgé qui aurait pu incarner ses parents de substitution quand elle avait perdu les siens, mais qui n'avait même pas essayé. Les deux êtres qui, pour elle, étaient ce qui s'approchait le plus de William lui-même. La manière la plus directe de cracher son venin sur le *vrai* responsable.

C'était moche. C'était rabaissant. Mais c'était inévitable. La blessure était trop profonde pour qu'il en soit autrement. Sa propre personnalité lui commandait de leur faire partager sa peine, coûte que coûte.

La violence de son éruption la laissa pantelante. Une couche de sueur couvrait son visage, un filet de salive coulait au coin de ses lèvres.

« Et on en est là, conclut-elle. Voilà le cher fils que vous avez si bien "éduqué". J'espère que vous êtes fière de lui. »

Bill Drever s'obligea à répondre d'une voix rauque :

« On ferait mieux d'y aller, petite mère. Notre présence n'est pas requise. »

Sa femme tremblait. Elle était incapable de parler.

« Allez, petite mère. On rentre. »

Il se leva, aida sa femme à en faire autant, en la soutenant par le coude, et l'emmena hors de la pièce. Ils marchaient comme s'ils avaient un peu trop bu.

Carol Drever prenait de longues inspirations. Du revers de la main, elle s'essuya la bouche. Enfin, d'une voix plus posée, plus calme, elle dit :

« Robert. Attrape-moi une cigarette, s'il te plaît.

— Non. »

Il avait dix-huit ans, et dix-huit ans est un âge terrible. Un âge entre deux. Pas vraiment jeune, mais pas encore assez vieux. Un âge en noir et blanc. Un âge où l'on manque d'expérience et où l'on déborde de convictions. Un âge pénible, à tous points de vue, pour être confronté à ce genre de turbulences domestiques.

Il déglutit, gémit presque :

« J'ai honte de toi, maman. Tu n'aurais pas dû parler comme ça à grand-mère et grand-père. Elle a pleuré toute la journée. *Il* a pleuré. C'était horrible à voir. Et là-dessus, tu... » Il ferma la bouche, cligna des yeux et ajouta : « Je vais me coucher. »

Les mains toujours dans les poches, il fit demi-tour et quitta la pièce en ouvrant grand la porte, sans s'arrêter pour la refermer.

« Anne, chérie ? »

Il y avait un léger désespoir dans sa voix. Elle aurait pu se lever de son fauteuil et prendre elle-même une cigarette, mais la cigarette n'avait pas d'importance. La cigarette n'était qu'un prétexte à sa requête. Sa supplique.

Visage impassible, membres raides, sa fille se hissa, fit le pas nécessaire pour se rapprocher du linteau de la cheminée, saisit l'étui à cigarettes, le briquet, et posa délicatement le tout sur les genoux de sa mère.

Carol Drever la remercia d'un hochement de tête. Elle était trop émue pour parler.

Anne se pencha pour toucher avec ses lèvres les joues de sa mère. Des lèvres froides, et un simple frôlement. Une formalité plutôt qu'un baiser.

« Moi aussi, maman.

— Quoi ?

— Au lit. Bonne nuit. »

On aurait dit qu'Anne marchait sur une planche étroite. Ses yeux fixaient un point du tapis à quelques centimètres du bout de ses chaussures. Elle ne les releva qu'après avoir atteint la porte. Liz s'écarta pour la laisser passer.

« Bonne nuit, Liz.

— Bonne nuit, Anne, mon chaton. »

Liz referma la porte avec ses fesses et porta le plateau jusqu'à la table. Une petite assiette de sandwichs, une théière, du lait, du sucre, quatre tasses et autant de soucoupes.

En servant le thé, Liz murmura :

« Il y en a trop, même maintenant.

— Quoi ?

— Anne et Robert. » Elle tendit le lait et le thé sucré à Carol Drever. « Je verrai s'ils veulent du chocolat chaud un peu plus tard. »

Liz alluma une cigarette avant de s'asseoir dans son fauteuil. Pendant quelques instants, les deux femmes mangèrent les sandwichs, burent leur thé et fumèrent en silence.

Enfin, d'un ton presque détaché, Liz fit observer :

« Un joli numéro, dis donc.

— Tu as entendu ?

— Oh, que oui. Je n'ai même pas eu besoin d'écouter. À mon avis, la moitié de Beechwood Brook a entendu.

— Il fallait que ce soit dit.

— Non, chérie. Il fallait que tu le dises... Ce n'est pas la même chose.

— Arrête de me psychanalyser, marmonna Carol.

— Pas besoin, répondit Liz avec un sourire triste. Tu es une garce, ma chérie. Une petite garce trop gâtée et égoïste. C'est dans ta nature. Tu ne peux pas t'en empêcher. »

Il était minuit passé – de beaucoup – et la pluie d'octobre détrempait le monde à travers un crachin silencieux et constant. Comme si les cieux eux-mêmes pleuraient devant tant de misère. À la lumière d'un réverbère voisin, Liz, couchée sur le flanc, regardait les gouttes glisser sur les vitres. Elle percevait derrière elle les petits mouvements d'Anne faisant semblant de dormir ; la poitrine qui se levait et se baissait ; le geste, parfois, d'un bras ou d'une jambe cherchant à chasser une crampe. La jeune femme était déjà là quand Liz était remontée.

« Je peux dormir avec toi ce soir, Liz, s'il te plaît ?

— Bien sûr, chérie. Moi aussi, j'ai besoin de quelqu'un. »

Mais le sommeil n'était pas venu, et chacune restait aussi immobile que possible pour ne pas déranger l'autre. Une comédie du repos, à deux, alors que tout repos était impossible, vu les pensées et les émotions qui parcouraient leur cervelle.

Dieu, quelle désolation ! Quelle épouvantable désolation ! Robert, à quelques mètres de là, dans l'obscurité de sa propre chambre, en train d'affronter son propre cocktail d'idées noires et de honte personnelle. Seul, car il était un « homme ». Incapable de partager, et néanmoins pas assez vieux pour supporter un tel fardeau. Parce qu'il était le fils, légèrement favorisé par ses parents, la prunelle des yeux de sa grand-mère. Il avait besoin de réconfort, mais les règles du jeu interdisaient qu'on le réconforte. Incapable de goûter au luxe des larmes, car les « hommes » (hormis les « vieux » comme son grand-père) n'avaient pas droit à cette faiblesse. Liz connaissait Robert, connaissait ses exigences, ses principes juvéniles. Exigences inaccessibles, principes impossibles. Mais c'était là une vérité que Robert devait encore découvrir, et qu'il était en train de découvrir. Pauvre Robert. De tous, c'était lui qui souffrait le plus.

Et Anne. Là, à côté d'elle, faisant semblant de dormir. En langage savant, pubère depuis belle lurette, mais en réalité toujours une enfant. Toujours pleine de l'innocence des enfants. « Liz, quand je serai grande, je veux être comme toi. Apprends-moi, s'il te plaît. » Et cette remarque avait été faite moins de deux ans auparavant. « Anne, mon chaton, quand tu seras grande, tu seras toi. Comme nous tous. Nous sommes tous uniques.

— Oui, mais comme toi plus que *personne d'autre*.

— Ta mère, mon chaton. » La loyauté exigeait de Liz ce léger reproche. « Sois comme elle. Tu seras une bonne personne. »

Pourtant, c'était avec sa tante qu'elle voulait dormir. Pas avec sa mère. Incapable d'affronter seule l'obscurité. Incapable de se débrouiller sans le soutien de sa Liz adorée.

Mon Dieu, William, tu as beaucoup de comptes à rendre, et pas tous au tribunal. La plupart d'entre eux, pas au tribunal. Les gros titres des journaux, au petit déjeuner, demain. Aujourd'hui n'a été qu'un avant-goût. Le hors-d'œuvre. Le repas est loin d'être terminé. Nous n'avons pas encore vu le festin. Je me demande si tu y as pensé quand tu…

« Écoute ! »

Anne se redressa sur le lit. Son cri transperça les pensées de Liz.

« Le ballon. Le ballon d'eau chaude. »

Liz tendit l'oreille.

« C'est seulement quelqu'un qui…

— Ce n'est pas Robert. Je l'aurais entendu. Il y a une lame du parquet qui grince dans le couloir.

— Très bien, la rassura Liz. C'est ta mère. Peut-être qu'elle…

— Elle se sert toujours de sa propre salle de bains. *Toujours.* Et ce n'est pas ce ballon-là. »

Liz fut gagnée par l'inquiétude de la jeune fille. Elle sortit du lit, alluma, jeta une robe de chambre sur ses épaules. Elle quitta la chambre, s'engagea dans le couloir et, sans prendre le temps de frapper, ouvrit la porte de la chambre parentale. La lumière de la salle de bains attenante, à gauche – la première salle de bains attenante, celle dont s'était toujours servi William –, baignait la chambre, et la silhouette en chemise de nuit était là, penchée au-dessus du lavabo, en train de se taillader le poignet gauche avec une lame de rasoir. La vapeur du robinet d'eau chaude emplissait tout l'espace. Déjà, le liquide rouge maculait l'émail et coulait sur le tapis blanc.

« Les secours ! ordonna Liz.

— Oh, mon Dieu ! Elle est…

— Ne discute pas, ma petite. Appelle une ambulance. Et préviens ensuite Robert. »

Anne fit demi-tour et courut vers le fond du couloir. Liz fonça dans la salle de bains, empoigna l'épaule de sa petite sœur et lui fit faire volte-face. Son visage était grimaçant, enlaidi par le chagrin et l'autoapitoiement. Au moment même où elle se retournait, elle se taillada encore le poignet. La fureur de la gifle sur sa joue envoya Carol valser par terre. Dans sa chute, ses doigts laissèrent échapper la lame de rasoir.

« Espèce… espèce de *conne* ! » s'exclama Liz.

Elle prit une serviette et, pendant quelques secondes, se battit avec sa sœur. Enfin, toute opposition ayant cessé, elle enroula brutalement la serviette autour du poignet ensanglanté.

DEUX

Dans ma vie, mes ennemis comptent à mes yeux autant que mes amis, et quand ils meurent je pleure leur disparition.

Jessica Mitford,
The Making of a Muckraker

« Elle s'en sortira. »

Le toubib s'appelait Bryant. Un peu moins de cinquante ans, un visage anguleux, des cheveux de moins en moins nombreux, de plus en plus gris. Il appartenait à la vieille école – le médecin de famille typique, dont c'était le tour, ce jour-là, de travailler aux urgences de l'hôpital Beechwood Brook Cottage. Bien que totalement incompétent face aux gadgets électroniques médicaux dernier cri, Bryant, quand il s'agissait d'opérer en urgence avec un couteau à pain trouvé sur la table de cuisine la plus proche, était l'homme de la situation. Il fit claquer sa langue et ajouta :

« Quelle idiote. Tout ce qu'elle a réussi à faire, c'est se créer encore plus d'angoisses.

— Vous connaissez ses antécédents ? demanda doucement Liz.

— La fille m'a raconté. » Il regarda la femme aux cheveux ébouriffés, sa robe de chambre enfilée par-dessus sa chemise de nuit. « Vous êtes la mère de substitution, j'imagine ?

— Je suis venue avec elle.

— Et les enfants ?

— Ils sont venus en voiture. Je les ai renvoyés à la maison dès qu'on a su que ça irait.

— Ça va aller. » Il jeta un coup d'œil vers la silhouette endormie sur le lit. Il vit le bras bandé et le goutte-à-goutte relié à la poche en plastique. « Si un jour il vous prend l'envie de faire la même chose, ne vous y prenez pas comme ça. Ça ne marche jamais. C'est trop long… Il y aura toujours quelqu'un pour arriver à temps.

— Est-ce qu'elle est… » Liz chercha le terme juste. « Sous sédatifs ?

— Elle est shootée jusqu'à la moelle, répondit le médecin. Elle dormira à poings fermés jusqu'à ce soir. Elle se réveillera, mangera un morceau, puis se rendormira.

— Elle a pris un sacré coup sur la tête.

— J'imagine bien. Pourquoi personne n'a appelé son médecin avant ?

— Elle ne voulait pas en entendre parler.

— Je peux l'imaginer aussi. » Il tendit la main et prit Liz par le coude, fermement. « Maintenant, vous allez rentrer vous coucher.

— Je préférerais…

— Ordre du médecin, jeune fille.

— Vous n'êtes pas mon médecin », protesta-t-elle faiblement. Elle contempla la silhouette endormie de Carol Drever, ses cheveux collés par la sueur, ses lèvres exsangues, ses yeux cernés. « Elle a besoin d'avoir quelqu'un à ses côtés quand elle reviendra à elle.

— Il y aura quelqu'un. » Il sourit, et ce sourire sembla rajeunir son visage d'homme mûr.

« Notre hôpital est très efficace, vous savez. Ce n'est peut-être pas le Guy's de Londres, mais on sait comment nourrir et réconforter nos patients. »

Elle se laissa guider hors de la chambre, puis dans les couloirs, jusqu'au petit parking.

« Je vais vous raccompagner. Ça ne me fait pas un grand détour. »

Elle ne souleva pas d'objections non plus lorsqu'il l'aida à s'installer sur le siège passager de la Peugeot. Elle était trop fatiguée. Trop vidée émotionnellement. On ne pouvait supporter qu'un temps toutes les angoisses du monde… Après, ras le bol.

Le trajet fut bref et silencieux. Le médecin conduisait prudemment. Il évitait même les nids-de-poule et les réparations mal aplanies. Il avait conscience qu'elle était éreintée. Pour le moment, elle était sa patiente et ce trajet faisait partie du traitement. Il freina doucement devant le portail, sortit de la voiture et lui ouvrit la portière.

« Au lit », lui rappela-t-il.

Elle acquiesça.

« Passez la voir cet après-midi, suggéra-t-il. Plus tard. Vers 16 heures. Elle sera encore dans les vapes, mais elle aura les idées claires. »

Elle acquiesça de nouveau, et il la regarda se traîner vers la porte d'entrée.

Anne l'attendait. Elle avait pris un bain, s'était habillée. Pour l'instant, les rôles étaient échangés. D'un hochement de tête, la jeune fille de vingt ans remercia Bryant, referma la porte, puis accompagna Liz en haut de l'escalier, jusqu'à la chambre.

Robert Drever avait une ambition dans la vie, une ambition qui occupait constamment son esprit et accaparait l'essentiel de l'argent de poche que son père (et désormais sa mère) lui donnait. Quand les autres garçons de dix-huit ans draguaient les filles, fantasmaient sur des motos MV Agusta montant à cent soixante ou se cassaient la voix en encourageant onze types en maillot sur un terrain de football, Robert Drever, lui, rêvait d'être architecte. Pas d'être n'importe quel architecte. Pas même d'être un bon architecte. Non, il rêvait d'être *l'architecte*. Le grand architecte de son temps. Le John Nash du XXe siècle. Un génie au goût impeccable.

Mais Robert ne se berçait pas d'illusions. Il avait mis du temps à démarrer et, malgré toute l'assiduité dont il était capable, il avait raté l'université d'un cheveu. Alors ç'avait été l'école polytechnique Bordfield, et beaucoup de travail pour rattraper, puis dépasser, les petits cracks à qui tout avait semblé d'abord si facile. Il y arrivait, lui aussi. Un mur entier de sa chambre était couvert de bibliothèques, et chaque rayonnage débordait de textes relatifs aux mille et un aspects de l'architecture. Bien davantage que les tensions et les contraintes, les projets et les proportions. La psychologie sociale faisait également partie du programme. Le subtil « marquage de territoire » qui, à condition d'être habilement mené, dressait une barrière invisible face au vandalisme imbécile. La bêtise – voire la cruauté involontaire – des clapiers et des tours d'immeubles qui posaient les individus les uns à côté des autres, les uns au-dessus des autres, mais détruisaient ce qui était autrefois une communauté. « L'architecture, c'est bien plus que dire à un maçon quelles briques utiliser et où placer les toilettes. Bien faite, elle facilite la vie et le civisme. Mal faite, elle est source d'anarchie. L'habitat détermine ce que l'on est. » Le professeur, en aboyant ce conseil d'une valeur inappréciable devant une classe tout ouïe, avait ouvert à Robert les portes de son métier... Et dès lors, plus rien ne pouvait l'arrêter.

Aussi, et nonobstant les turbulences domestiques, Robert se présenta-t-il à l'école polytechnique Bordfield en s'efforçant de mettre de côté ses problèmes personnels grâce au travail et à l'étude.

Malgré tout, pendant la pause matinale, il n'y eut rien à faire. Ses amis – de bons amis qui, jusqu'à présent, partageaient avec lui leurs rires – lui jetaient des coups d'œil et tournaient la tête. Choisissaient, apparemment par hasard, une autre table à la cantine et le laissaient seul avec sa solitude, son Coca et sa gêne. Ce n'était pas une cruauté délibérée de leur part. Il n'était pas ostracisé. Non, simplement... *il était le fils de son père*. C'était aussi simple que ça. Aussi élémentaire que ça. Avec le temps – Dieu seul savait combien de temps –, les choses reprendraient leur cours. Vraiment ? Car aussi longtemps qu'il vivrait, il serait toujours ça : le fils de son père.

« À quoi tu penses ? »

La voix l'arracha à sa sombre méditation. Sally l'avait rejoint, et – bien qu'il gardât cela secret – Sally était une personne très chère à son cœur.

« Tu ne devrais pas être ici. »

Les mots, et le sourire qui les accompagnait, étaient pleins d'amertume.

« Pourquoi pas ? demanda-t-elle.

— Jack l'Imitateur. » Une fraction de seconde, puis il ajouta : « Je pourrais être quelqu'un de dangereux.

— Oh, ce qu'il ne faut pas entendre ! » Sa colère était sincère. Elle se refléta dans la sauvagerie avec laquelle elle arracha l'anneau de la cannette. « Tu devrais avoir honte.

— Regarde autour de toi, Sal. » Dans la voix de Robert, un soupçon d'autojustification, et plus qu'un soupçon d'autoapitoiement. « Je suis comme un… lépreux. »

Elle avait incliné la cannette vers sa bouche. Après en avoir bu une gorgée, elle pointa un index accusateur.

« Robert Drever, tu commences à m'emmerder.

— Regarde-les, dit-il en haussant légèrement le ton.

— Je n'ai pas à les regarder. Je sais. Ils sont désolés pour toi, mais ils ont la trouille de dire une bêtise. À leur place, tu n'en ferais pas autant ?

— Je… Sans doute. »

La cannette fit de nouveau un aller-retour vers la bouche de Sally, qui poursuivit :

« Tu sais quoi ? Un jour, mon vieux s'est fait cueillir pour conduite en état d'ébriété. Il était complètement bourré. Il aurait pu tuer n'importe quoi, n'importe qui. Un petit enfant innocent… N'importe qui. Ça lui a coûté six mois et son boulot. C'était il n'y a pas *si* longtemps que ça.

— Je ne vois pas ce que tu veux...

— Ils m'ont laissée conduire ma mobylette.

— Ils ?

— Les bourrins. Les flics.

— Je ne vois toujours pas ce que...

— C'est la même chose, espèce de pauvre crétin fini. Mon vieux et moi. Ton vieux et toi. Ce n'est qu'une question de degré. » Elle toucha la main de Robert. Elle mit de la douceur dans sa voix lorsqu'elle dit en plaisantant : « Les jambes de bois, Robert. Ça ne se transmet pas de génération en génération. Ton père a un faible pour les putes. Toi, tu as un faible pour les cathédrales. Estime-toi heureux. Tiens-t'en à tes cathédrales... Le pire qui puisse t'arriver, ce serait de tomber du haut d'une flèche et de te casser le cou. »

Alors que les larmes lui picotaient les yeux, un sourire timide se forma sur les lèvres de Robert. Cette Sally – cette créature unique dont il était secrètement fou amoureux – avait un je-ne-sais-quoi d'envoûtant qui n'appartenait qu'à elle.

Sur un ton plus grave, elle ajouta :

« Sois patient avec eux, Robert. Ils t'aiment bien. Ils ne te snobent pas... Sérieusement. Ils t'apprécient. Ils t'apprécient *encore*.

— Mouais. » Il retourna sa main et serra les doigts de Sally. « Je... Tu sais, moi aussi je t'aime bien... Je t'aime même beaucoup. »

Anne s'affairait dans la maison. Tout cela était, pour l'essentiel, inutile. Elle aspirait ce qui avait déjà été aspiré ; elle briquait ce qui avait déjà été briqué. Mais elle faisait tout – n'importe quoi – pour rester concentrée sur des futilités, loin du sujet qui l'attirait avec la force d'un aimant. À midi, elle prépara des œufs brouillés sur du pain grillé. Lentement, délicatement, et non pas, comme elle en avait l'habitude, en fouettant à toute vitesse et en versant les œufs sur la tranche à peine éjectée par le grille-pain. Pareil pour le thé. Réchauffer la théière, mesurer avec une précision d'apothicaire, approcher la théière de la bouilloire, verser dès que l'eau chaude atteint le point d'ébullition. Tuer le temps. Remplir chaque minute de soixante secondes de menus détails, en espérant que la concentration dressera un mur d'oubli. Or il n'en fut rien. La concentration ne formait qu'un tamis dont le maillage était trop lâche. Liz dormait à l'étage. Liz était d'une importance capitale. Aussi, tous les quarts d'heure environ, fallait-il entrer dans sa chambre à pas de loup et vérifier qu'elle était bien endormie, puis remonter ses draps afin que ses épaules soient bien couvertes contre le froid d'octobre. Deux fois dans la matinée elle avait téléphoné à l'hôpital. La réponse avait été la même. « Elle progresse de manière satisfaisante. » Une phrase idiote. Dénuée de sens. « Elle progresse. » Un mourant « progresse », mais pas dans la bonne direction. Et « de manière satisfaisante », cela pouvait signifier tout et n'importe quoi. Sans souffrir. À une vitesse raisonnable. Tout et n'importe quoi ! Bon sang, le corps médical ne pouvait-il pas descendre de son piédestal imbécile et comprendre que les gens voulaient *savoir* ? Enfin, voulaient-ils vraiment savoir ? Voulaient-ils savoir ou voulaient-ils surtout être rassurés ?

Et si on lui avait dit : « Elle est en train de mourir. Elle est arrivée à ses fins » ? Or on ne lui avait pas dit ça. On lui avait dit : « Elle progresse de manière satisfaisante. » Estimons-nous heureux. Estimons-nous heureux d'avoir ne serait-ce qu'une vague réponse à laquelle se raccrocher.

Et chaque fois qu'elle était passée devant la fenêtre – une des fenêtres –, elle avait vu les trois journalistes qui attendaient. Qu'attendaient-ils ? Les autres étaient partis. L'actualité d'hier était le passé d'aujourd'hui. Alors qu'attendaient-ils ? Ils n'étaient que trois. L'un d'eux – un genre d'énorme bouddha – l'avait regardée fixement, sans cligner des yeux. Une espèce de vautour obèse, guettant la charogne qu'il pourrait dénicher. Les deux autres, au moins, étaient humains. Assez pour sentir le froid, taper des pieds sur le sol, agiter les bras et détourner la tête chaque fois qu'ils surprenaient son regard. Mais le gros bonhomme, lui, était insensible au froid. Les mains fourrées dans les poches d'un imperméable informe qui tenait plus de la tente, un chapeau tout cabossé au-dessus de sa face bouffie, il restait debout en la fixant de ses yeux globuleux et inertes.

C'était un moment cauchemardesque, et parce que c'était un moment cauchemardesque, on y rencontrait les créatures dont se nourrissent les cauchemars.

C'était aussi un moment de grande solitude. Assise dans la cuisine, loin du regard inquisiteur du gros bonhomme, elle jouait avec les œufs brouillés sur le pain grillé et se sentait seule. Très seule. Liz dormait à l'étage. Robert était à Bordfield.

Sa mère était à l'hôpital Beechwood Brook Cottage. Son père était... Dieu seul savait où était son père. Elle avait l'impression d'être la dernière personne au monde. Et c'était un monde pourri. Un monde atroce et cruel, où la morale ne comptait pour rien et où de gros bonshommes pouvaient vous effrayer par leur simple présence.

Elle devait parler à quelqu'un. N'importe qui ! Au moment d'enfourner la nourriture dans sa bouche, elle décida d'appeler ses grands-parents. Une fois qu'elle aurait fini de manger. Elle leur passerait un coup de fil. Leur parlerait. Leur raconterait les péripéties de la nuit passée. C'étaient des gens bien. Ils comprendraient. Ils compatiraient, et l'abîme qui les séparait de sa mère pourrait peut-être se combler. Ça valait le coup d'essayer. Il était injuste que des gens censés se soutenir les uns les autres dans de pareils moments se retrouvent à...

Comme si ses pensées s'étaient matérialisées, le téléphone se mit à sonner.

Elle emporta l'appareil jusqu'à un endroit du salon d'où elle ne pourrait pas être vue à travers la fenêtre. La dernière chose qu'elle voulait, c'était que le gros la regarde pendant qu'elle aurait une conversation privée. Elle décrocha et rapprocha le combiné de ses lèvres, plus qu'à l'accoutumée.

« Allô ?

— Anne ? Babs à l'appareil.

— Oh ! »

Babs. Barbara Drever. Sa tante. La sœur de son père. Il y avait de la friture sur la ligne. Rien d'étonnant : ce n'était pas un appel local.

« Je suis au bureau. J'arriverai ce soir.

— Oh ! »

On pouvait faire confiance à Babs. On pouvait lui faire confiance pour débarquer après la bataille… Quand elle *croyait* la bataille terminée. Jusqu'à présent, elle n'avait pas eu le temps.

« J'ai des engagements, malheureusement. Je pense à toi – je pense à vous tous –, mais je ne vais pas pouvoir venir plus tôt. Chérie, tu as l'air inquiète. »

Pourquoi devrais-je m'inquiéter ? Mon père vient d'être condamné pour un triple meurtre, et ma mère, de faire une tentative de suicide. Qu'est-ce qui devrait m'inquiéter ? Bon sang, mais avec quelle sorte de gens est-ce que sa tante frayait ?

Elle se força à dire :

« Non. Pas inquiète. Je… Je m'habitue à la situation, je crois.

— Carol est là ?

— Non. » Elle déglutit, puis ajouta : « Elle est sortie, j'en ai bien peur.

— Faire des courses, j'imagine. »

Anne ne répondit pas à la question implicite, préférant esquiver.

« À quelle heure arrives-tu ?

— Vers 21 heures, dit Babs. Mais sans doute plutôt 21 h 30. Je ne peux pas décoller avant 18 heures.

— Mais tu ne pourras pas…

— Ne t'en fais pas, Anne, ma chérie. » Il y eut le gloussement idiot d'adolescente qu'elle prenait pour rire. « Je remonte avec un ami producteur. Il voyage dans le Nord pour un tournage. Il a une

Mercedes. Quand il conduit, on a l'impression que la M1 est à sens unique. »

Babs avait des tas d'amis. Tous de sexe masculin. Tous propriétaires de grosses voitures, toujours prêts à rendre service. Pas étonnant qu'elle soit incapable de retenir ses maris. Elle en avait déjà eu deux, et de toute évidence elle en avait repéré un potentiel troisième.

« Qu'est-ce que tu dis, Anne, ma chérie ?

— Oh, euh… Rien. Je dois prévenir grand-père et grand-mère ?

— Qui ? Ah, Bill et Mary… Non, ma chérie. Trouve-moi une chambre pour deux nuits dans un hôtel correct. Je les appellerai à mon arrivée. »

« Bill » et « Mary ». Nom de Dieu, c'étaient ses *parents* ! Des parents vieux jeu, des gens merveilleux. D'une génération qui n'était pas portée sur les prénoms à tout bout de champ. L'âge, ainsi qu'une vie saine et honorable, exigeait un certain respect, et ce respect voulait que leurs propres enfants les traitent comme des parents.

Anne s'entendit dire :

« On a de quoi te loger ici.

— Écoute, chérie, je ne veux pas m'incruster là où…

— Tu ne t'incrusterais pas. Il y a toute la place qu'il faut.

— Si je me souviens bien, vous n'avez pas…

— Toute la place qu'il faut, tante Barbara.

— Quoi ? »

Ce « tante Barbara » l'avait ébranlée. Anne l'imagina penchant la tête et regardant fixement le combiné.

« Tout ce qu'il faut. Pas besoin de dépenser des sous pour un hôtel. »

Anne raccrocha. Sans lâcher le combiné, elle prit de longues inspirations pour endiguer la colère qui montait en elle. Quelle connasse. Bête et prétentieuse. Ne voyait-elle pas à quel point elle était ridicule ? Dans sa façon de parler comme dans sa façon d'être ? « Babs », nom de Dieu… Certes, il y avait « Liz », et le lien était le même. Exactement le même. Mais Liz avait *gagné* le droit, avec le temps. Et Liz ne prenait jamais de grands airs, ne se faisait jamais passer pour une femme exceptionnelle, ne se donnait jamais pour plus jeune qu'elle ne l'était. Liz était… *Liz*. Alors que « Babs » était tante Barbara jouant les emmerdeuses.

Sur un coup de tête, elle détacha sa main du combiné et composa un numéro.

Mary Drever entra dans la chambre par le petit couloir du pavillon. Chacun de ses mouvements était prudent, lent. Son arthrite rhumatoïde lui interdisait toute possibilité de se hâter, sans compter que, deux ans plus tôt, une crise cardiaque assez grave lui avait fait soudain comprendre qu'elle arrivait au crépuscule de sa vie. Le médecin n'avait pas mâché ses mots. « Vous n'êtes plus jeune, madame Drever. Ralentissez. Menez votre vie à un rythme moins soutenu. Vous ne pouvez plus pédaler en côte aussi vite qu'avant. » Le message avait été bien reçu, tant la douleur terrible qu'elle ressentait dans ses articulations lui rappelait chaque jour son sort, et elle s'essoufflait sans raison apparente. Certains matins, même, elle se réveillait essoufflée, bien qu'elle n'en parlât pas à son mari. N'empêche, ses gestes restaient lents et mesurés, malgré le port altier.

Bill Drever abaissa le *Yorkshire Post*.

« C'était Anne ?

— Oui. » Elle s'installa précautionneusement dans un fauteuil. « Barbara vient d'appeler. Elle passe ce soir.

— C'est très généreux de sa part, grommela Drever.

— Anne dit qu'ils la logeront chez eux.

— Dieu soit loué. »

Bill Drever était un enfant du Yorkshire. Jusqu'à la moelle. Il pensait, sans le dire, que la création s'était simplement fait la main avec le reste du monde et que le produit fini, le produit parfait, avait été le « comté des grandes étendues », comme on surnommait l'endroit. Bill était un maçon à la retraite. Un maçon intermittent, aimait-il à rappeler. Il est vrai que, en près d'un demi-siècle, il n'avait construit qu'une demi-douzaine de maisons... Sans compter le pavillon dans lequel ils habitaient. Non pas que sa minuscule équipe ne pût pas construire de maisons ; elle savait en construire de meilleures que la plupart des entreprises. Mais la main-d'œuvre et les matériaux de qualité réduisaient la marge, et réparer les cochonneries laissées par des artisans moins consciencieux rapportait davantage. Comme dit le proverbe, ce qui ne peut pas parler ne peut pas mentir. Six maisons et ce pavillon en plus de quarante ans, et pas un seul n'avait dû être « réparé ». Pas même une ardoise décrochée ou un tuyau bouché. Une maison était faite pour durer. Bien construite, elle *durerait*... beaucoup plus longtemps que les hommes qui l'avaient construite.

Lorsqu'il releva son journal, Mary dit :

« On ferait bien de l'inviter.

— Pourquoi ? »

Il baissa une fois de plus son journal et maugréa. « Bill !

— Écoute, petite mère. » Il referma le journal et avisa la seule femme qu'il eût jamais regardée, qu'il eût jamais embrassée, avec une tendresse rude aussi sincère, aussi intense qu'au jour de leur mariage. « Elle n'est pas de notre génération. Je ne comprends pas comment fonctionne son foutu cerveau.

— Ne sois pas grossier, Bill. »

Grossier ! Parbleu, c'était bien là un des fardeaux de la retraite. Surveiller son langage. Dans le temps, à l'atelier, il jurait comme un charretier à la moindre contrariété. Il avait une langue et il s'en servait. Désormais...

« Pardon, s'excusa-t-il. Mais c'est notre fille, et j'ai le droit de dire ce que je pense. Elle est cinglée. Tu le sais très bien, je le sais très bien. Ces Londoniens avec qui elle fricote. Tous des...

— C'est notre fille, Bill.

— Oui, répondit-il avant de prendre une longue inspiration. De même que William est notre fils. Ces deux-là font vraiment une foutue paire, je dois reconnaître.

— Bill, ne...

— Bon sang de bois, j'ai bien le droit d'être grossier chez moi. Ce qu'*il* a fait... Ce qu'*elle*

69

est devenue… Ça suffirait à faire jurer un saint. »
Sa lecture du *Yorkshire Post* avait occupé ses
pensées, mais à présent l'angoisse des dernières
semaines, et surtout des dernières vingt-quatre
heures, revenait rider son visage et affliger ses
yeux. Sa voix avait quelque chose de terrible-
ment contrit lorsqu'il ajouta : « On s'est trompés
quelque part en chemin, ma chérie. On ne les a pas
bien élevés. Nom de Dieu, qu'est-ce qu'*on* a fait ?

— Je ne sais pas, répondit-elle tristement.

— Ils avaient un beau foyer. Une bonne mère…
On ne peut pas faire mieux.

— Carol s'est taillé les veines, lâcha-t-elle.

— Hein ?

— Elle s'est taillé les veines. Elle est à l'hôpital. Anne vient de me l'annoncer.

— Comment ça, "taillé les veines" ? Avec quoi ?

— Un suicide », soupira-t-elle. Pour elle, le mot
était presque tabou. Comme les jurons. « Elle a fait
une tentative de suicide.

— Oh, bordel !

— Hier soir. »

Cette fois, malgré le cri du cœur de son mari,
elle ne le sermonna pas. C'était *sa* manière de faire
et il avait de bonnes raisons.

« Elle est à l'hôpital. Inconsciente. Liz est restée
auprès d'elle toute la nuit. Anne est toute seule.

— Qu'est-ce qu'ils feraient sans Liz…

— Je sais.

— Et Robert ?

— Il est à l'école. Il a insisté pour y aller. Ça
paraissait plus raisonnable.

— Liz est toujours avec Carol ?

— Non. Elle est rentrée se coucher. Elle est épuisée.

— Sans blague. » Il replia le *Yorkshire Post* très soigneusement. C'était sa seule et unique lecture, le seul et unique organe de presse en lequel il eût confiance. Avec la BBC. Tout le reste était suspect. D'une voix lourde, il dit : « On ferait mieux d'aller là-bas.

— J'espérais que tu dirais ça. » Elle lui adressa un bref mais triste sourire plein de gratitude. « Je vais préparer de quoi manger. Pour ne pas qu'Anne se fatigue.

— Entendu. »

Avec le même soin et la même prudence, elle se rendit dans la cuisine. Ses mouvements étaient lents, mais délibérés. L'expérience et les erreurs passées lui avaient appris à rester une ménagère efficace malgré son handicap. Elle ignorait le mot « productivité », mais il s'agissait bien de ça. Chaque chose avait sa place, tout devait être à portée de main. Que son mari ne l'aidât pas n'importait aucunement. Il n'était pas *censé* aider. La cuisine était le pré carré de Mary. C'était la tâche des femmes, bien au-delà des capacités limitées des hommes. Bill ne ferait que la gêner. Il ne saurait pas où ranger les ustensiles. Il serait un obstacle plutôt qu'un soutien.

Pendant qu'elle cuisinait, elle se souvint. De tant de choses. De sa fille. De son fils.

Bill avait voulu que William travaille à l'atelier. Qu'il reprenne le flambeau une fois lui-même parti à la retraite. Normal. C'était une bonne affaire, florissante. Bill avait sué sang et eau pour se faire un nom. Il était normal qu'il veuille que son fiston lui succède. Sauf que William n'était pas Bill. Il ne l'avait jamais été. Comme cette fois, mémorable, où Bill l'avait envoyé tout en haut de l'échelle.

C'était dans l'ancienne maison, celle qu'ils avaient habitée pendant toute la vie professionnelle de Bill, juste à côté de l'atelier. Une baraque haute et immense. Trois niveaux. Et plusieurs caves, dont l'une servait d'atelier au plombier. Au rez-de-chaussée, une des pièces tenait lieu de bureau. Des greniers. Des chambres, pour certaines jamais utilisées. Et Bill étant ce qu'il était, la maison avait fière allure. Elle avait simplement besoin d'un coup de peinture. Enfin, pour être exact, elle n'avait pas *besoin* d'un coup de peinture : elle aurait pu tenir encore deux ans comme ça sans faire de mal à personne. Mais Bill disait qu'elle avait besoin d'un coup de peinture. Alors il fallait la repeindre.

« William pourra m'aider. Au moins, il ne fera pas le zouave, comme ça. »

C'étaient les grandes vacances et William n'avait que treize ans, bientôt quatorze. Naturellement, au bout de deux semaines, il avait tendance à s'ennuyer un peu.

« On commence par le haut. William peut décoller la vieille couche et poncer la surface au papier de verre.

— C'est un peu haut, mon chéri.

— Hein ?

— Haut. C'est encore un gamin, je te rappelle.

— Il est bien assez grand, la mère. Il faut qu'il apprenne. Et l'échelle est stable. *Je* vais l'attacher avec une corde. Ne t'inquiète pas. »

Le visage blême du jeune garçon lorsqu'il leva les yeux vers le haut de l'échelle. Le soupçon de tremblement sur sa lèvre inférieure.

« Alors, prends ton temps, fiston. Pose bien la jambe sur un barreau, comme tu l'as souvent vu faire. Il ne va rien t'arriver. Aucune crainte à avoir. Oublie que tu es là. Concentre-toi sur ce que tu fais.

— Papa, je crois…

— Détends-toi. Ne te précipite pas. Le chalumeau dans une main, le racloir dans l'autre. Assure-toi de bien brûler la peinture, pas le bois. Dès qu'elle commence à cloquer, c'est bon. Racle-la tant qu'elle est encore tendre. Tu prendras le coup de main en un rien de temps. »

La lente, l'effrayante ascension.

« Ne te colle pas à l'échelle, fiston. Fais comme si tu montais l'escalier, rien de plus. »

Le lent – si lent – passage de la jambe entre deux barreaux.

« Voilà, petit. Tu te débrouilles comme un chef.

— Bill, dis-lui de redescendre. Il est terrorisé.

— Il va très bien, la mère. Il *ne peut pas* tomber, maintenant… Même s'il le voulait.

— Si, il peut tomber, patron.

— Hein ? »

Jim. Jim Wells. Un simple ouvrier non qualifié, mais curieusement plus perspicace que tous les autres. Plus silencieux. Jamais un cri, jamais un juron. Mary l'observait, parfois, quand il travaillait à l'atelier. Au déjeuner, il restait assis un peu à l'écart des autres et, pendant que ceux-ci lisaient les dernières pages des journaux, Jim Wells dévorait un livre. Parfois un livre de la bibliothèque. Parfois un livre de poche.

« Si j'étais toi, patron, je le ferais redescendre.

— Tu ne devrais pas être en train de mélanger le ciment, Wells ?

— Si.

— Dans ce cas, qu'est-ce que tu fous… Surveille ton chalumeau, fiston. Surveille ta flamme ! Tu vas brûler toute la baraque !

— Bill, pour l'amour de Dieu…

— Envoie le chalumeau, William. Renvoie-le gentiment.

— Wells. Pour qui est-ce que tu… »

Le chalumeau tomba et atterrit sur l'allée en bitume. Un chalumeau à l'ancienne, au pétrole. Et soudain l'explosion, comme une bombe. Un nuage de flammes et de fumée. Jim Wells se précipitant vers les sacs de ciment et le mélange sec qu'il était en train de préparer, puis rapportant un sac fermé et le balançant sur les flammes. Un simple quintal de ciment, mais qui étouffa le feu.

Puis il avait grimpé l'échelle. En vitesse mais en douceur, à la manière d'un chat, en prenant garde de ne pas la faire basculer plus que de raison. Et la descente. Lente. Prudente. Un barreau à la fois. Avec la tête de Jim à hauteur des épaules de William, et ses bras puissants formant une barrière, à droite et à gauche, comme une cage.

« Je crois que vous feriez mieux de le ramener à la maison, madame Drever. Une bonne boisson chaude et un peu de repos.

— Merci, Jim. »

Une vaine recherche des mots justes, et un dernier « merci » étouffé.

« Wells ?

— Oui, patron.

— Quand tu en auras fini pour aujourd'hui, tu passeras au bureau. Tu ne reviens plus travailler ici. »

Et la réponse mordante, marmonnée :

« Bien, patron. »

Sans amertume, sans surprise.

Elle se demanda ce qu'était devenu Jim Wells. Elle s'était souvent posé la question. Il méritait mieux que ça, mais il *ne s'attendait* pas à mieux. Bill était dur, à l'époque. Oh, bien sûr, il s'était attendri avec l'âge, mais à l'époque... Dur comme pas deux.

Ils mangèrent des sandwichs au pâté et burent du thé dans des gobelets d'une demi-pinte, comme Bill aimait à le boire. Et ils discutèrent, et leur discussion ne faisait que trahir leur sidération. Un suicide – une tentative de suicide – dépassait leur entendement. Pour être honnête, un meurtre aussi. Et, à un degré moindre, les choix de vie de leur fille.

Leur monde était simple. L'homme trimait pour gagner sa vie. Il se mariait avec une femme et elle connaissait, elle aussi, sa place. Elle savait cuisiner, un peu coudre, faire la lessive hebdomadaire, garder la maison propre, élever des enfants. Pour cela, l'homme lui payait son « ménage » sans rechigner et réglait les grosses dépenses – le gaz, l'électricité, la taxe d'habitation, le charbon, l'essentiel de l'habillement, sauf les sous-vêtements. Si sa femme arrivait à économiser un peu sur le « ménage », elle dépensait comme bon lui semblait. Mais pas de folies tant que la famille n'avait pas été nourrie et les frais payés. Elle se tenait bien, aussi. Elle se rappelait qu'elle était mariée et elle agissait en conséquence. Lui, de son côté, faisait de même. Pas trop d'alcool et pas d'autres bonnes femmes dans les coulisses. Elle ne posait pas de questions. Elle acceptait le fait qu'il connaisse son affaire et elle ne fourrait pas son nez dans les histoires de sous. Souvent elle ne savait même pas, ou ne voulait pas savoir, combien il gagnait. Mais *lui*, s'il avait un tant soit peu de fierté, ne jetait pas son argent par les fenêtres. Il économisait, car il savait qu'un jour il ne pourrait plus travailler – tôt ou tard il vieillirait ou tomberait malade – et, si Dieu le voulait, elle serait toujours sa femme et il serait encore tenu de l'entretenir. Ils auraient la belle vie. Ils vivraient sur les rentes versées par une société de crédit immobilier.

Un monde simple. Un monde où la charité (qu'elle soit donnée ou reçue) avait peu de place. Non pas un partage, mais plutôt une stricte séparation des responsabilités, bien comprise et acceptée… Et ça marchait. Ç'avait bien marché. Alors pourquoi diable leurs deux enfants ne s'y étaient-ils pas tenus ? Ni lui ni elle ne pouvait le comprendre.

Bill Drever avala sa bouchée, se rinça la bouche avec le thé et marmonna :

« Il n'avait pas besoin de voler. Nom de Dieu, il avait un bon salaire… Il n'avait pas besoin de voler.

— Il n'avait pas besoin d'assassiner, dit tristement Mary.

— Non. » Drever prit un air renfrogné, comme s'il soumettait une conclusion mûrement réfléchie, et ajouta : « En même temps… Il m'est déjà arrivé de vouloir taper sur des gens.

— Mais ces… *femmes*.

— Ça me dépasse.

— Et… ce qu'il a fait. Pas seulement les tuer.

— N'importe qui d'autre… »

Ses mots s'achevèrent par un long soupir. Ils ne voulaient rien dire.

C'était leur manière de parler. Une forme de communication à laquelle ils s'étaient habitués, depuis le temps. N'importe quel étranger instruit – tout individu versé dans l'art de la conversation – y aurait vu quelque chose de similaire aux grognements et aux marmonnements de l'homme des cavernes. Mais *eux* comprenaient. Pour eux, ç'avait un sens. Pour eux, il y avait là des nuances qui restaient inaccessibles à la plume des poètes.

En début d'après-midi, Liz était sur pied. Elle prit un bain, dans la salle de bains de Carol, car les taches écarlates sur le tapis de l'autre n'avaient pas encore été complètement effacées. Elle se prélassa dans l'eau chaude et parfumée. Elle estimait ne pas mériter moins.

Carol ?

« Va au diable, Carol, murmura-t-elle à voix basse. Va au diable pour avoir fait empirer la situation. »

William ?

Elle devait accepter que William était faible. Que, depuis qu'elle le connaissait – presque trente ans –, elle le voyait comme un homme faible. Un homme dirigé et influencé par les autres. Un homme irrésolu. Un homme parfaitement incapable de faire une promesse et de la tenir. Elle devait l'accepter, et pourtant…

Le meurtre est un acte très *résolu*. Sans doute l'acte le plus résolu qu'on puisse concevoir. Non pas la mort donnée dans le feu de l'action, non pas la colère qui monte, la soudaine perte de contrôle et le geste exécuté dans la chaleur incandescente d'un esprit devenu fou. Non, pas ça. Une chose planifiée. Réfléchie. Une chose qui se fait pas à pas, que l'on commet et sur laquelle on brode afin de la rendre encore plus diabolique. Un acte *très* résolu.

Alors pourquoi William ? Quelles forces pouvaient-elles pousser un homme tel que lui à de telles extrémités ? À quelque chose d'aussi éloigné de son personnage ?

Ces derniers temps – jusqu'à son arrestation –, il avait paru normal. Avec le recul, peut-être un peu plus agité qu'avant… Peut-être, oui. Qui aurait pu savoir ? Lorsque arrive ce genre d'événement, vous avez tendance à éplucher le passé jour par jour – presque heure par heure – pour y déceler des signes. Avec la conviction qu'il a forcément dû y avoir *quelque chose*. Quelque chose que vous auriez dû voir mais qui vous a échappé. Une humeur changeante, par exemple. Un indice que vous avez négligé. Un épisode aussi dérisoire qu'inexpliqué. Un léger changement de comportement, voire une différence dans la manière de parler, de s'habiller, de réagir aux situations du quotidien. L'esprit était incapable d'accepter que trois meurtres, commis avec un sadisme abominable, aient pu ne s'accompagner d'aucune manifestation extérieure.

Et pourtant, avec William…

Ah, si. Quatre ans auparavant – *environ* quatre ans auparavant –, mais ça faisait quatre ans ! Une brouille conjugale. Rien et beaucoup à la fois. Elle avait duré quelques semaines, pendant lesquelles Carol tournait dans la maison comme une bête en cage, écumant, critiquant. Mais maris et femmes passent parfois par ces phases-là. Et autant que possible – pour le bien d'Anne et de Robert –, ils l'avaient gardé pour eux. Enfin, presque.

« Liz, ne te marie *jamais*.

— Ça ne fait pas partie de mes projets d'avenir immédiats. »

Tout bien réfléchi, il y avait sans doute eu une certaine gravité passionnée dans ses paroles. Sans doute. En même temps, Carol avait l'habitude de monter sur ses grands chevaux.

« Ce type est un animal. Un animal absolu.

— Oh, *arrête*. Il n'est pas parfait, mais…

— Ne discute pas, Liz. Tu n'es pas mariée avec lui. Tu n'es pas obligée de coucher avec lui. »

Les bonnes manières exigèrent alors de Liz qu'elle ne pose plus de questions et ne fasse plus de remarques. Les conversations sur l'oreiller et le sport en chambre étaient choses sacrées. Liz n'était que Liz, l'obligeante tante et belle-sœur. Mais deux, peut-être trois jours plus tard :

« Liz, il faut que je te demande quelque chose.

— Oui.

— Tu me diras la vérité ?

— Bien sûr.

— Est-ce qu'il t'a déjà… Enfin… »

Mais la question était restée coincée dans sa gorge.

« Quoi donc ?

— Enfin… Proposé des choses ? *Fait* quoi que ce soit ?

— Qui ? William ? »

Passé le choc initial, Liz avait failli éclater de rire.

« Tu… Tu me le dirais ? »

Le ton pressant dans *cette* question.

« Carol, ta question est scandaleuse. Insultante.

— Tu me le dirais ?

— Je ne resterais pas assez longtemps pour te le dire. S'il arrivait quoi que ce soit – quoi que ce soit dans ce registre-là –, je n'attendrais même pas pour faire mes valises.

— Non… Il ne le ferait pas. » Le front plissé par la concentration. L'acceptation totale de la réponse. « Non. Bien sûr qu'il ne le ferait pas. Pas avec *toi*. »

Curieux comme cette dernière phrase lui avait fait mal. C'était idiot. Mais Carol avait le don pour injecter de fortes doses de venin dans ses mots. D'accord, elle (Liz) n'était pas une beauté à couper le souffle, elle ne l'avait jamais été, n'avait jamais fait mine de l'être. Mais enfin elle n'était pas laide... Pas au sens où l'avait sous-entendu Carol. Quelconque ? D'accord. Quelconque. Mais il n'y avait rien de méprisable à cela. Elle aurait pu fonder une famille. Avec le bon mari, elle aurait pu faire fonctionner les choses, et l'objectif du « ils vécurent heureux » aurait *pu* être atteint. Des enfants, peut-être. Peut-être pas... Et alors ? Avec le bon mari, ça n'aurait pas eu beaucoup d'importance. Ils auraient été amoureux, et pour sûr *lui* ne serait pas allé dans le quartier chaud d'un patelin pour...

Minute, papillon ! Minute.

Pousse ton raisonnement encore un peu plus loin – médite cette pensée encore une seconde de plus – et tu vas te retrouver sur un terrain très dangereux. Il est des excuses que l'on ne doit pas trouver. Qu'on ne doit même pas chercher. Le triple assassin, c'est lui. Carol n'est que ta sœur. Une sœur très compliquée, une sœur pas très aimante, une sœur qui est parfois une sacrée emmerdeuse et qui n'est jamais une sœur très « sœur ». Mais si c'est un crime, alors c'est le seul qu'elle ait jamais commis, et elle ne s'est pas servie d'un couteau pour le commettre, avant de laisser derrière elle trois corps mutilés... Donc minute, Elizabeth Stewart. Ne laisse pas ton imagination s'égarer sur des chemins interdits.

Comme si en lavant son corps elle pouvait aussi laver son esprit, elle se laissa glisser plus profondément dans l'eau et s'amusa avec le savon et l'éponge végétale.

Le gros journaliste était un professionnel. Jusqu'au bout des ongles. Il faisait peur à Anne, il n'était pas l'exemple le plus éclatant de la capacité d'un homme à côtoyer les anges, mais il connaissait son métier. C'était pour lui que les deux autres journalistes étaient là. Grâce à son flair, Snout aurait pu se hisser jusqu'aux grands journaux nationaux de Londres – n'importe lesquels. Malheureusement, son penchant pour les alcools forts l'aurait fait revenir *illico presto* par le premier train, avec les excuses d'un rédacteur en chef pour lui tenir chaud.

Mais le *Bordfield and Lessford Star* menait un combat permanent contre le *Northern Echo* et le *Yorkshire Post*, et son rédacteur en chef était prêt à tolérer Snout si cela faisait du tirage. Snout. « Museau ». Ce n'était pas son vrai nom, bien sûr, mais celui auquel il répondait joyeusement. Quel que fût l'article, qu'il paraisse dans le *Star* ou qu'il ait été vendu à un autre journal, il signait « Notre correspondant ». Autrement, il était Snout. « Snout, le vieux veut te voir dans son bureau. » « Snout, sur la ligne 22, un appel de Leeds pour toi. Le monsieur ne veut pas donner son nom. » Un jour – il y avait des années de cela –, quelqu'un avait entendu le responsable de la rubrique l'appeler Gerald, lors d'une des interminables disputes relatives à son statut officiel au sein du journal. Une sorte d'appel à la raison. « Gerald, tu fais partie de notre *équipe*. Tu ne peux pas refourguer tes articles à tout le monde. C'est un très bon papier, on l'aurait volontiers publié. » Et il avait parlé à Snout, mais parce que c'était Snout, cela n'avait eu aucun résultat. Hormis cette fois-là, il restait Snout. Le nom auquel il répondait et celui (surnom ou nom de famille) qui lui correspondait le mieux.

Ses deux compagnons étaient plus jeunes, plus minces et, disons-le tout net, intimidés par la réputation de Snout. Eux aussi travaillaient pour le *Bordfield and Lessford Star*. L'un était photographe. « Mais garde ton Brownie bien caché. Je te dirai quand le sortir. » Et quand Snout marmonnait ses instructions, le menu fretin obéissait. Le troisième larron était à peine sorti de la catégorie « jeune journaliste ». Il avait été envoyé là pour observer, apprendre, chercher et rapporter.

Ce fut lui qui montra les premiers signes de rébellion.

« À mon avis, on perd notre temps.

— Qui t'a sonné ? »

La voix de Snout avait été ravagée par l'accumulation de mauvais alcool, de mauvais tabac et d'heures passées debout sous la pluie. Ce n'était plus qu'un gargouillis rauque, comme si elle devait se frayer un chemin à travers une couche de mucus coincée dans sa gorge.

« Tous les autres sont partis. Il n'y a plus rien à en tirer.

— Petit, grogna Snout, trop de gens quittent la salle de théâtre avant la dernière réplique. La femme de Drever a essayé de se buter dans la nuit.

— Oh ! »

Le photographe dit :

« Tu le sais de source sûre ?

— Les urgences. Elle y est encore. » Snout hocha la tête sans détacher les yeux des fenêtres de la façade. « Cette maison est une bombe, petit. Le jour où elle explosera, je veux les photos. Je veux aussi être là pour voir ça.

— Je… Euh, je ne savais pas, dit le jeune journaliste, contrit.

— Il y a tellement de choses que tu ne sais pas, petit, ricana Snout. Plus que t'en as conscience. »

On aurait dit un de ces jeux idiots avec une batte en bois et une balle attachée à son centre par un élastique. La balle décollait, l'élastique se tendait, la balle revenait aussi sec et cognait la batte, ou partait dans la direction opposée. Un jeu sans but, sans intérêt. Une simple balle qui volait en tous sens et qu'on ne pouvait pas maîtriser. Elle venait vers vous, menaçait de vous frapper, puis passait juste à côté avant de revenir vous menacer de plus belle. Un jeu idiot. Un jeu effrayant.

« … enlever la perfusion. Sinon, quand ils viendront la voir… »

« … aurait dû prendre quelque chose pour la calmer avant que la situation… »

« … prise de pitié plutôt qu'accusée. Un appel au secours, en fait. Je doute que… »

« … quand elle reviendra à elle. Ce n'est pas qu'elle est malade. Simplement, elle est… »

Et la plage mouillée de Whitsand Bay, parsemée de rochers, et Liz et les enfants courant et jouant au loin, sans qu'ils puissent les entendre.

« Simplement, tu *n'essaies* même pas.

— Bien sûr que j'essaie. Je me mets en quatre pour être une bonne épouse. »

Et la vaste mer miroitante, s'étirant plus loin que le regard. Le cap de Rame Head, saillie noire à l'horizon. Les maisonnettes en bois çà et là, telles des friandises multicolores sur la pente verdoyante qui remonte de la plage.

« Je te plains. Tu le sais, ça ? La mégalomanie. C'est tout. Un petit bonhomme qui porte des habits trop grands pour lui.

— Jones n'est pas de cet avis.

— Jones ne te *connaît* pas.

— Assez, en tout cas, pour me proposer le poste de directeur.

— Directeur de quoi ? D'une entreprise de rien du tout qui tient sur une jambe. Mon Dieu, tu n'es même pas un comptable *certifié*. Tu peux ajouter des chiffres sans commettre trop d'erreurs. Ils se foutent de toi et tu es trop aveugle pour le voir. Tu es bouché… Tellement bouché que tu ne verras même pas s'ils trafiquent les comptes.

— … revient à elle, docteur.

— Ah oui ? Ah… Bien. »

Et la balle revint, plus rapidement que jamais. Puis la batte disparut et avec elle la balle et l'élastique. Elle ouvrit les yeux. Au-dessus d'elle, il y avait Bryant et une infirmière en uniforme.

« Où…, lâcha-t-elle.

— Vous, dit Bryant d'un air faussement solennel, vous vous êtes comportée comme une jeune femme extrêmement bête. Vous nous avez fait une peur bleue. »

Avec la conscience revint la mémoire, et les larmes se mirent à couler. Une petite pointe de douleur, presque trop ténue pour être remarquée, accompagna le retrait de son goutte-à-goutte. L'infirmière fit rouler le chariot vers la porte de la chambre.

« Pleurez un bon coup. » Avec l'index, Bryant écarta du sourcil de Carol une mèche de cheveux collés par la sueur. « Vous en avez besoin, jeune fille. Toutes les femmes en ont besoin de temps en temps. Ça vaut tous les toniques du monde. Et quand vous aurez terminé, séchez vos larmes, mouchez-vous et appuyez sur la sonnette. » Du menton, il désigna l'objet en plastique en forme de poire qu'elle avait au-dessus de la tête. « On vous nourrira et on vous pomponnera pour les visites.

— Je... Je suis désolée », dit-elle. Ses mains étaient posées sur la couverture. Elle les leva et observa son poignet bandé. « Je suis vraiment désolée.

— On fait tous des bêtises », murmura Bryant. Puis, d'un ton plus enjoué : « Qu'avez-vous envie de manger ? Des tartines ? Des tartines avec du miel ? Je vous recommande le miel. Il vient d'un apiculteur local. Il est excellent. Barbara Cartland ferait des pieds et des mains pour en avoir. »

Elle acquiesça et se mordit la lèvre inférieure.

« Et fini l'autoapitoiement ? »

Se mordant toujours la lèvre, elle fit signe que oui. Elle avait encore envie de pleurer, cependant ce n'était plus tout à fait la même chose. Ce n'était pas son cœur brisé. C'était la honte. Mais une honte particulièrement innocente, pas celle de l'identification au meurtre, à la mutilation et au vol. Plutôt comme une petite fille se faisant rabrouer par une institutrice à la fois adorée et un peu déçue. Ou par son instituteur, en l'occurrence. Pas un médecin. Ou alors, bien plus qu'un médecin.

Bryant sourit et joua son rôle à la perfection. Il toucha très délicatement le poignet bandé de Carol.

« Je ne veux plus voir ces inepties.

— N-non…, promit-elle timidement.

— Mangez vos repas, prenez vos cachets… et souriez. »

Elle sourit obligeamment. Un haussement bref et candide des lèvres. Pudique. Réservé. Un compliment adressé aux larmes qui coulaient encore.

Bryant approuva par un grommellement. C'était un vieux briscard, et pas un mauvais acteur. Pour l'instant, la priorité était d'apaiser la tempête mentale. Il ne croyait pas aux médicaments à la mode, alors que, avec de bonnes méthodes professionnelles, on pouvait obtenir le même résultat pour moins cher et sans autant d'effets secondaires.

Robert Drever rangea ses livres dans un cabas en plastique à fermeture éclair sur lequel les mots « British Airways » étaient imprimés, en blanc sur fond bleu. Il les disposa méticuleusement, encore plus qu'à l'accoutumée, car il voulait laisser le temps à ses camarades étudiants de quitter la salle de lecture avant qu'il s'en aille. C'était peut-être son imagination, mais eux, à leur tour, lui semblaient plus désireux que jamais de partir. Il soupira, parce que c'était *peut-être* son imagination. Et si oui, c'était encore un facteur qu'il devait apprendre à surveiller.

Il marcha lentement dans les couloirs, puis retrouva le froid humide de cet après-midi d'octobre. Il descendit les petites marches une par une en gardant la tête baissée, comme face aux éléments, sans regarder à droite ou à gauche.

Sally Oldfield l'attendait sur l'herbe boueuse, près du chemin qui partait du perron. Elle marcha à ses côtés pendant qu'il se dirigeait vers le portail. Sur près de vingt mètres, ni lui ni elle ne parla. Un observateur inattentif se serait même dit que Robert n'avait pas relevé sa présence. Mais elle n'était pas dupe, et ce fut elle qui rompit le silence pesant.

« Hamburger ? » proposa-t-elle.

Sans lever les yeux, Robert marmonna :

« Ça te fera arriver chez toi en retard. Ils s'inquiéteront.

— Ils ne s'inquiéteront pas.

— Tu auras un repas qui t'attendra.

— Ce n'est pas un hamburger qui va me couper l'appétit.

— Sal... » Il referma la bouche, haussa les épaules et grommela : « D'accord. »

Sal (il le savait) trimait dans un des cours de « sociologie »... Et « trimer » était le bon verbe. Elle avait du mal, car elle refusait les grandes généralités si prisées des pseudo-experts à ce point arrogants qu'ils comprenaient toute l'humanité. « Quelle connerie ! Tu ne peux pas mettre plusieurs millions de personnes dans une cage et les cataloguer comme des singes ! » Il savait qu'elle n'y arriverait pas. Elle était trop rebelle. Il pensait même qu'elle n'irait pas au bout. Pourtant il espérait que si, car elle avait des vues sur le comité de probation et, d'après ce qu'il avait entendu, ce service avait besoin d'un maximum de gens comme Sal... De toute façon, si elle prenait la tangente, elle quitterait l'université, et cela signifiait qu'elle *le* quitterait.

Le patron savait ce qui plaisait et déplaisait à la génération étudiante. Les tables en Formica étaient savamment disposées. Les fêtes comme les rendez-vous en tête-à-tête faisaient l'objet de la même attention. De la musique en conserve était diffusée par les haut-parleurs, assez forte pour être entendue, pas assez pour déranger. Moderne, mais pas trop excentrique, avec une petite dose de Jacques Loussier et de Dave Brubeck pour les clients moins à la page. Le brouhaha des discussions était ponctué et scandé par les cris en provenance ou en direction de la cuisine, et, comme une petite brume marine, l'odeur des oignons frits montait des plaques de cuisson. Ils commandèrent deux hamburgers et deux cafés bien mousseux. Après avoir réglé, ils se frayèrent un chemin jusqu'à un recoin tranquille, s'assirent l'un en face de l'autre et oublièrent le reste du monde.

« Tu prends tout ça trop à cœur, Rob. »

Il était content qu'elle l'appelle « Rob », et non « Bob », comme les autres étudiants, ou « Robert », comme sa famille. « Rob », c'était le petit surnom qu'elle lui donnait, et il aurait sans doute mal pris que quiconque se l'approprie.

« C'est... difficile, admit-il prudemment.

— C'est terminé.

— Non, dit-il en secouant la tête d'un air triste. Ça, c'est ce qu'on voit dans les journaux. Dans les livres. Mais dans la vraie vie... Impossible. Ça n'est jamais terminé. » Il touilla lentement son café. Pour la première fois, il ouvrait son cœur à quelqu'un. « Réfléchis un peu, Sal. Un entretien d'embauche. *N'importe quel* entretien. "Drever ? N'aurais-je pas déjà vu ce nom-là quelque part ? Le fou qui a assassiné trois femmes ?" » Il s'interrompit et contempla la surface de son café. « Ce n'est pas un nom répandu, Sal. Les gens se souviendront. Ils poseront des questions. »

Son point de vue était à la fois fondé et excessif, mais tant qu'il y avait un fond de vérité, l'exagération ne comptait pas. Répondre autrement que par des onomatopées compatissantes eût été vain.

Elle avala une bouchée de son hamburger et observa le visage de Robert. Pour un garçon de dix-huit ans, le sien semblait très mûr. Pas tout à fait le visage du *Penseur* de Rodin, mais la même gravité inquiète face aux choses importantes.

Elle goûta ensuite son café puis, répondant à la gravité par la gravité, dit :

« Tu es un garçon bien, Rob. Tu ferais un mec épatant. »

Il eut l'air stupéfait. Le sous-entendu de la phrase mit du temps à atteindre son cerveau.

Elle ajouta :

« Il y a une nana qui aura beaucoup de chance, un jour.

— Je... Euh, toi ? »

C'était une supplique bredouillée, murmurée.

« Je te parle d'une histoire sérieuse, Rob.

— Je... Je sais.

— Pas seulement être bons amis. Passer du bon temps. S'amuser.

— Tu voudrais bien ? demanda-t-il. Oui ?

— Tu le *penses* vraiment ? »

Maintenant c'était elle qui avait le souffle court. « Quoi ? Si je le pense vraiment ? »

Elle leva un doigt – son index droit –, le porta à sa propre bouche et toucha ses lèvres. Puis elle se pencha légèrement en avant et posa son index sur la bouche de Robert. Ce fut un geste très sombre et définitif, mais, bien que son doigt sentît un peu le hamburger grillé, ça faisait l'affaire. C'était « leur » goût. « Leur » odeur. Par les haut-parleurs, le « Take Five » de Brubeck hoquetait son entraînante mélodie à cinq temps. À compter de cet instant, ce devint « leur » morceau.

La prostitution. Le prétendu « plus vieux métier du monde ». Assurément, l'un des plus dangereux. L'un des plus incompris. « Enfin merde, une putain ne peut pas ressentir de vraies émotions – une putain ne peut pas aimer ou avoir de *vrais* sentiments. Regarde un peu comment elle gagne sa vie. » Jamais l'homme, toujours la putain. L'homme qui baise comme une bête dans tous les coins acquiert la réputation d'être un « sacré gaillard ». En revanche, toute femme qui l'aide à obtenir cette réputation perd la sienne et se retrouve dans la catégorie des « traînées ».

Or il arrive si souvent qu'une femme vende son corps, car c'est le seul bien qu'elle possède. Elle n'a pas de diplômes, son éducation – nonobstant parfois celle reçue dans une école coûteuse mais totalement inadaptée – est bien inférieure à la moyenne, et il ne lui reste qu'une seule alternative. Le mariage ou la prostitution. Et si ce n'est pas avec la bonne personne, le mariage *est* une forme de prostitution, mal rémunérée de surcroît.

Elle fait un choix. Elle fait commerce de son sexe – elle ne fait pas commerce de l'amour – et, contrairement à tant de ses sœurs « respectables », elle sait que le sexe et l'amour sont deux choses éternellement incompatibles. Tel Janus, l'acte sexuel a deux visages. L'un s'obtient facilement, quoique parfois contre une certaine somme. L'autre n'a pas de prix. Aussi, parce que son métier exige qu'elle passe le plus clair de sa vie à plonger son regard dans le visage sombre, chérit-elle d'autant plus le moindre aperçu du visage lumineux. Telle est l'apparente contradiction, la logique qui demeure inacceptable par les esprits étroits. La véritable putain sait tout de l'amour – du *vrai* amour – et l'estime à son juste prix.

Ruth Linley savait tout cela. Sous le surnom de « Ruth la Rousse », elle s'était jadis vendue sans tromperie sur la marchandise. Elle avait fait payer le prix fort et les clients en avaient eu pour leur argent ; elle avait rempli ses déclarations d'impôt avec une honnêteté scrupuleuse ; elle avait dédaigné le recours à des proxénètes ou à des protecteurs ; elle avait économisé, investi... et pris sa retraite. Elle était sans doute la personne la plus honnête de son cercle d'amis et, soyons clairs, ce cercle comprenait des hommes *et des femmes* réputés. Elle était devenue riche et, bien que l'origine de sa fortune fût connue de tous, son goût, appris en autodidacte, faisait plus que contrebalancer son ancien mode de vie. Elle avait pris sa retraite. Elle avait fermé une porte, définitivement, et ce qu'elle avait autrefois vendu n'était plus disponible pour complaire à des maris momentanément courroucés. Cela aussi était un fait connu. Et apprécié des dames mariées qui n'avaient pas honte de l'appeler leur amie.

Pourtant, elle avait connu l'amour. L'amour d'un homme – d'un seul homme – et l'amour d'une enfant.

« Chérie, je suis mal placée pour soulever la moindre objection. En revanche, je peux te donner des conseils. Fixe-toi des règles et tiens-t'y. Sache jusqu'où tu es prête à aller. Sache ce que l'argent *ne peut pas* acheter. Et dresse un mur autour de toi. Un mur très haut, très épais. Ne laisse personne franchir ce mur à moins d'être sûre et certaine… Et je dis bien sûre et certaine. »

Elle se rappelait cette conversation presque mot pour mot. Elle remontait à longtemps, mais c'était une de ces conversations qui jalonnent l'existence de tout un chacun. L'expérience venant tempérer les ardeurs de l'enthousiasme. Avec le recul, c'était bien de ça qu'il s'agissait. Il se pourrait même que tous les conseils parentaux, depuis la nuit des temps, aient ressemblé à ça. Peut-être que la vieille mère d'Emma Hamilton n'avait pas tenu un autre discours.

Elle rapprocha sa Triumph Alpine du trottoir et freina. Se penchant par-dessus le siège passager, elle interpella un policier qui passait par là.

Elle lui demanda son chemin. Le lui ayant indiqué, le policier toucha son casque en guise de salut. Et pourquoi pas ? Une gentille dame. Une dame très polie, très respectable. Dommage qu'il n'y en ait pas plus, des comme elle – et moins de grues bavardes.

Bill et Mary Drever étaient plus détendus que la veille au soir. Le dernier choc en date – celui du verdict et de la condamnation, à quoi s'ajoutait le vol commis par William – s'était dissipé. Le choc, oui, mais pas la conscience ni la honte. Malgré tout (ils s'en rendaient compte), la conscience et la honte peuvent être affrontées ; des excuses compliquées et tortueuses peuvent être trouvées ; des vérités dérangeantes peuvent être mises sous le boisseau et ignorées.

Pour couronner le tout, Carol n'était pas là.

« Où est Robert ? demanda Bill Drever.

— Il n'est pas encore rentré. »

Anne s'affairait auprès de ses grands-parents. Le souvenir de la nuit passée devait être enfoui sous le retapage des coussins et le placement des tabourets et des cendriers. Grand-père devait être incité à fumer la pipe. Les ordres du médecin lui avaient fait diminuer sa consommation, et son tabac préféré dégageait peut-être une odeur âcre et tenace, mais qu'importe. Maman n'était pas là pour se plaindre.

« Un en-cas, grand-mère ?

— Non, trésor. C'est gentil, mais on a mangé un morceau avant de partir. »

Bill Drever tassa sa pipe. Lentement, avec envie. Foutus médecins ! Tous ces discours contre le tabac. Dans le temps, les gens fumaient. Ils avaient toujours une pipe ou une Woodbine au bec. Ils vivaient. Ils toussaient bien un peu – histoire de se nettoyer les tubulures – mais ça ne voulait rien dire. Ils vivaient. Certains même jusqu'à un âge vénérable. Ce n'était pas un peu de tabac qui les envoyait *ad patres*. Bon Dieu, on avait quand même le droit d'avoir *un* vice ! Si ce n'était que le tabac, ça ne faisait de mal à personne.

D'une voix un peu raide, il demanda :

« Comment va ta mère ?

— Quand je suis partie, elle dormait. Ils lui avaient donné des médicaments. » C'était Liz qui avait répondu. Elle était prête et habillée. Un peu pâle, l'œil un peu fatigué, mais en dehors de ça aussi élégante et efficace qu'à son habitude. « Je passerai la voir plus tard, ajouta-t-elle.

— Vous irez, vous ? demanda Anne, comme une supplique.

— Non. » Bill Drever referma sa blague à tabac. « Je n'aime pas ces endroits-là.

— Elle comprendra », ajouta sa femme.

Oh, oui, elle comprendra. Elle a *toujours* compris. Avant même d'épouser William, elle avait compris. Ton cher fils était trop bien pour elle… C'est ton avis, pas le sien. Encore aujourd'hui – malgré ce qu'il a fait –, il est toujours trop bien pour elle. Ce qu'il a fait n'est rien comparé à ce qu'elle a fait.

« Qu'est-ce qui a bien pu la pousser à faire ça ? »

Bill Drever semblait presque avoir lu dans les pensées de Liz.

« L'accumulation, j'imagine, éluda-t-elle.

— Elle n'est pas seule, tu sais, dit Mary Drever.

— Elle est sa femme. »

Et elle *est* seule. *Tu* n'es peut-être pas de cet avis, *je* ne le suis peut-être pas, mais tant qu'*elle* se croit seule, elle est seule. Donc si tu es si sûre qu'elle n'est pas seule, pourquoi ne pas aller lui rendre visite ? Pourquoi ne pas le lui *montrer* ? Pourquoi ne pas, au moins, essayer de faire preuve de compassion ?

« Tante Babs va arriver… Je vous en ai parlé, dit Anne précipitamment.

— Elle pourra dormir ici », dit Liz. Puis, presque avec méchanceté : « Elle pourra prendre la chambre de Carol.

— Elle sera d'accord ?

— Qui donc ? Babs ou Carol ?

— Qu'est-ce qu'on s'en fout ! » Bill Drever s'apprêtait à craquer l'allumette sur le côté de la boîte. « Qu'est-ce qu'on s'en fout, vraiment !

— Bill !

— Non, bon sang de bois, je vais vous dire ce que j'en pense. Cette maison. À qui elle appartient ? Qui en est le propriétaire ? Qui va dire qui dormira où ?

— Ce n'est pas le problème. C'est…

— Si, c'est le problème. Quand un homme se marie – peu importe avec qui –, il accepte certaines responsabilités. Sinon, ça ne sert à rien de se marier, nom d'une pipe. Il donne un toit – une maison – et il ne laisse personne lui prendre ça.

Il a une femme et des enfants. Il s'en *souvient*, de ça. Nom de Dieu, il faut bien qu'ils vivent quelque part ! Ce n'est pas si compliqué.

— Votre fils, lui rappela doucement Liz.

— Oui, ma petite. Mon fils. » Lorsqu'il la regarda, sa colère s'apaisa et laissa place à une tendresse réticente. Il continua de la fixer tandis qu'il allumait son tabac, puis à travers la fumée, et parla après chaque bouffée. « Mon fils. Ma fille. » Il semblait assumer seul la pleine responsabilité de ce qu'ils étaient. « Ces deux-là font vraiment la paire. Lui… Enfin, peu importe. Mais elle ne vaut pas mieux. Les maris, elle les collectionne comme d'autres collectionnent des timbres. Où est-ce qu'ils sont allés chercher tout ça ? Pas chez nous. Je jure… Pas chez nous. Je me fous de savoir où elle va dormir. Elle peut aller dormir dans le caniveau, ça m'est bien égal. D'ailleurs, c'est sa place.

— Bill, tu ne devrais pas…

— Petite mère ! » Il agita l'allumette pour l'éteindre et la laissa tomber dans le cendrier. « À qui ils pensent, bon Dieu ? À qui ils s'intéressent ? L'un comme l'autre. Pas à nous. Ils sont au-dessus de nous, ils nous ont laissés en plan. Bon sang, ce n'est pas à *nous* qu'elle a téléphoné. Carol. Voilà à qui elle a téléphoné. Carol et elle. À peu près au même niveau, je dirais. »

C'était la condamnation ultime de sa propre fille : elle était « au même niveau » que l'épouse de son fils.

Anne éclata :

« Grand-père, c'est injuste !

— Ne te dispute pas avec ton grand-père, chérie.

— Mais, grand-mère, ce n'est pas…

— Pourquoi elle ne devrait pas se disputer avec son grand-père ? » Liz semblait surmonter sa fatigue évidente. Elle s'avança, comme pour protéger Anne contre l'intolérance du vieux couple. « Pourquoi ne devrait-elle pas défendre sa mère ?

— Tu es la sœur de sa mère. Bien sûr, tu es…

— Bien sûr que rien du tout ! Je ne condamne ni n'accuse personne. On a déjà eu bien assez de ce genre de choses.

— Liz, ma petite. » Avec sa pipe, Bill Drever décrivit en l'air un petit cercle pour faire taire sa femme. « Personne ne te reproche quoi que ce soit, Liz. Personne ne reproche quoi que ce soit à Anne, ni à Robert. Mais il faut bien que quelqu'un porte le chapeau. Je ne sais pas qui. C'est tout ce que je dis. Quelqu'un.

— Pas Babs, si ? » Les lèvres de Liz s'ourlèrent un peu. Ses yeux brillèrent. « Parce qu'elle est "différente" ? Qu'elle a choisi d'être "différente" ? Parce qu'elle ne sait pas faire le Yorkshire pudding, peut-être ? Ni le gâteau au gingembre ? Parce qu'elle ne sort pas du patois chaque fois qu'elle ouvre la bouche ? Ou bien est-ce que ça fait aussi partie des raisons ? Une des raisons qui expliquent William ? » Elle pinça les lèvres, comme pour empêcher sa colère d'aller trop loin. Elle prit une longue inspiration puis, d'une voix plus calme, ajouta : « Monsieur Drever. Madame. Vous avez été blessés. Nous avons tous été blessés. Mais Anne et Robert aussi. Alors nom de Dieu, laissez-leur leur mère. N'essayez pas d'en faire des orphelins du cœur. »

La Triumph Alpine se gara le long du trottoir opposé au portail. Lorsque la femme en sortit et ferma la portière, les yeux exorbités du gros journaliste se firent voraces.

« La mèche, coassa-t-il. Le détonateur.

— Hein ? »

Le jeune reporter jeta un coup d'œil vers la femme, puis avisa le gros.

« Tu te rappelles ce que je t'ai dit à propos d'une explosion, petit ?

— Ah ! »

La femme traversa la rue de plus en plus sombre. Son pas était régulier. Ferme, assuré, mais dénué d'arrogance. Sa démarche allait bien avec ses vêtements, sa coiffure, tout. Le jeune journaliste l'observa, et des mots tels que « dame » et « chic » lui vinrent à l'esprit.

Lorsqu'elle parvint à leur hauteur, le gros tonna :
« Ruth.

— Snout. » Elle sourit, l'ayant reconnu, mais ne ralentit pas et n'hésita pas. « Snout et son don d'ubiquité. Toujours là où il faut être. »

Snout s'esclaffa. Une sorte de gargouillis répugnant.

Liz ouvrit le portail.

« Mme Drever... Mme Carol Drever... Elle est chez elle ?

— Non, elle est... J'ai bien peur qu'elle ne soit pas là. »

Liz dévisagea cette femme si distinguée avec méfiance, celle des gens qui ont récemment fait l'objet d'une publicité malvenue.

« Quand sera-t-elle de retour ?

— Pas avant quelques jours.

— Je vois. » La femme sourit. « Vous êtes... Laissez-moi voir... Vous êtes Elizabeth Stewart, n'est-ce pas ? J'ai vu les photos dans les journaux. La sœur célibataire de Mme Drever.

— Oui, répondit Liz, visage rembruni. Vous travaillez pour un journal ? Pour un de ces...

— Non. » Le sourire était toujours là, plutôt amical, aucunement intimidant. « Je m'appelle Ruth Linley... Je suis la mère d'une des filles assassinées. »

TROIS

*Les bonnes familles sont généralement
pires que toutes les autres.*

Anthony Hope,
Le Prisonnier de Zenda

De derrière la porte fermée parvint le bruit d'une civière qu'on faisait rouler dans le couloir. Les roues avaient besoin d'être huilées, et leur couinement cadencé contrastait avec le doux claquement des semelles en caoutchouc sur le parquet. Le bureau de l'infirmière en chef sentait les fleurs, une odeur d'automne provenant du grand vase de chrysanthèmes jaunes et bronze sur la petite console. D'un côté, Liz pensait que ce bouquet avait plutôt sa place dans une des chambres, où il aurait été plus apprécié. D'un autre côté, il s'agissait peut-être d'un cadeau personnel. On pouvait raisonnablement supputer que les infirmières en chef avaient, elles aussi, des admirateurs. Que, une fois sorties de leurs fonctions et de leurs uniformes, elles étaient aussi féminines que les autres.

« Pas du tout en colère ?

— Non… Pas du tout en colère.

— Elle a pu le dissimuler.

— C'est possible. Parfaitement possible. Mais j'en doute. »

Bryant se frotta la nuque d'un air songeur. Ce faisant, il ébouriffa ses cheveux gris et donna à sa tête tonsurée une allure curieusement brouillonne, quoique séduisante. Une tête de professeur perdu dans ses pensées.

« Qui était là, dites-vous ? »

La question était superflue, mais elle lui accorda un surcroît de réflexion.

« Les parents de William. Anne, sa fille. Et moi, bien sûr.

— Et vous ne leur avez pas dit ?

— Non. J'ai trouvé un prétexte à propos des journalistes.

— Sage. Très sage.

— Je devrais en parler à Carol ? demanda Liz. C'est ça, mon problème. Une allusion, peut-être ?

— Pas d'allusion, répondit fermement Bryant. Pour le moment, contentez-vous d'émettre des bruits compatissants. En attendant… »

Il arrêta de se frotter la nuque et préféra tripoter le lobe d'une de ses oreilles. Il donnait l'impression d'être un peu nerveux. Le vieux séducteur, qui avait déclenché son charme paternel en présence de la petite sœur, semblait mal à l'aise, curieusement. Pour sa part, Liz s'était mise sur son trente et un : rouge à lèvres appliqué en petite quantité mais avec soin, cheveux bien coiffés et peignés avec un minimum de laque, et enfin, un vrai choix de vêtements.

Elle n'avait pas non plus trop insisté auprès d'Anne.

« Je pense que tu devrais y aller.

— Non.

« — Ta mère sera déçue.

— Il faut que quelqu'un reste avec les grands-parents. De toute façon, Robert n'est pas encore rentré. Il va vouloir manger.

— Puisque tu en es si sûre.

— Bien sûr que j'en suis si sûre. J'irai demain… Si elle est encore là-bas. »

Et Mary Drever d'ajouter :

« Carol refusera d'avoir une armée de jeunes gens autour de son lit. »

Une sœur et une fille ne constituaient pas à proprement parler une « armée de jeunes gens », et Bill et Mary n'avaient manifestement aucune intention de passer à l'hôpital, mais Liz n'avait pas cherché à les convaincre. C'était triste, voilà tout. Les gens étaient étranges, tout de même ! Y compris des gens corrects et dignes qui, si vous leur aviez posé la question, se seraient considérés comme pleins de compassion. Y compris la famille. Dieu que les temps étaient durs pour la famille, dont les membres étaient censés resserrer les rangs et former une muraille face aux intrus. C'était pourtant ce que disait le code d'honneur… Si tant est qu'il y en eût un. Mais peut-être qu'il n'existait pas. Peut-être qu'un petit scénariste minable avait inventé le code d'honneur comme base pour des dialogues creux débités par des comédiens fatigués dans un film de troisième zone. Peut-être que les familles – toutes les familles – tournaient un peu au vinaigre quand un vrai cafard sortait en rampant de leur charpente.

Y compris elle-même. Liz…

Ne te donne pas de grands airs, ma fille. Quarante-cinq ans au compteur, et tu t'es un *tout petit peu* peinturlurée au cas où tu croiserais ce toubib. Pas de quoi être fière, si ? Pas vraiment la priorité quand on a une sœur qui a fait une tentative de suicide et un beau-frère qui vient d'entendre se refermer la porte de la prison pour avoir séjourné dans le monde du pur carnage. Ce n'est pas ce qui se fait... Loin de là.

Bryant murmura :

« Elle sera prête à vous voir.

— Quoi ? Ah, oui. » Elle chercha quelque chose à dire pour prolonger l'instant dans le bureau de l'infirmière en chef. « Et cette Linley ?

— Ne parlez surtout pas d'elle.

— Elle loge au Wounded Hart.

— Un quatre-étoiles ? fit Bryant en haussant les sourcils, surpris.

— Elle n'est pas, euh... Voyez-vous...

— Pauvre ? Manifestement. Combien de temps reste-t-elle ?

— Jusqu'à ce qu'elle puisse parler à Carol. »

Bryant fit claquer sa langue.

« Donc... vous voyez... » Liz agita les mains. « Il *faut* qu'on lui dise.

— Pas aujourd'hui.

— Écoutez... » Ses mains continuaient de s'agiter, de voleter désespérément. « Et si j'allais la voir, moi ?

— Cette Mme Linley ?

— Pour comprendre ce qu'elle veut *vraiment* ?

— Vous prenez beaucoup de responsabilités inutiles. » La main de Bryant s'éloigna de son oreille pour rejoindre, comme l'autre, une poche de son pantalon. Le regard fixé sur le bureau, il grimaça. « Ça pourrait être dangereux. Vous y avez pensé ?

— Je ne vois pas…

— Mettez-vous à sa place.

— Elle n'avait pas l'air vindicative.

— Votre fille a été assassinée. Assassinée très sauvagement. » Il ignora sa remarque, parla comme si elle n'avait rien dit. « S'il y a bien une chose que vous n'êtes pas, c'est l'amie du coupable. Ni celle de sa famille. Question de bon sens. Elle *pourrait* avoir l'intention de se venger. Ce n'est pas qu'une possibilité. C'est une *probabilité*.

— Pour tuer Carol, vous voulez dire ?

— Non, pas pour la *tuer*. Mais quelque chose. »

Bryant se demanda pourquoi diable il s'en souciait. Malgré tout, étant d'une rare honnêteté, il se trouva ridicule de faire semblant de ne pas savoir pourquoi il s'en souciait. Carol Drever était une emmerdeuse. Une de ces créatures qui traitent les médecins comme si c'étaient des charlatans jusqu'à ce qu'il soit trop tard, puis s'attendent à ce qu'on leur pardonne tout et que le monde entier se penche sur leur front fiévreux. Elle savait – *forcément* – qu'elle aurait besoin d'un calmant après cette épreuve. *Forcément*. Mais non ! Elle était une dure à cuire. Carol Drever, « Béton armé » pour les intimes, assurément. Elle s'était crue puissante, exceptionnelle, unique. Très bien, parfait. Sauf que même le béton armé se fendille s'il est soumis à une trop forte pression. Et il revenait maintenant à cette Liz Stewart de tenir la baraque. Qu'elle n'avait pas construite, mais...

Il se surprit à murmurer :

« Si je peux aider d'une manière ou d'une autre. »

Liz eut l'air intriguée.

« Quand... » Bryant rabattit ses coudes. « Si vous comptez aller voir cette Mme Linley. Avant de l'annoncer à votre sœur.

— Je suis désolée, je ne...

— Je pourrais vous... accompagner, bredouilla Bryant.

— Oh !

— Sans vouloir m'imposer. » Ses mots n'étaient encore guère plus qu'un marmonnement. « Mais simplement...

— Vous feriez ça ?

— Naturellement, vous avez peut-être quelqu'un d'autre en tête. Peut-être...

— Non. Personne.

— Il vous faut bien *quelqu'un*.

— Je... Sans doute, oui.

— Entendu, dans ce cas.

— Si... Si vous en êtes certain, ce ne serait pas...

— Quand ?

— Eh bien, euh... Je pensais y aller directement d'ici. Après avoir discuté avec Carol. Mais si c'est...

— Je serai dans les parages.

— Merci. » Liz déglutit péniblement. Elle avait conscience que son cou et sa figure rougissaient à vue d'œil. « Merci beaucoup. Je... Euh, je ne resterai pas plus longtemps que nécessaire.

— Prenez votre temps. » Bryant sortit les mains de ses poches, traversa le bureau et ouvrit la porte. « Quelques températures à relever. Deux ou trois ordonnances à faire. Je vous attends dans la voiture. »

La dernière chose que souhaitât Anne, c'était faire du mal. L'idée, lorsqu'elle lui fut soumise, la laissa sans voix. Consciente que la stupeur se lisait sur son visage, elle tourna la tête en espérant qu'ils n'en verraient rien. Elle fila dans la cuisine sous prétexte qu'elle devait préparer un repas pour Robert. En réalité, pour se ressaisir et trouver un moyen de refuser la proposition sans aggraver la peine de ses grands-parents.

« Anne, trésor, que dirais-tu de venir habiter chez nous ?

— Pour *toujours*, vous voulez dire ?

— On s'occuperait de toi, trésor. »

L'idée, bien entendu, était grotesque. Comme... Comme jouer à la bataille. Distribuer les cartes une par une jusqu'à ce que le paquet soit vide. Jusqu'à ce qu'il n'y ait plus de paquet. Or une famille n'était pas un paquet de cartes. On ne pouvait pas faire ça à une famille. Maman, Liz, Robert et elle-même formaient une *famille*. Ils avaient perdu un membre, voilà tout. Ils avaient momentanément perdu un membre. Cela faisait d'eux une famille incomplète, mais une famille quand même. Papa ne serait pas enfermé toute sa vie, et alors la famille serait de nouveau au complet. Ces derniers jours

– ces dernières semaines – avaient été atroces. N'empêche qu'ils formaient encore une *famille*.

« Réfléchis-y, trésor. Rien ne presse. »

Mais c'était tout réfléchi. Qu'adviendrait-il de maman ? De Robert ? De la pauvre Liz ? Liz se retrouverait abandonnée. Non ! Elle – Anne – était la seule personne à maintenir cette famille soudée. Sans elle, chacun partirait dans une direction différente, et chacun serait perdu. Ils ne se remettraient jamais ensemble. Peut-être même bien qu'ils ne se reverraient plus jamais.

Les gens disaient qu'avec l'âge venait l'expérience. Et la sagesse. Pourtant, ce n'était pas vrai... si ? Grand-mère et grand-père. Ils étaient vieux. Mais ils n'étaient pas sages. Ils étaient incapables de *voir*. Une chose aussi évidente, une chose qui ne demandait même pas à être expliquée, et ils ne la voyaient pas.

Où diable était Robert ? Elle avait besoin de quelqu'un. De toute urgence. Mais maman était à l'hôpital, et Liz en train de lui rendre visite, si bien qu'il ne restait plus que Robert. Et il n'était pas là. Justement le jour où il ne fallait pas, il tardait à rentrer.

« Tu pourrais prendre la voiture de grand-père pour aller au travail. »

Mais je n'en veux pas, de votre voiture débile. Je ne veux même pas de *vous*. Non – c'est mal, c'est méchant –, je veux que vous restiez à l'arrière-plan. Un endroit où passer. Des gens à propos de qui s'inquiéter. Mais pas pour toujours, et pas tout le temps. Je... Je ne veux pas être là quand vous mourrez. Je suis désolée – vraiment désolée – mais je ne veux pas être là pour voir ça. Je ne pourrais pas le supporter. Je ne suis pas une infirmière. Je ne suis même pas comme Liz. Je ne pourrais pas. Je ne pourrais pas le supporter.

Les larmes troublaient sa vision. Elle n'arrivait pas non plus à se concentrer. Qu'est-ce qui ferait plaisir à Robert ? Que voudrait-il boire ? Du thé, peut-être ? Un Earl Grey ? Non, pas un Earl Grey. Il en avait récemment parlé comme d'un « thé parfumé ». Du café, dans ce cas ? Oui, elle lui préparerait un café instantané. Malgré sa remarque sur le « thé parfumé », il n'avait pas les papilles si délicates que ça. Des sandwichs au fromage et à la tomate ? Du pain de campagne avec des tonnes de beurre, du fromage, des tomates et quelques cornichons ? Ça pourrait lui plaire, pensa-t-elle.

Liz aurait su, elle. Liz n'aurait pas hésité. Et maintenant ils voulaient que…

Elle ouvrit la porte du réfrigérateur. Son visage fut saisi par l'air frais. Frais. Froid. Comme la mort. Pourquoi sa vie tournait-elle soudain autour de la mort ? Les trois femmes assassinées. Sa mère qui tente de se suicider. Et maintenant ses grands-parents, et l'une des raisons pour lesquelles elle ne voulait pas vivre avec eux…

Pourquoi grand-mère se montrait-elle si résolument hostile à Liz ? Hostile à Liz et hostile à maman. *Pourquoi* ?

« On prendra bien soin de ta mère, trésor. Et ne t'en fais pas pour Liz. Liz peut très bien s'occuper d'elle-même. »

Mais évidemment qu'elle le peut. S'occuper d'elle-même, s'occuper de maman, et de Robert, et de moi. Et c'est elle qu'on veut pour s'occuper de nous. Sans Liz, maman aurait pu mourir. Elle *serait* morte. Quand on y pensait deux secondes, Liz était merveilleuse. On avait tendance à la sous-estimer, mais ce n'était pas juste. Parce qu'à elles deux – Anne et Liz –, elles pouvaient faire en sorte que cette famille reste sur pied. Elles pouvaient dissuader maman de refaire une bêtise. Elles pouvaient s'occuper de Robert et l'aider à devenir un grand architecte. Elles pouvaient faire tourner la boutique.

En revanche, si elle s'en allait vivre chez grand-père et grand-mère, ce ne serait pas possible. Même Liz ne pourrait pas y arriver seule, par conséquent ça ne marcherait pas, et leur famille deviendrait un paquet de cartes distribuées par des gens qui ne comprenaient pas.

La maladie a une odeur bien à elle. Rien à voir avec les médicaments ou les remèdes. Rien à voir avec les antiseptiques et les pansements souillés. Rien à voir avec l'hôpital, ni même le lit de malade à la maison. Non, c'est la maladie elle-même. Qu'elle soit affection, qu'elle soit blessure, qu'elle soit simple douleur désagréable. La puanteur est là. Un curieux mélange d'incapacité et d'autoapitoiement. Et cette chambre d'hôpital puait.

« Tu te sens mieux ? » Liz approcha une chaise du lit et s'assit. Sur ses cuisses, elle tenait son sac à main et ses gants. « Le médecin dit que tu sortiras dans deux ou trois jours.

— Où est Anne ? » demanda Carol d'une voix faible.

Une partie de cette faiblesse n'était que pure comédie. Bien sûr, elle se sentait faible, mais elle se sentait aussi honteuse, et en appuyant sur sa faiblesse elle essayait d'alléger sa honte. Pas délibérément, entendons-nous. Mais le cerveau est capable de prendre de telles décisions sans que la conscience entre en jeu.

« Les grands-parents Drever sont passés, dit Liz. Anne est restée à la maison pour veiller sur eux.

— Pourquoi ?

— Eh bien, il fallait que quelqu'un…

— Non, je veux dire : pourquoi est-ce qu'ils sont passés ?

— Ils sont inquiets. On est tous inquiets.

— Mais pas assez inquiets pour venir me voir.

— Carol, ma chérie, mentit Liz, on ne savait pas. Tu étais peut-être encore sous anesthésie. »

Le sourire fut veule, sans conviction. Elle cherchait l'apitoiement, et c'était là un crochet supplémentaire auquel le suspendre. Liz se pencha en avant et, ostensiblement, retapa les oreillers.

« Pourquoi tu ne m'as pas laissée en finir ? murmura Carol.

— Voilà une question idiote, répondit sèchement Liz avant de se rasseoir. Il se trouve que tu es ma petite sœur. Tu es aussi la mère de deux beaux enfants.

— Et la femme d'un monstre. »

Liz pinça un peu les lèvres mais ne dit rien.

« Pourquoi tu ne me l'as pas pris ? soupira Carol.

— Pardon ? »

Le plissement de front de Liz était sincère.

« Au tout début. Il y a longtemps. Tu l'adorais. Tu aurais pu l'avoir. Pourquoi tu ne l'as pas fait ?

— Tu racontes n'importe quoi.

— Tu aurais été ici, et moi j'aurais été assise sur cette chaise, à sortir des excuses creuses.

— Je l'aimais bien. Je l'ai toujours bien aimé. Je n'étais pas amoureuse de lui. »

Cependant ses mots étaient forcés, et pas tout à fait vrais. Elle l'avait bien aimé, en effet. Vraiment bien aimé. Ça aurait pu se transformer en autre chose, qui sait. Peut-être que c'était autre chose, mais une chose qu'ils avaient refusé l'un et l'autre de laisser exister. On ne pique pas l'homme de sa petite sœur. Pas si on a le moindre sens de la dignité. On ne fricote pas…

« Je crois qu'il m'aurait laissée tomber comme une vieille chaussette.

— Il était fou d'amour pour toi, dit-elle tout bas. Il n'y en avait que pour toi.

— Quelle chance j'ai eue ! »

Les lèvres exsangues esquissèrent un sourire sardonique.

Fou d'amour, vraiment ? Mais pas longtemps. Peut-être jusqu'à la naissance des enfants. Après, les choses avaient peu à peu changé. « Je sors avec les copains. » Elle l'avait provoqué plus d'une fois.

« Tu sors avec les copains ce soir ? Vous allez enchaîner les pubs ?

— Ne sois pas si stupide. Des clients – des acheteurs. Certains n'ont pas le temps dans la journée. »

Des « clients ». Des « acheteurs ». C'était donc comme ça qu'il les appelait. Depuis, il ne fallait pas avoir une imagination débridée pour connaître la vérité. Ces « clients » et ces « acheteurs » portaient tous des sous-vêtements noirs affriolants, à n'en pas douter. Des putains qui avaient pris leur part de ces soixante-dix mille livres bien au-dessus de ses moyens.

« Quand j'y repense, dit-elle. Ici, toute seule, quand j'y repense... Il s'est comporté comme un vrai connard. Je suis contente qu'ils l'aient attrapé.

— Arrête de penser à lui, dit sèchement Liz.

— Tu ne penses pas à lui, toi ? la taquina Carol.

— J'évite. C'est un exercice parfaitement stérile. »

La belle expression que voilà. « Un exercice stérile. » Une phrase qui roulait sur la langue. D'ailleurs, elle résumait toute la vie de Liz. Manière de dire qu'elle s'était démenée comme une folle pendant quarante-cinq ans pour se retrouver avec... rien. Mère de substitution de deux merveilleux enfants, et mère de substitution de *leur* mère à eux. Mais toujours de substitution. Jamais la vraie mère. Elle aurait pu, se dit-elle, être une épouse de substitution. Si elle avait bien joué son coup, elle n'aurait eu qu'à se pencher pour cueillir William. Rien d'ostensible, bien sûr. Pas de battements de cils. Pas de petits regards aguicheurs. Mais plus d'une fois elle l'avait vu déprimé au point de devenir presque fou. Carol avait le chic pour ça. Vous lui donniez quelque chose – quelqu'un – où remuer le proverbial couteau, elle ne pouvait pas résister à la tentation.

« Mon mari possède un nombre très limité d'anecdotes. Excusez-le s'il a tendance à se répéter. Il ne fait pas exprès d'être aussi ennuyeux. »

Cette remarque, comme quelques dizaines d'autres du même acabit, toujours énoncées avec un sourire sucré et la dose parfaite de fausse gaieté. Et elle (Liz) avait souffert pour ce pauvre diable. Elle s'était tortillée de gêne à sa place. Elle avait eu parfois honte de sa petite sœur. Pourtant elle n'avait rien fait, rien dit. Parce qu'ils étaient mari et femme. Et si William était disposé à tout encaisser sans répliquer, en quoi est-ce que ça la regardait ? Mais à ces occasions-là – une fois que les invités étaient rentrés chez eux, que Carol était partie se coucher et qu'elle (Liz) avait fait le tour de la maison pour ramasser les verres et vider les cendriers –, il y avait eu des moments de doute. Puis les doutes étaient passés, une nouvelle aurore avait éclairé le ciel et, comme toujours, ça s'était terminé en « exercice stérile ».

Quelle belle expression, vraiment. « Un exercice stérile. » Son esprit confus se demanda où Liz avait bien pu dégotter cette phrase. Excellente. *Excellente*. Elle résumait parfaitement les choses. Le mariage, elle-même, la situation. Car Dieu sait qu'elle avait essayé. Essayé mais jamais réussi. D'accord, elle n'était pas « domestiquée »… Elle ne l'avait jamais été. Personne ne lui avait *enseigné*. Une chose simple – un élément absolument essentiel – qu'il n'avait jamais vraiment compris. Le nombre de fois, dans l'intimité de leur chambre, où elle s'était brossé les cheveux et où lui avait fait les cent pas en pyjama et robe de chambre.

« William, il y a quelque chose qui cloche. Je cloche quelque part.

— D'après qui ?

— Pas besoin de me le dire. Je le vois dans tes yeux. Je ne suis pas celle que tu pensais que j'étais.

— Tu es ma femme.

— Je porte ton nom. Je t'ai donné deux enfants. Mais c'est tout.

— Tu es fatiguée. Tu n'as pas les idées claires. Laisse tomber.

— Je ne suis *pas* fatiguée.

— Non ? Alors ça change tout. »

D'où les chamailleries. Les mêmes choses dites et répétées avec des mots différents. Les préjudices qui s'étaient accumulés jusqu'à la disparition complète des sentiments. L'engourdissement. Le mariage qui était bien plus qu'un échec. Même pas une amitié… Et tout ça parce qu'il refusait de s'asseoir et de parler. Un « exercice stérile » déguisé en petite comédie entre un mari et sa femme.

Liz dit :

« Babs passera plus tard dans la soirée.

— Qu'est-ce qu'on va faire, Liz ? » C'était pour dire l'intérêt que Carol portait à la sœur de William. « Sans la maison, sans chez-soi. Qu'est-ce qu'on va faire ?

— Il y a la maison en Cornouailles.

— Il y aura toujours des factures à payer. On ne peut pas vivre avec *rien*.

— C'est un coin de villégiature, dit Liz avec un air résigné. On pourrait monter une sorte de stand. Des goûters anglais. Ce genre de choses.

— Oh, formidable. Tabliers à froufrous et petites madeleines. Formidable, vraiment.

— C'est toi qui m'as posé la question. »

La phrase avait quelque chose de sec.

« On pourrait même utiliser William – ce qu'il a fait – comme un gimmick.

— Je crois que je vais y aller. » Elle se leva de sa chaise. « Tu t'apitoies encore trop sur ton sort pour avoir les idées claires. Je vais…

— Non ! S'il te plaît. » Désormais, les larmes n'étaient plus très loin. Carol fonctionnait comme une balançoire – comme un grand huit : soit dévastée, soit vacharde. Bon sang, pourquoi ne pouvait-elle pas être normale ? Elle sanglota. « C'est moi, Liz. Je suis désolée. Je… C'est trop pour moi. Aussi bête que ça. Mais j'essaierai. Sincèrement. J'essaierai d'être quelqu'un de bien. Guide-moi. Aide-moi, Liz. Pour l'amour de Dieu, aide-moi. Si… Si toi, tu ne… »

Sal Oldfield était une enfant unique, mais une enfant unique pas comme les autres. Elle était aimée sans être gâtée. Son père, David Oldfield, employé au service fiduciaire d'une des quatre grandes banques nationales, connaissait la valeur de l'argent autant que sa futilité. Lui qui avait vu des amitiés et des familles brisées pour quelques misérables milliers de livres considérait l'argent comme une nécessité mais refusait d'en faire une divinité. La belle-mère de Sal était tout le contraire d'une marâtre de contes de fées. Suprêmement désorganisée et monumentalement distraite, elle mettait une virtuosité chaotique à tout laisser au mauvais endroit et passait des heures à rédiger des listes de commissions qu'elle oubliait en partant faire les courses. Aussi la maison était-elle plongée dans un perpétuel état de désordre et de quasi-panique. Mais le moindre mètre carré disponible débordait du genre d'amour qu'une adolescente de dix-sept ans pouvait apprécier.

Trois ans plus tôt, quand elle avait épousé David, elle avait pris à part sa belle-fille un peu inquiète et, très solennellement, avait mis les points sur les i.

« Sal, je ne suis pas ta mère. Voilà un rôle que je ne pourrai jamais jouer, et je serais bien bête d'essayer. Je ne suis qu'une femme, folle amou-reuse de ton père et soucieuse de rendre sa vie un peu plus gaie. Pour ça, j'ai besoin de ton aide. Sans ton aide, je ne peux pas y arriver. Mais toi et moi, on peut alléger sa souffrance. Non pas faire en sorte qu'il l'oublie… Ce serait cruel. Mais simplement lui rendre le souvenir un peu moins douloureux. Qu'en dis-tu, Sal ? On essaie ? »

Avec la même solennité, la jeune fille de qua-torze ans avait acquiescé.

« Je m'appelle Patricia. Pat pour les intimes. » Elle avait posé l'index d'abord sur ses lèvres, puis sur celles de Sal. Un semblant de baiser. Un sem-blant de promesse. « Pas de secrets entre nous, Sal ? »

Et la jeune fille avait murmuré :

« Pas de secrets entre nous… Pat. »

Ainsi s'était nouée une relation d'une rare beauté et d'une profonde intimité. Il n'y avait *jamais* eu de secrets entre elles – vraiment. Pour tout dire, elles s'étaient liguées contre Oldfield et avaient chassé en lui la raideur que son métier avait tendance à lui conférer.

« C'est un garçon merveilleux, riait Sal. Un peu comme papa, j'imagine. Oh, je sais que son vieux est un… enfin…

— Un Barbe-Bleue des temps modernes ? suggéra Pat. Mais où est cette fichue sauce tartare ? Les bâtonnets de poisson n'ont aucun goût sans sauce tartare.

— Va voir dans le frigo.

— Personne doté d'un minimum de bon sens ne range la sauce tartare dans le frigo.

— Toi, tu en es capable. En tout cas, il a un complexe à propos de son père. Je ne comprends pas pourquoi.

— Moi, je comprends. Nom d'une pipe, tu avais raison ! J'ai dû la mettre là-dedans en rangeant le lait ce matin.

— Comment ça, tu comprends ?

— Ma petite. » Pat referma le réfrigérateur, revint à table, s'assit et badigeonna de sauce tartare ses bâtonnets de poisson. « Il se sent coupable par association. À sa place, tout le monde en ferait autant.

— Pas moi. Pourquoi est-ce que tu t'embêtes à prendre des bâtonnets de poisson ? Pourquoi ne pas bouffer tout simplement la sauce tartare et qu'on n'en parle plus ?

— Parce qu'il me faut quelque chose pour essuyer la sauce tartare. Bref, en tous cas, *j'espère* que tu le ferais.

— Quoi donc ?

— Te sentir coupable par association. Si tu peux être heureuse grâce à, alors tu peux aussi être triste à cause de. Te sentir coupable à cause de, c'est pareil.

— Mouais. Sans doute. »

Pour Oldfield, c'était « soirée bridge ». Comme tous les quinze jours, il avalait un en-cas dans un café pendant que les deux femmes de sa petite famille médisaient dans la cuisine, tout près de la gazinière. Des bâtonnets de poisson – toujours des bâtonnets de poisson – parce que Sal en raffolait, qu'Oldfield détestait ces horreurs et que le système digestif de Pat pouvait transformer des boulons en charpie. Donc des bâtonnets de poisson, des tonnes de sauce tartare, et une bonne vieille discussion entre filles.

« Comment je peux savoir ? demanda gravement Sal. Comment je peux savoir que ce n'est pas qu'une simple passade ?

— Il y a des signes qui ne trompent pas, dit Pat avec un sourire.

— Non, sérieusement. Comment *savoir* ?

— Bon, d'accord… Sérieusement. » Avec une serviette en papier, Pat essuya un petit filet de sauce tartare qui coulait au coin de sa bouche. « Est-ce que tu repriserais ses vieilles chaussettes en jurant que c'est *lui* qui te fait un cadeau ? Imaginons que *Love Story* passe sur la première chaîne et un match de foot sur la deuxième : est-ce que tu changes de chaîne sans qu'on ne t'ait rien demandé afin que monsieur puisse regarder son infernal match ? Sans te sentir martyrisée, j'entends. Si, comme ton père, il était fou de jazz, est-ce que tu le laisserais mettre "South Rampart Street Parade" à fond les ballons et resterais assise avec un sourire idiot aux lèvres, malgré ton mal de tête épouvantable, tout en tapant du pied pour marquer le rythme ?

— Dis donc, tu mènes une vie bien triste, répondit Sal avec un grand sourire.

— C'est toi qui m'as posé la question. Ce que je veux dire par là, c'est que tout n'est pas un tapis de roses.

— Il faut que j'en parle à papa, la taquina Sal.

— De quoi ?

— De "South Rampart Street".

— Je te l'interdis ! »

Elle afficha le même sourire que celui de sa belle-fille.

Le badinage se poursuivit pendant tout le dîner. L'échange de plaisanteries, mais avec un fond de sérieux. Pat ne le montra ni dans sa voix ni dans son regard, mais elle était un peu inquiète. À cause de ce Rob Drever dont Sal s'était entichée. Tout bien réfléchi, ce n'était pas une passade. Les passades ne soulevaient pas ce genre de questions. Les passades étaient synonymes de certitudes, d'absolus. En renversant la question, le simple fait qu'elle ait envisagé la possibilité que ce soit une passade prouvait que ce n'en était pas une. Et si c'était du sérieux, eh bien, ce Rob Drever n'en restait pas moins le fils de son père.

Pat n'était pas du genre à émettre des jugements à l'emporte-pièce. Elle pouvait se tromper. Elle s'était trompée bien trop souvent dans le passé pour entretenir encore la moindre illusion sur son infaillibilité.

« Fais-le venir pour une petite inspection familiale, dit-elle.

— Papa ne va pas apprécier...

— Ne critique pas ton père. Il n'est pas le rabat-joie qu'il fait mine d'être. »

Sal hésita.

« Bon, très bien. Quand ?

— Dimanche ? suggéra Pat. Pour le thé ?

— Oh, ça fait très têtières et rideaux en dentelle.

— Ou pour de la truite ? murmura Pat. Avec tous les accompagnements ?

— Ah ! s'écria Sal, l'œil soudain pétillant. La ferme aux truites est ouverte le dimanche. Je pourrai y passer le matin. » Son regard perdit de sa lueur un instant. Elle ajouta : « Parles-en à papa, Pat. Préviens-le. Tu comprends... Toutes les choses à *ne pas* dire.

— C'est comme si c'était fait, chérie, dit Pat, souriante. Je préparerai une liste et je la lui ferai apprendre par cœur. »

« Ça ne va pas ? »

Robert posa la question au moment où il ouvrit assez grand la bouche pour y engouffrer la première bouchée du sandwich tomate-fromage. C'était une question rhétorique : les yeux un peu rouges et le léger tremblement de la lèvre inférieure disaient tout. De surcroît, en tant que frère et sœur, ils étaient extraordinairement proches. Les trois ans qui les séparaient n'existaient pas vraiment. Lui était vieux pour son âge, elle était jeune pour le sien. L'ensemble formait un équilibre étrange, mais parfait. Pendant qu'il mâchonnait, il la regarda et attendit sa réponse. Lorsque celle-ci arriva, elle l'ébranla, tant elle ne ressemblait pas à la Anne qu'il pensait si bien connaître.

« Non, tout va bien, dit-elle. J'ai un père qui est un assassin, une mère qui vient de faire une tentative de suicide et un frère qui est incapable de rentrer à la maison à l'heure. Pourquoi est-ce que ça n'irait pas ?

— Oh, attends un peu. » Il avait la bouche pleine et une tendance à postillonner. « Pareil pour moi, je te rappelle. Est-ce qu'il y autre chose qui ne va pas, je veux dire ? Quelque chose dont je ne suis pas au courant ? »

Elle fit oui de la tête et s'affala sur une chaise à côté du plan de travail devant lequel il était assis. Elle se rappela certaines choses ; elle se força à se rappeler certaines choses du passé. Son petit frère au visage grave qui, des années auparavant, s'était pris une énorme dérouillée par un gamin ordurier, âgé de cinq ans de plus que lui, parce que le gamin ordurier avait fait des remarques désobligeantes à propos de la sœur du garçon au visage grave. Ce même petit frère qui avait risqué sa peau en grimpant au sommet d'un orme à moitié mort pour aider cette même sœur à en redescendre, elle qui s'était montrée trop sûre d'elle pour savoir quels arbres escalader ou non. Et tant d'autres choses encore. Des dizaines de choses. Des vingtaines de choses.

Elle se mordit l'index pour ne pas pleurer. Non parce que Robert y aurait vu un quelconque problème, mais parce que le couple âgé dans la chambre voisine risquait d'entendre et de venir voir de quoi il retournait. Et pour le moment, elle se passait volontiers de *leur* présence. Tout ce qu'ils faisaient, c'était essayer d'être gentils et remuer le couteau dans la plaie. Tout ce qu'ils avaient, c'était de l'amour, mais aucune compréhension.

Robert avala et dit :

« Allez, sœurette. Qu'est-ce qui s'est passé ?

— Ils... Ils veulent que j'habite chez eux, bredouilla-t-elle, l'index toujours entre les dents.

— Qui ça, "ils" ?

— Grand-mère et grand-père.

— Que tu *habites* chez eux ? »

Elle confirma d'un hochement de tête.

« Pour *toujours* ? Pas seulement pour les vacances ? »

Il parlait bas mais sur un ton énervé. Comme sa sœur, la dernière chose dont il eût envie était d'être interrompu par ses grands-parents.

Elle acquiesça de nouveau.

Il posa son sandwich sur une assiette et but du thé dans son gobelet. Il semblait prendre tout son temps, laisser la nouvelle se diffuser dans son cerveau avant de donner son avis.

Il prit une longue inspiration, expira, puis murmura :

« Bon, il faut reconnaître que ça part d'une bonne intention. Restons calmes. Mais ils ne *comprennent* pas. »

Elle secoua la tête, un peu hagarde. Toujours l'index entre les dents.

« Ça ne nous faciliterait pas la vie, reprit son frère d'une voix basse. Bordel, ça ne ferait qu'aggraver les choses, même. Mille fois pire. On ne serait plus une famille. »

Elle cligna des yeux, baissa la main, renifla et répondit :

« Ils ne voient pas les choses sous cet angle. Je crois... »

Elle se tut.

« Oui ?

— Je... Il me semble qu'ils pensent que j'irais mieux – qu'on irait mieux – loin de maman. » Elle le regarda fixement pendant quelques secondes, affolée, et soupira : « C'est *horrible*, non ?

— Liz... Elle est au courant ?

— Non. Ils ont attendu qu'elle soit partie à l'hôpital.

— Ils sont gentils. »

Aucun des deux ne voulait critiquer leurs grands-parents.

« Ils sont sur une autre longueur d'onde, c'est tout. Je leur expliquerai. Ils comprendront.

— Tu crois ? demanda-t-elle, sceptique.

— Je suis un futur architecte. » Il eut un sourire fugace et narquois. « Au besoin, je pourrai leur faire de très beaux schémas. Je leur ferai comprendre. »

Il y arriverait, elle en était persuadée. Une fois lancé, Robert était capable de tout. À sa manière, à son rythme, certes, mais il y arriverait.

D'une voix nettement moins morose, elle dit :

« Babs a téléphoné. Elle arrivera tard dans la soirée.

— C'est ça qui nous manque, fit Robert en reprenant son sandwich. Un peu de légèreté. »

Dans le monde de l'hôtellerie, se voir attribuer quatre étoiles par l'Automobile Club et le Royal Automobile Club exige que vous soyez à la hauteur. Cela implique une nourriture de qualité, expertement cuisinée et efficacement servie, une bonne cave, un sommelier capable de répondre dans un anglais impeccable quand on lui demande conseil, enfin un service à rendre Mary Poppins verte de jalousie. Tout ça, et du luxe à tous les étages. Décrocher les cinq étoiles est bien sûr le *must*, mais seuls les magnats du pétrole, les pop stars et autres vedettes peuvent s'en approcher. En dehors de la capitale, il faut un peloton d'éclaireurs pour *localiser* la perle rare. En province, ce sont les quatre-étoiles qui mènent la danse – et encore, ils ne sont pas faciles à dénicher.

Le Wounded Hart en était un, justement, et pour une ville aussi petite que Beechwood Brook, cela relevait presque du miracle. L'établissement n'était jamais plein. Il n'était jamais vide non plus. Le propriétaire de ce palace, un brasseur de bière, estimait (en partie à raison) que les vacanciers aux tendances masochistes qui passaient leur temps libre à gravir les sommets de la région seraient ravis de jouir d'un réconfort à prix d'or tout en dorlotant leurs pieds endoloris. Les festivals de violoneux investissaient la « Arrow Suite », les réceptions de mariage préféraient le « Venison Lounge », et il y avait même une « Antler Room » – plus de cent soixante mètres carrés – où trois fois par semaine les dames âgées des environs s'installaient à table, n'écoutaient pas le médiocre quatuor à cordes, repliaient le petit doigt en buvant leur thé ou en croquant des *digestive biscuits*, et s'échangeaient les derniers ragots. Ainsi, les lundis, mercredis et vendredis après-midi, la « Antler Room » voyait-elle déballer plus de linge sale que n'importe quelle laverie automatique.

Au téléphone, Ruth Linley avait dit qu'elle serait ravie de les rencontrer au bar américain, le Greensward. 20 heures ? Parfait. Cela lui laisserait le temps de manger un bon repas et de se pomponner. Mais elle ne promettait rien. Car c'était Carol Drever qu'elle voulait voir. Peut-être la chose serait-elle possible une fois qu'ils en auraient discuté.

« Elle m'a paru très raisonnable », dit Liz tandis que Bryant la guidait à travers la salle moquettée. D'un hochement de tête muet, il salua l'arrogante réceptionniste, puis jeta un coup d'œil au panneau richement décoré indiquant les directions de plusieurs parties de l'établissement. « Secrète et raisonnable, murmura-t-il. Pas le genre de mélange dont je raffole. »

Liz ne discuta pas. Elle trouvait agréable d'être escortée par cet homme à la fois drôle et raide. Réconfortant, aussi, en ce sens qu'elle était prête à accepter son jugement sur tous les développements susceptibles de se produire. Que quelqu'un d'autre prenne les décisions, voilà qui la changeait agréablement.

Il l'accompagna jusqu'au bar américain, une salle tapissée d'une épaisse moquette écarlate sur laquelle étaient réparties des tables en acier tubulaire à plateau en verre et des chaises en acier tubulaire couvertes d'un tissu du même écarlate. Près des murs étaient disposés une douzaine de fauteuils profonds, pivots autour desquels tables et chaises pouvaient être déplacées à loisir. Le bar était grand, rutilant, avec sur toute la longueur du comptoir une impressionnante collection de bouteilles qui se reflétaient dans le miroir au cadre doré. Un barman à veste blanche et nœud papillon était en train d'essuyer des verres déjà étincelants. Un couple et un trio – un homme et une femme, un homme et deux femmes – penchés par-dessus leurs tables, souriaient et parlaient à voix basse. Au fond de la salle, une femme attendait, assise seule dans un des fauteuils. Elle les vit entrer, regarda la pendule au mur, puis haussa légèrement deux sourcils interrogateurs.

Elle avait été très belle. Telle fut la première chose que se dit Bryant. À vue de nez, elle devait avoir la cinquantaine, et elle pouvait encore faire se retourner les hommes dans la rue. La beauté s'était un peu enrobée et muée en une élégance sculpturale, mais la charpente originelle n'avait pas changé. Elle avait pris soin d'elle. À n'en pas douter, ses sous-vêtements de maintien avaient dû coûter une fortune et sa tenue deux-pièces gris perle n'était pas du prêt-à-porter. Même avec tous les « si » et les « mais » du monde, cette femme avait été *somptueuse*.

Telle était la perception de l'homme. Liz, quant à elle, était dévorée d'une envie irrationnelle. De la jalousie, presque. Devant elle se présentait une femme qui avait mené les hommes à la baguette. Qui savait encore le faire, apparemment. Elle dégageait cet air indescriptible, l'assurance de celle qui sait que tout individu de sexe masculin accourra au premier haussement de sourcil.

Comme pour le démontrer, le barman s'approcha de la table.

« Mademoiselle Linley ? murmura Bryant.

— Oui. Dr Bryant ? Mademoiselle Stewart ? » Puis, après un signe de tête : « Que prendrez-vous ?

— Un Bitter Lemon, répondit Liz sur un ton crispé.

— Rien de plus fort ?

— Pas pour l'instant.

— Et vous, docteur ?

— Un whisky, s'il vous plaît. Moitié d'eau.

— Quant à moi, je prendrai un autre brandy, s'il vous plaît.

— Bien, madame. »

Le barman fit un petit geste obséquieux et disparut.

Ils s'installèrent sur les chaises autour de la table basse et, pendant quelques instants, personne n'ouvrit la bouche. Ruth Linley prit un paquet de cigarettes et leur en proposa. Bryant déplaça le lourd cendrier en verre jusqu'à un point où tous trois pourraient s'en servir sans peine et, le temps que les cigarettes soient allumées, les verres avaient été posés sur la table et le barman avait regagné son poste derrière le comptoir. Le choix de l'emplacement était parfait. Tant qu'ils maintenaient leurs voix au niveau de la conversation intime, personne ne pourrait les entendre.

« Je vous remercie d'être venus jusqu'ici, dit Ruth Linley.

— Nous sommes curieux, répondit Liz, toujours un peu crispée.

— Et vous, docteur ?

— Disons… » Bryant éloigna sa cigarette. « Soutien moral. Et bien sûr, la même curiosité.

— Parce que je lui ai demandé de venir », dit Liz en espérant que Bryant pardonnerait et comprendrait ce pieux mensonge. Son propre ego l'exigeait. Manière de prouver qu'elle aussi pouvait demander à un homme d'âge mûr de faire quelque chose sans nécessairement essuyer un refus.

« Mon intention était de parler avec votre sœur.

— Il en est hors de question.

— Plus tard », insista doucement Linley.

Bryant intervint :

« Pas avant un petit moment. Elle est… euh…

— Elle a tenté de se suicider », dit Liz sans détour.

Étonnamment, Linley fronça les sourcils avant de murmurer :

« C'est compréhensible.

— C'était complètement idiot.

— Ah, mais le médecin que vous êtes doit trouver "idiot" tout ce qui ne réagit pas aux onguents, aux injections et aux médicaments. »

Et toc, docteur Bryant, pensa Liz. Elle perdit un peu de sa raideur.

« Mademoiselle Linley, dit-elle, ma sœur et moi sommes proches. Très proches. Je vis avec elle – elle et William – quasiment depuis leur mariage. Nous n'avons pas de secrets l'une pour l'autre. Aucun. Et… » Elle hésita. « Je suis ici pour la protéger.

— De moi ? fit Ruth Linley, visiblement amusée.

— Vous devez avoir un motif, dit Bryant d'un ton bourru. Vous êtes la mère d'une des filles assassinées… ou du moins c'est ce que vous affirmez.

— Oh, mais bien sûr que je le suis. » Elle hocha gravement la tête. « La mère de la troisième fille qui a été assassinée puis mutilée.

— Donc vous avez forcément un motif.

— Pas un motif… Une *raison*.

— C'est du pareil au même.

— Pas du tout, docteur. »

Elle semblait se montrer délibérément cassante avec Bryant. Un peu choquée, Liz envisagea la possibilité que cette brusquerie soit le moyen pour cette femme de lui faire comprendre, à *elle*, qu'elle n'avait aucune intention de gagner les faveurs du raide médecin. Qu'elle lançait même à ce dernier des signaux : « INTERDICTION D'APPROCHER ».

Linley poursuivit :

« Entre la raison et le motif, il y a la même différence qu'entre l'indigestion et l'ulcère. »

Bryant lâcha un profond soupir, puis avala une gorgée de son whisky.

« Je n'aime pas qu'on m'appelle mademoiselle Linley, reprit-elle avec un sourire engageant en direction de Liz. Mes amis m'appellent Ruth.

Mes ennemis emploient le nom qui leur chante, je m'en contrefous.

— Vos ennemis, dit Liz.

— Vous n'en faites pas partie. » Une fois de plus, ce sourire engageant. « De même que votre sœur.

— Très bien… Ruth.

— Et vous permettez que je vous appelle Liz ?

— Je… euh… Oui, certainement.

— Tout le monde le fait.

— Très bien… Va pour Liz.

— Comment savez-vous que tout le monde…, commença Bryant.

— Parlez-moi de William. » Ces mots interrompirent la question de Bryant. « Vous vivez avec votre sœur depuis qu'elle est mariée, à peu de choses près. Ce qui signifie que vous avez vécu sous le même toit que William. Vous devez en avoir tiré certaines conclusions. Certaines opinions. Cela m'intéresserait beaucoup de les connaître.

— De toute évidence, je… » Liz se tut, avala une gorgée, puis reprit. « De toute évidence, je ne l'ai pas connu aussi bien que je *croyais* le connaître. Les… Les meurtres. Votre fille. Ç'a été un choc. Un choc terrible.

— Oubliez les meurtres, fit Ruth en souriant. Essayez de les oublier. Que pensiez-vous de lui avant son arrestation ?

— Il s'est toujours montré gentil avec moi, répondit Liz, gênée. Mais ne vous méprenez pas. En tant que beau-frère. Rien de plus. Il m'a donné un foyer. Il m'a donné un certain confort – une vie confortable – et même de l'argent de poche hebdomadaire. Ce genre de choses.

— Et en échange ?

— Eh bien, je… Je crois que j'ai été la domestique officieuse. La nurse officieuse quand les enfants étaient petits. J'ai allégé, autant que possible, le fardeau qui pesait sur les épaules de Carol.

— Trop, grommela Bryant, comme s'il connaissait intimement le fonctionnement de la famille Drever.

— Et William, l'homme ? Dominateur ? Autoritaire ? Flagorneur ? Faible ? Vantard ? Quelle impression générale pendant toutes ces années ?

— Il ne peut pas se défendre. » Liz regardait fixement la surface en verre de la table. Dans ce qui n'était guère plus qu'un marmonnement triste, elle ajouta : « Je me suis trompée. Plein de gens se sont trompés. Mais je ne vais pas le critiquer pour… d'autres choses. Alors qu'il n'est pas là pour se défendre.

— Loyauté, murmura Ruth.

— Quel mal à cela ?

— Aucun, docteur Bryant. Absolument aucun. Mais en toute logique, si Liz, ici présente, ne veut pas le critiquer parce qu'il n'est pas là pour répondre aux critiques, c'est qu'il *y a* des critiques.

— Il a une femme. » Bryant semblait se diriger vers une position dans laquelle il s'interposerait entre les questions insistantes de Ruth et les réticences de Liz à y répondre. « Elle a fait une tentative de suicide. Ratée. En tout cas, elle a fait ce qu'il fallait pour. Elle s'est taillé les veines… Pas la méthode la plus simple et la plus rapide.

Mais une méthode très brouillonne. Ça *paraît* toujours bien pire que ça ne l'est en réalité.

— Vous essayez d'exprimer une opinion, docteur.

— En effet. » Bryant acquiesça en tirant sur sa cigarette. « Elle a tenté de se suicider avec trois personnes présentes dans la maison. C'était la nuit, certes, mais une nuit qui venait après une journée pleine d'émotions. Elle n'a pas pris de risques. Il était évident qu'une de ces trois personnes serait encore debout.

— Donc ce n'était *pas* une tentative de suicide ?

— Elle voulait de la compassion, grogna Bryant.

— Elle *avait* de la compassion, marmonna Liz. Dieu sait qu'elle avait toute la compassion du monde.

— Docteur ? demanda Ruth en haussant un sourcil.

— Très bien, répondit le médecin avant d'agiter sa cigarette. Elle *avait* de la compassion. C'est comme quand quelqu'un meurt... Pendant quelques jours, tout le monde oublie les problèmes. Et puis, au bout d'un certain temps – une fois la torpeur dissipée –, les gens retrouvent la mémoire. Les vraies questions reviennent. Carol Drever a eu droit à des tonnes de compassion. Plus qu'elle ne le méritait, à mon avis. Le coup des veines taillées. Elle aurait pu faire des stocks de compassion. Sachant qu'elle en aurait peut-être besoin une fois que... »

Il haussa les épaules.

« Une fois la torpeur dissipée ? » proposa Ruth, et un sourire malicieux toucha ses lèvres.

Comme des animaux sur la table de vivisection, pensa Liz, furieuse. Ils ne peuvent pas répondre. Ils ne peuvent pas lutter. Ils ne comprennent même pas ce qui se passe. Carol et William en train de se faire découper, sectionner, sonder, examiner par deux inconnus. C'était obscène.

« Vous deux, suffoqua-t-elle. Arrêtez ! Ils ont connu l'enfer. L'un et l'autre. Oui, William aussi. Et… Et vous êtes tranquillement assis là, à…

— *Ma fille a été assassinée et mutilée.* »

Quoique énoncé avec beaucoup de calme, le rappel glaçant des faits fit l'effet d'une gifle. La réalité reprit violemment ses droits. La raison même de leur présence ici. La raison pour laquelle Drever était en prison et sa femme dans une chambre d'hôpital. Au regard de tout cela, parler – le simple fait de parler, qu'importe le sujet – était dérisoire. Du clinquant. Une discussion oiseuse sur la faim dans le monde en présence d'un homme affamé.

Liz voulut répondre, mais sa bouche était trop sèche. D'un geste brusque et légèrement hystérique, elle fit couler dans sa gorge le reste de son Bitter Lemon. Bryant s'éclaircit la voix, écrasa sa cigarette et se leva.

« Je vais… Je vais nous chercher d'autres verres. » Puis, à Ruth Linley : « La même chose ?

— S'il vous plaît. »

Et la courtoisie paisible revint.

« Liz ?

— Un Bloody Mary », cracha Liz d'un ton si venimeux que le cocktail sonnait comme un juron.

Bryant fit reculer sa chaise, prit les verres vides et partit vers le comptoir.

Avec beaucoup de douceur, Ruth Linley dit :

« Patience, Liz. Il y a une raison.

— Je suis désolée. » Son visage pâle, ses yeux humides, son expression, tout trahissait la profondeur de son malheur. « Je n'aurais pas dû... » Elle murmura presque : « On a tendance à oublier *l'autre* famille. Notre propre malheur. Notre propre honte. Sans doute qu'il en est toujours ainsi. »

Robert leur dit. Il ne mâcha pas ses mots ; il ne voyait pas comment adoucir son propos. Il ne cherchait pas à faire mal, mais il savait qu'il faisait mal. D'un autre côté, il ne fut pas obligé de faire ses « beaux schémas ».

C'est pour Mary Drever que le coup fut le plus rude. Non pas tant parce que le projet de recueillir Anne était en train d'être rejeté, que parce que c'était Robert qui exprimait ce rejet. Robert comptait énormément pour elle. Un double de William, mais sans les erreurs qu'ils avaient commises par le passé.

« Tu ne devrais pas dire des choses pareilles, lança-t-elle en reniflant.

— Grand-mère. » Le garçon de dix-huit ans posa un bras autour de la vieille dame qu'il avait dû rudoyer. « Vous ne pensez pas à mal. Vous êtes des gens bien et on vous aime. Mais on est une famille, et on ne peut pas se séparer.

— Cette foutue Liz ! » maugréa Bill Drever.

C'était vraiment la chose à ne pas dire.

Ce grognement indigné lâché par Bill Drever déclencha la dispute. Qu'il ne le pensât pas vraiment, qu'à ses yeux Liz fût une femme meilleure que sa sœur, que son cri de colère fût celui d'un homme vieillissant qui avait jadis régné sur son petit empire – tout ça ne changeait rien. Ces trois mots furent le détonateur qui provoqua la dispute explosive.

Que veux-tu dire par là ? Ils savaient pertinemment ce que ça voulait dire. Que Liz avait fini par avoir plus de poids dans la vie du foyer que leur propre mère. Qu'est-ce qui n'allait pas avec Liz ? Qu'avait-elle fait pour mériter ce genre de remarque ? Elle n'était pas leur mère : voilà ce qui n'allait pas. Et si Carol avait été une bonne mère, elle n'aurait pas laissé les choses se faire ainsi. Maman était à l'hôpital – l'avaient-ils donc oublié ? – et, sans Liz, Dieu seul savait comment ils auraient encaissé le choc. Ils l'auraient assez bien encaissé s'ils avaient été correctement éduqués, si leur mère s'était souciée de fonder un foyer et d'élever une famille.

« C'est *vous* qui me dites ça ? » Les yeux d'Anne brillaient de colère. Elle hurlait presque. « Vous deux, vous avez "élevé" un assassin et maintenant vous voulez que moi, j'aille vivre chez vous ? »

Robert gémit :

« Oh, non, sœurette ! Tu n'aurais pas dû dire ça. »

Mais c'était trop tard, ç'avait été dit, et de toute façon Anne ne l'entendit pas : elle avait monté l'escalier pour retrouver sa chambre, se jeter sur le lit, pleurer jusqu'à dompter sa colère et sa tristesse.

Dans un silence épais, le petit-fils et les grands-parents se regardèrent. Tout avait été dit. Trop avait été dit. Ils auraient beau essayer, rien ne serait pardonné.

Robert se sentait minable. Souillé. Il repensa à toutes les autres disputes, prétendument en catimini derrière des portes closes. Aux cris, aux hurlements. Aux insultes, aux accusations impardonnables.

« Liz, pourquoi ils font ça ?

— Ils ne le *pensent* pas, Robert. Ça fait partie de la vie des couples mariés.

— Mais ce n'est pas bien. Les gens ne devraient pas…

— Viens, descends, Robert. C'est bientôt terminé. »

Pauvre Liz. Chère Liz. Toujours prête à trouver des excuses. Mais ça n'avait jamais été « bientôt terminé ». Des jours, parfois des semaines de conversations glaciales du bout des lèvres, vaine tentative pour adopter un comportement normal, pour protéger les deux enfants. Remarques désagréables et lèvres pincées. Petites phrases idiotes qui, dites avec la bonne intonation, étaient aussi létales que les balles d'un tireur d'élite. « Mais bien sûr. » « C'est une façon de voir. » « Je n'oserai jamais contredire un spécialiste. » Des dizaines de remarques dans ce goût-là, chacune décochée, chacune atteignant sa cible.

Une chose était sûre : quand *il* se marierait…

« Liz, tu ne peux pas faire qu'ils soient amis ?

— Je ne fais qu'habiter ici, mon trésor. Laisse le temps faire son œuvre. Ça passera. »

En attendant, grand-père clignait des yeux. Rapidement. Tel un essuie-glace qu'on faisait passer en double vitesse. Refusant apparemment de laisser sortir les larmes, mais pleurant comme une madeleine à l'intérieur. Il était tout rouge. Ses lèvres étaient fermées mais bougeaient, à la manière d'un ver de terre en train de se tortiller. Ses yeux perdaient un peu de leur fureur. Il leva une main et en plaqua le dos contre sa bouche. Un geste. « Langage corporel ». Pour effacer les mots décochés vers ses petits-enfants sans trop réfléchir.

Robert s'éclaircit la gorge.

« Euh… Un peu de whisky, grand-père ?

— Hein ?

— Du whisky ? » Il agitait les mains d'une manière confuse, impuissante. « On… On n'a pas envie de se faire du mal les uns aux autres. Personne. Prends… Prends un whisky… S'il te plaît.

— Oui. » Bill Drever tenta de sourire. Un sourire sage, franc, mais qui n'atteignit pas ses yeux. « Oui, pourquoi pas ?

— Grand-mère ?

— Rien pour moi. »

D'un simple mouvement de tête, elle ferma la porte à toute tentative de réconciliation.

« S'il te plaît.

— Non.

— Sers-lui un brandy, fiston, grogna Bill Drever. Un bon brandy bien fort. C'est ce qu'il lui faut. »

Quatre autres personnes – deux couples – étaient entrés dans le bar américain, le Greensward. Cependant, la disposition ingénieuse des tables garantissait encore assez d'intimité pour que la conversation se poursuive. Une conversation agréable. Très civilisée. Et néanmoins terrifiante, par son sujet, et justement *parce qu'*elle était agréable et civilisée.

Calmement, Ruth Linley dit : « Elles étaient malades. Ç'a été établi pendant le procès. Elles étaient toutes les trois malades.

— Ils... Euh, ils l'ont dit aussi dans les journaux, répondit Liz, gênée.

— Elles *l'*étaient. » Elle semblait sûre d'elle. « Les deux premières, la chtouille. Ma fille, la chaude-pisse. »

Liz fut choquée. Ces mots – l'argot de la rue – semblaient d'autant plus laids qu'ils sortaient de la bouche de cette femme chic et bien élevée. Ils choquaient parce qu'ils étaient prononcés à la perfection.

Ruth Linley se tourna vers le Dr Bryant.

« Vous avez examiné Carol Drever ?

— Pas pour ça. » Il grimaça. Lui aussi était choqué par le tour que prenait soudain cette conversation. « S'il y avait eu quoi que ce soit dans le genre, elle aurait consulté son propre médecin.

— Liz ? » demanda Ruth en tournant la tête.

Liz eut l'air intriguée.

« A-t-elle vu son médecin récemment ?

— Je... Je n'en sais rien. Ces choses-là... » Elle se sentit rougir. « Les gens ne parlent pas de... »

Elle referma la bouche.

« Vous prétendez être proches, lui rappela Ruth.

— En effet. Mais ces choses-là...

— Je me renseignerai, dit tranquillement Bryant. Je ferai un prélèvement sanguin. Elle n'a pas besoin de savoir pourquoi.

— Elle sera négative, déclara Ruth avec un demi-sourire. William l'était. Ils ne font pas de manières avec ces choses-là, en prison.

— Mais comment diable le savez-*vous* ? demanda Bryant.

— Plein de raisons. » De nouveau, ce demi-sourire, puis : « Mes contacts, docteur. » Elle tira longuement sur sa cigarette et eut un air songeur. « Un argument qui aurait pu être avancé pour sa défense.

— Ça ne *prouve* rien, dit Bryant.

— Quand même, c'est un indice. Un signe avant-coureur. » Elle tira encore une bouffée de sa cigarette, avala une gorgée et ajouta, toujours songeuse : « "Jack l'Imitateur". Quel surnom obscène. Je parie que c'est sorti de la machine à écrire de Snout sans même qu'il ait eu besoin de taper sur les touches.

— Snout ?

— Le gros, Liz. Le porc obèse qui monte la garde devant chez vous.

— Ah, lui.

— Lui. » Elle hocha la tête, vida d'un trait son verre, puis changea d'humeur. Terre à terre. Provocatrice. « William... Vous avez accepté le verdict ?

— Bien sûr.

— Vous ? Carol ? Anne et Robert ? Même ses parents ?

— Bien sûr, répéta Liz.

— Il a plaidé non coupable. Manifestement, vous ne l'avez pas cru.

— Ils l'ont condamné. » Liz sentit sa voix vaciller. La petite note d'espoir qu'elle n'osait pas entendre. « Le jury l'a condamné.

— Et vous préférez croire douze inconnus plutôt que l'homme que vous prétendez si bien connaître ?

— Vous avez une idée derrière la tête, intervint Bryant, légèrement accusateur.

— Exactement. C'est pour ça que nous sommes ici. Une proposition, docteur. Une proposition fondée sur le procès. Fondée sur les preuves. S'il en a tué une, il a tué les trois ?

— Bien sûr, répondit-il gravement.

— S'il *n'a pas* tué une des trois, il n'en a tué *aucune* ?

— Je vous suis, dit Bryant, prudent.

— Mais vous n'êtes pas d'accord avec moi ?

— Si. » Bryant hésita, puis sembla franchir le pas. « Disons que je suis d'accord. Il ne serait pas très logique d'accepter la première proposition sans accepter l'autre. »

Avec beaucoup de calme, Ruth Linley dit :

« Il n'a pas tué ma fille.

— Comment… »

Liz respirait difficilement. Comme si elle venait de finir une course éreintante.

« Comment savez-vous qu'il n'a pas…

— J'ai du mal à croire qu'il ait commis un inceste, puis assassiné, puis mutilé sa propre fille. Il le savait. Il savait qui elle était. Il l'aimait. » Elle s'interrompit et, d'une voix basse et dure – une voix qui ne laissait aucune place au doute –, ajouta : « William Drever ne l'a pas tuée. »

QUATRE

Ma vision des Dix Commandements ressemble beaucoup à celle de cet évêque anglican qui les considérait comme les questions d'un examen – huit sur dix, c'est déjà bien.

Malcolm Muggeridge,
Muggeridge Through the Microphone

Bryant regardait droit devant lui, à travers le pare-brise de la Peugeot fouetté par la pluie. Curieusement, son cœur battait exactement à l'unisson du va-et-vient des essuie-glaces. D'un point de vue médical, c'était ridicule, bien sûr : hormis en le tâtant, personne ne pouvait suivre son propre pouls. Mais quand on y pensait, tout était ridicule ce soir-là. La femme assise à ses côtés n'était pas sa patiente. La sœur de cette femme ne l'était pas non plus. Idem pour son beau-frère. Idem pour la fameuse Ruth Linley. Aucun de ces individus n'était son patient, et pourtant il aurait parié qu'il en savait plus long sur leur compte que leur propre médecin. Non pas leurs maladies, non pas leurs antécédents médicaux, mais *eux*... Leur humanité.

Bien entendu, c'était une faute. Éthiquement parlant, il n'avait rien pour se défendre. Il était en train de marcher sur les plates-bandes de ses confrères médecins et il y avait peu de chances que cela les amuse. À supposer qu'ils s'en rendent compte un jour, naturellement. En un mot comme en cent, il était un imbécile de vieux schnoque fourrant son nez dans ce qui ne le regardait pas. Mais quoi ? Il était suffisamment vieux pour se mêler des affaires des autres si ça lui chantait.

Liz, par exemple, le fascinait. Un doux mélange d'assurance et de vulnérabilité. Honnête avec tout le monde sauf avec elle-même. L'autre idiote qui s'était taillé les veines ne méritait pas d'avoir une sœur comme Liz. Elle ne méritait pas d'avoir quelqu'un d'attentionné et de capable d'arrondir les angles de la vie quotidienne. Tout ce que cette bonne femme méritait, c'était une bonne fessée. Une petite fille gâtée, prête à recevoir le dos d'une brosse.

Et cette Ruth Linley. Se pouvait-il qu'on soit *trop* honnête ? L'objectivité était une belle chose, mais est-ce qu'on ne risquait pas de la pousser *trop* loin ? Car si Mme Linley avait toujours su William Drever innocent, pourquoi n'en avait-elle rien dit ? Pourquoi l'avait-elle laissé être jugé et, surtout, condamné ? Des roues dans d'autres roues dans d'autres roues, mon vieux. Et dans ces roues, encore *d'autres* roues. Dieu créa la femme… et Lui seul pouvait la comprendre.

Quant à Drever. Voilà un homme accusé de meurtre, et il ne dit pas tout ? Il ne présente pas la seule, l'unique ligne de défense un tant soit peu solide ? Une sorte de *beau geste*[1] aux raisons mystérieuses ? Soit. Dans un roman, pourquoi pas ? Mais dans la vraie vie ? Et, dans la vraie vie, chez un homme tel que William Drever ? Bon

---

1. En français dans le texte original. *(N.d.T.)*

sang, dans quelle direction laissait-il son cerveau l'embarquer ? Il ne connaissait pas Drever. Il ne l'avait jamais rencontré. Il ne l'avait même jamais vu et lui avait encore moins parlé. Mais – bon sang, une fois de plus – il le connaissait. À travers les yeux, les paroles et les gestes de trois femmes, il le connaissait. Un minable, un crétin, imbu de sa personne… Ça oui. Un homme infoutu de tenir sa propre femme. Un homme prêt à laisser sa belle-sœur faire tout le sale boulot en échange du gîte et du couvert. Un homme qui engrossait d'autres femmes mais n'en disait rien et laissait sa fille naturelle devenir une putain. Mon Dieu ! Le connaissait-il ? Ou, sinon lui personnellement, son engeance ?

Les lueurs rouge, blanc et orange des autres véhicules se reflétaient, étirées, sur la chaussée mouillée. Les fenêtres éclairées aussi. Et les feux tricolores. Un monde noir et luisant, émaillé de guirlandes lumineuses qui changeaient et bougeaient. Une grotte humide dans laquelle nageait la voiture, bien au chaud, encerclée par des torches froides aux nuances mouvantes. Et à l'intérieur de la voiture, toutes ces couleurs se réverbéraient, adoucies.

Elles effleurèrent les larmes qui coulaient en silence sur les joues de la femme, et lorsque Bryant les vit, ce fut un choc.

« Allons, allons. » Il essayait de partager son attention entre la route et la femme à ses côtés. « Ça va aller, jeune fille. Elle ne veut de mal à personne. J'en suis convaincu.

« — Elle a tellement raison. » Elle se redressa sur son siège. Raide, mains sur les cuisses, sans faire l'effort de sécher ses larmes. « Elle a tellement, tellement raison.

— Je suis désolé, je... Oh, mais quelle gourde, celle-là ! Tu ne peux pas prévenir, non ? » Cela à l'intention de la conductrice inconnue qui, tournant à droite, venait de couper la route de la Peugeot. Après avoir freiné et fait un petit écart, le Dr Bryant ajouta : « Pardon. On va se garer pour discuter.

— On ne l'a pas cru, répondit-elle d'une petite voix. Au lieu de ça, on a préféré croire douze inconnus qui ne le connaissaient même pas.

— Jeune fille, vous ne pouvez pas décemment vous reprocher d'avoir...

— Arrêtez de m'appeler "jeune fille", voulez-vous ? » La voix était encore douce, mais avec un soupçon d'agacement. « Je ne suis pas une "jeune fille", je suis une femme d'âge mûr.

— Mademoiselle Stewart.

— Liz. Tout le monde m'appelle comme ça. Pourquoi pas vous ?

— Très bien... Liz. »

Il y avait une taverne sur la gauche et, sur le côté, un parking avec une place libre ombragée. Bryant approcha sa Peugeot, se gara et éteignit les phares.

Se tournant à moitié sur son siège, il dit :

« Très bien, Liz. Vous supportez un lourd fardeau depuis longtemps. Et un fardeau qui en grande partie n'est pas le vôtre. Vous venez d'entendre les propos d'une femme – une femme que vous ne connaissez ni d'Ève ni d'Adam – et ces propos vous font réfléchir. Vous font mal. Vous croyez vraiment que ce n'était pas *destiné* à vous faire mal ?

— *Destiné* à me faire mal ? »

Bryant comprit que ce n'était qu'une bouée. Peut-être même moins que ça. Elle se faisait l'avocat du diable. Elle procédait à une distorsion délibérée des faits afin d'en tirer un réconfort factice et une consolation forcée. Mais, bouée ou pas, elle s'y cramponnait, et il poursuivit la discussion sur la base de ce qu'il savait être une hypothèse très fragile.

« Réfléchissez un peu, dit-il. Avec calme, avec une bonne dose de sang-froid, elle tient pour acquis que sa fille fait le trottoir. Une prostituée. Plus que ça, même : une prostituée atteinte de blennorragie. Mais quel genre de femme faut-il être ? Quel genre de mère ? Je me fous de savoir qui était le père de cette fille. William ou qui vous voudrez. En revanche, que la mère – que *n'importe quelle* mère – puisse rester calmement assise et nous faire un tel aveu… Liz, chacune de ses paroles était destinée à faire mal.

— Je…, renifla-t-elle. Je ne pense pas. Je crois qu'elle est… différente. C'est tout. Différente de nous tous.

— Différente parce qu'elle méprise complètement le système judiciaire britannique ?

— On *aurait dû* croire, gémit-elle.

— Pourquoi ? » Il luttait. Il luttait férocement. Mais petit à petit, il prenait le dessus. Victoire temporaire, peut-être, mais pour courte, pour éphémère qu'elle fût, elle était nécessaire. « Pourquoi ?

répéta-t-il. Parce qu'une femme comme elle l'affirme ? Parce qu'elle sous-entend que la police, les tribunaux, les témoins... que tout le monde est corrompu et pourri. Liz ! Liz ! Bien sûr qu'il a nié les faits. Ils font *tous* ça. Coupables ou innocents. Mais il l'a fait une fois que tout – je dis bien *tout* – le désignait coupable. Ne vous reprochez pas d'avoir accepté ce que tout le monde a accepté. Il a été désigné coupable. Il avait des avocats. Il a été défendu. Apparemment, ç'a été un verdict honnête. Si vous devez accabler quelqu'un, c'est bien cette femme infernale. Elle aurait pu le sauver. Si elle s'était simplement manifestée, elle aurait pu jeter le doute sur la version policière. Or elle ne l'a pas fait... Et nom d'une pipe, voilà qu'elle arrive à vous persuader, vous, d'avoir été déloyale. »

Il était (et il le savait) un vieux renard rusé. Il lui suffisait d'un argument un peu valable pour défendre n'importe quelle proposition : le noir était simplement une nuance plus sombre de blanc ; le haut était simplement moins profond que le bas. Il avait ce talent et il s'en était servi mille fois par le passé face à certains types de patients.

Il déformait les propos de Ruth Linley. Il exploitait la mémoire limitée de Liz pour retourner les phrases comme des gants et, l'ayant fait, brosser le portrait d'une femme aigrie qui dissimulait son aigreur sous une apparence lisse et chaleureuse. Une femme déterminée et sournoise. Qui maîtrisait l'art de dire une chose tout en en pensant une autre.

Peu à peu, il remporta la bataille. Les larmes cessèrent. Liz s'essuya les yeux et se moucha.

Bryant alluma deux cigarettes, lui en tendit une, et ils fumèrent ensemble, sans un mot, dans ce coin sombre du parking. De temps en temps, le pinceau des phares d'une voiture arrivant ou partant éclairait l'habitacle de la Peugeot, mais leur intimité restait totale.

Liz écrasa sa cigarette et dit, d'une voix qui avait retrouvé de sa vigueur :

« Quelle heure est-il ? »

Il regarda sa montre à cadran lumineux.

« 21 h 30… Presque.

— On ferait mieux de rentrer.

— Pourquoi ? »

Il semblait ne pas vouloir rompre l'intimité qu'il avait eu tant de mal à instaurer.

« Babs. La sœur de William. Elle arrive de Londres.

— Parfait, dit-il en écrasant à son tour sa cigarette. Elle pourra vous soulager d'une partie du fardeau.

— J'en doute, sourit-elle. J'en doute fort. Vous ne connaissez pas Babs. »

Babs Drever. Officiellement Barbara Drever, mais même au générique c'était toujours « Babs Drever ». Elle se considérait comme la fille branchée par excellence, et ce malgré sa quarantaine d'années au compteur. La femme fatale dans toute sa splendeur, depuis la coûteuse coupe à la garçonne jusqu'au vernis rouge sang que laissaient voir ses sandales ouvertes. Le don de Dieu à l'espèce humaine… À la moitié masculine de l'espèce humaine, naturellement.

Mary Drever ne desserrait pas les mâchoires, sauf pour boire les gorgées de l'excellent brandy que lui avait servi Robert. Elle ne comprenait pas cette fille, *sa* fille. Lui eût-on posé la question qu'elle l'aurait, sans hésiter, traitée de « mijaurée », car avec vos filles – contrairement aux brus –, vous n'aviez besoin de tempérer ni votre langage, ni votre opinion. Bill Drever – qui en était à son deuxième whisky et à sa deuxième pipe – prit délibérément son plus bel accent du Yorkshire, version rural profond, conscient d'agacer au plus haut point cette enfant rebelle qui n'en avait que pour Londres.

« Fa-bu-leux ! » Babs s'extasiait plus souvent qu'elle ne parlait. Elle s'extasiait en mettant des points d'exclamation pour accompagner ses doigts qui voletaient ou ses bras qui s'agitaient. S'adressant principalement à Robert, elle était en train de décrire son voyage vers le nord. « La manière dont Clint conduit sa Merco... Tu n'en reviendrais pas !

— Clint ? tonna Bill Drever.

— Comme Clint Eastwood, grand-père, sourit Robert.

— C'est qui encore, ce type ?

— Papa ! Tu es un véritable homme des cavernes.

— C'est une vedette, expliqua Robert. Un très bon acteur de cinéma.

— Ah, oui ? Comme James Mason ?

— Eh bien, non, rien à voir avec James Mason.

— Avec un nom pareil... »

Et cette phrase inachevée relégua tous les acteurs qui n'étaient pas nés dans le Yorkshire à l'état de blancs-becs morveux incapables de faire la différence entre la rampe et le foyer.

« Où est Carol ? » voulut savoir Babs.

Elle posait la question à Robert. Celui-ci détourna le regard et parut soudain gêné.

« Elle a essayé de se zigouiller, répondit Bill.

— Elle a *quoi* ? »

Elle hurla presque le dernier mot.

« Elle s'est taillé les veines du poignet avec une lame de rasoir, marmonna Robert. Liz l'a découverte juste à temps. Liz est là-bas. À l'hôpital. Pour s'assurer que tout va bien.

— Mais quelle idée épouvantable.

— Assois-toi, grommela Bill. Au lieu de te pavaner comme un cheval de cirque à la noix. Avec toi, on dirait que la maison est mal rangée.

— Mais pourquoi *tu* n'es pas là-bas, nom de Dieu ? » Elle se tourna vers son père. La frivolité avait soudain disparu. C'était une Babs qu'ils ne connaissaient pas. Une Babs qui, même si elle couchait à droite et à gauche, n'était pas du tout l'excentrique qu'on croyait. Dans le monde sans pitié de la télévision, elle s'était fait un nom. À la pointe de l'épée, et ça se voyait. Elle se tourna vers Mary Drever. « Toi aussi. Pourquoi *tu* n'es pas là-bas, bon sang ? »

Les narines de Mary Drever tremblotèrent, mais elle ne répondit pas.

Babs fit feu de tout bois.

« Un frère taré qui poignarde des putes de bas étage et à qui on trouvera une place au musée des horreurs. Et maintenant, vous deux qui…

— *Ah, mais il ne l'a pas fait.* »

155

Dès que Babs occupait le centre de la scène, les séismes passaient inaperçus. Raison pour laquelle Liz était déjà dans la pièce, en train de dénouer la ceinture de son imperméable et de secouer sa chevelure un peu humide. Elle était la seule à bouger. Les autres étaient tous bouche bée. Ils attendaient. Ils retenaient leur souffle. Ils se demandaient ce qui allait suivre.

Liz reprit :

« Je le sais de source sûre. *Il ne l'a pas fait*.

— Quelle source sûre ? demanda Bill Drever d'une voix rauque.

— La mère de la troisième victime, répondit calmement Liz. Elle est catégorique. William a plaidé non coupable parce qu'il *n'était pas* coupable. »

L'infirmière en chef passa la tête par la porte pour s'assurer que le somnifère agissait. Les lèvres étaient moins blêmes et les valises sous les yeux avaient presque disparu. Lorsque les semelles en caoutchouc de ses souliers couinèrent sur le lino, les paupières s'entrouvrirent.

« Rendormez-vous. »

L'infirmière en chef se pencha et remonta les draps. C'était un geste réflexe, né d'une vie entière à faire l'infirmière.

« Je ne dormais pas.

— Presque.

— Non, je réfléchissais.

— Rendormez-vous, ma chère. »

Elle réfléchissait. Elle se souvenait. Elle revivait les choses. « ... d'être ta fidèle épouse... jusqu'à ce que la mort... » Ah, oui, mais la mort de qui ? Sa mort à lui ? Ma mort ? La mort de trois inconnues ?

« J'aimerais discuter.

— Je dois faire mes visites.

— S'il vous plaît.

— Vous devez dormir.

— Est-ce que je peux avoir un verre d'eau, s'il vous plaît ? »

C'est ce que disait toujours Robert. L'excuse de tous les enfants du monde. « Maman, je peux avoir un verre d'eau ? » Il deviendra un bon architecte. Et puis *non*. Plus maintenant. Pas d'argent. Pas d'avenir. Rien... pour *personne*.

« Vous devriez vous endormir.

— Asseyez-vous et discutons. Cinq minutes. C'est tout.

— Alors pas une seconde de plus. » L'infirmière en chef soupira, approcha une chaise et jeta un coup d'œil à sa montre avant de s'asseoir. « Cinq minutes, pas une seconde de plus.

— Est-ce que beaucoup de gens se... ? »

Carol souleva son poignet bandé à quelques centimètres au-dessus de la courtepointe.

« Une fois, c'est déjà trop, rétorqua l'infirmière en chef.

— Oui, mais... Vous voyez ce que je veux dire.

— Vous n'êtes pas la première. Vous ne serez pas la dernière.

— Je me demande bien pourquoi. »

Son regard se perdit un peu. Comme si la réponse était écrite à quelques mètres de là.

« C'est très mal. Les gens devraient avoir envie de vivre. »

Vivre ? Vivre comment ? Vivre où ? La grande escroquerie médicale. La naissance – la vie – la mort… Trois entités distinctes. Une sorte de sandwich. La partie charnue se trouvait au milieu. La partie agréable. Mais si on retirait la viande ? « Inapte à la consommation » ? Et si les tranches de pain – une des deux – avaient bien meilleur goût que le contenu ?

Quelque part, dans le silence de l'hôpital, un téléphone se mit à sonner. Des pas précipités. Une porte ouverte. Fin de la sonnerie.

L'infirmière en chef était en train de dire :

« … Une sœur merveilleuse. Deux beaux enfants. Vous avez tout pour vivre. »

Liz. On en revenait toujours à Liz. Toujours la comparaison. Liz avait du bon sens, trop de bon sens pour se retrouver sur un lit d'hôpital, entourée de gens méprisants qui simulaient la compassion. Liz était le reflet de tout ce que *devrait* être une bonne épouse. Mais si vous viviez avec ce reflet ? Si vous n'aviez jamais le droit de détacher les yeux de ce reflet ?

« Liz ne s'est jamais mariée, murmura-t-elle.

— Il n'y a pas que ça dans la vie. Moi-même, je ne me suis jamais mariée… Et je n'ai pas l'intention de le faire.

— C'est surcoté.

— Je crois que vous devriez dormir.

— Ça vous change. Ça vous change complètement.

— Je crois que je ferais mieux de…

— Non ! Vous aviez dit cinq minutes. »

L'infirmière en chef se laissa retomber sur son siège et soupira encore.

William… William l'empoté, le balourd. L'assassin empoté, balourd. Pas au début, pourtant. Au début, ç'avait été le mari empoté, balourd. Qui avait besoin d'être conseillé. D'être dominé. « William, tu es un grand garçon. Ne te comporte pas comme un enfant. » Mais *pas* un enfant. *Jamais* un enfant. Un mari empoté, balourd, et, dissimulé à l'intérieur – tapi dans un recoin sombre –, un tueur en série empoté, balourd.

« Ça ne m'aurait pas dérangée, dit-elle dans un souffle.

— Quoi donc ?

— Si ç'avait été des hommes.

— Écoutez, ma chère, vous devriez vraiment…

— Si elles n'avaient pas été des putains.

— Dormez », ordonna l'infirmière en chef. Elle se releva, remit la chaise à sa place et fit glisser sa paume sur la courtepointe parfaitement bien étendue. « Vous avez besoin de sommeil. Votre corps en a besoin. Votre cerveau en a besoin. Pensez à des choses agréables. À votre sœur et à vos enfants. Et dormez. »

Liz… Tout ce qu'elle ne pourrait jamais être. Anne – une version plus jeune de sa mère, peut-être – et Dieu lui vienne en aide si elle suivait ses traces. Robert – une version plus jeune de son père, peut-être – et Dieu vienne en aide à *tout le monde* si…

« J'aurais voulu… », commença-t-elle.

Mais l'infirmière en chef n'était plus là. Il n'y avait qu'une chambre vide, la lueur d'une veilleuse qui éclairait les rares meubles, et une femme – une femme malheureuse, dévastée, nommée Carol Drever – seule avec des pensées « agréables ».

« Bien, dit Bill Drever. On ferait mieux de découvrir qui les *a* tuées. »

À l'entendre, c'était facile. Aussi simple qu'une route goudronnée à travers la forêt. Pour Bill Drever, *c*'était facile. La vie était facile, sauf si on compliquait les choses. Comme la maçonnerie. De bonnes briques, du bon mortier, un fil à plomb et un niveau à bulle. Vous posiez une brique sur une autre, ou à côté d'une autre, et à la fin vous aviez une maison. Pareil pour la vie : il suffisait de faire les choses bien dans l'ordre, de prendre les jours comme ils venaient, et à la fin tous vos problèmes étaient de l'histoire ancienne. Sauf, évidemment, si vous aviez un crétin en guise de fils et une folle furieuse en guise de fille. Ce genre de choses vous bousillaient l'existence. Mais ce n'était pas *votre* faute. Si ça ne tenait qu'à vous, les choses auraient été faciles.

C'était un conseil de guerre. Ils croyaient Liz et ce qu'elle leur avait rapporté de la conversation avec Ruth Linley. Parce qu'ils voulaient la croire, mais surtout parce que Liz en était manifestement si convaincue.

Une Anne aux yeux ensommeillés, descendue de sa chambre, avait soulevé une objection pour la forme.

« Mais alors pourquoi papa ne l'a pas fait venir comme témoin ? »

Question à laquelle on n'apporta pas de réponse sérieuse, à laquelle on ne pouvait apporter aucune réponse sérieuse, sans disposer d'éléments supplémentaires. Toutefois, Babs avait donné un semblant de réponse.

« Les avocats ! Ils jouent toujours un petit jeu. Avec leurs belles stratégies, ils sont capables de te massacrer un bon dossier. »

Ils étaient tellement soucieux de compenser leur peu de confiance en la défense de William Drever qu'ils acceptèrent ce point de vue sans sourciller.

Mary Drever, bien sûr, avait été choquée.

« Sa fille ? Sa propre fille ? Ça, je ne le croirai jamais. J'ai élevé mon garçon mieux que ça.

— Pour en faire un assassin ? se moqua Babs.

— Non. Liz vient juste de dire…

— Tu ne peux pas avoir le beurre et l'argent du beurre, maman. Soit elle est sa fille bâtarde, soit il a poignardé trois inconnues. »

Et la phrase avait fait un sort à cette objection-là.

À présent, Bill Drever disait :

« Bien, on ferait mieux de découvrir qui les *a* tuées.

— Allons voir la police, proposa Robert. Demain, on va à Lessford et on explique aux policiers qu'ils se sont trompés.

— Pas si facile, mon petit Robert. » Babs fumait des cheroots tout fins. Elle en tenait un entre ses doigts manucurés et, quand elle agitait la main, la fumée bleu-gris laissait des traînées éphémères. « D'abord, ce ne sont pas les flics qui l'ont condamné. C'est le tribunal, pas vrai ? Les flics ne peuvent pas téléphoner au juge et lui dire : "Désolés, mon gars, mais on s'est complètement trompés." Pour l'instant, le frangin William est au trou, et là-bas…

— Nom d'une pipe, grogna Bill Drever, parle en anglais.

— OK, répliqua Babs. Il est en taule. Pour le faire sortir de là, il va falloir convaincre un tas de gens qu'il ne *devrait* pas être en taule. Pas les flics. Eux ne seront *jamais* convaincus.

— On peut toujours commencer par la police, dit Liz.

— Perte de temps, ma chérie. » Une fois de plus, le cheroot envoya ses rubans de fumée. « Personne ne nous écoutera. Les flics sont des êtres humains. Ils disent la vérité parce qu'ils disent la vérité. La meilleure raison qui soit pour n'avoir jamais tort.

— Cette Mme Linley, proposa Anne. Ils vont la croire ? Sur parole ? »

Bill Drever répondit :

« Il devrait y avoir un acte de naissance.

— Bill ! protesta sa femme.

— Mais bon sang de bois ! Légitime ou pas, il y a toujours un acte de naissance. »

Ainsi allait la discussion. Tellement d'idées, les unes fantaisistes, les autres concrètes, certaines tout droit sorties d'un mauvais roman.

« Papa, tous les Sam Spade de cette planète sont des petits voyous crasseux qui passent leur temps à gratter du papier et à regarder par le trou de la serrure. On ne les appelle pas pour un meurtre, nom de Dieu ! »

Ainsi Babs, grâce à sa connaissance du monde, devint-elle peu à peu l'oracle attitré. Pareillement, Liz devint son adjointe. Liz avait apporté l'espoir. Un espoir qui tenait certes à des fils peu reluisants – un enfant illégitime était une chose dont la presse de caniveau ferait ses choux gras –, mais ça valait toujours mieux que « Jack l'Imitateur ».

« Il n'en reste pas moins une honte.

— Papa, on ne souffre pas *tous* de migraines dues à nos propres halos. »

À 22 h 30, les parents Drever se levèrent et annoncèrent leur intention de partir.

« On a de la route à faire.

— Vous pouvez dormir ici, proposa Liz.

— Non… J'aime dormir dans mon propre lit. Enfile ton manteau, petite mère. » Et à Babs : « Finalement, c'est pas plus mal que tu sois là.

— C'est pas plus mal que quelqu'un soit là. » Les yeux légèrement plissés, et d'une voix froide, elle ajouta : « Quand tu auras retrouvé ton "propre lit", ne t'endors pas tout de suite. Pense à William. Et à Carol. Force-toi. Demande-toi pourquoi une bonne dizaine de fois. »

Cette question, David Oldfield se la posait aussi. Parce qu'il craignait de voir sa fille souffrir. À cela s'ajoutait le fait qu'il avait eu ce soir-là un jeu particulièrement mauvais à son club de bridge. Il était donc d'humeur interrogatrice, ce qui n'était pas aisément conciliable avec les duretés de la vie.

Pourquoi fallait-il que ce soit le petit Robert Drever ?

Pat Oldfield expliqua, avec patience, que cette question n'admettait aucune réponse simple. L'amour – en particulier chez les jeunes gens – ressemblait un peu à la rougeole. Il ne respectait personne. Il survenait, point final. Fort bien, mais pourquoi Pat considérait-elle cette histoire entre Sal et Robert comme plus sérieuse que les habituelles amitiés adolescentes entre filles et garçons ? Parce que Sal le disait, et parce qu'elle (Pat) lui reconnaissait le mérite d'avoir la tête sur les épaules. Parce qu'elle (Pat) n'avait encore jamais vu Sal faire preuve d'une telle détermination. N'empêche : pourquoi le petit Robert Drever ? À l'âge de Sal, la notoriété – même par procuration – exerçait un certain attrait, non ? Auprès de certaines filles, mais pas de Sal. Comment pouvaient-elles en être aussi sûres ? Elle (Pat) en était sûre. Elle (Pat) était manifestement sur la même longueur d'onde que Sal. Sal *savait* et elle (Pat) *savait* que Sal savait.

« Tout ça, dit David Oldfield, relève de la pure logique féminine. Parfaitement illogique.

— Chéri, elle est folle amoureuse de lui, rétorqua Pat. Non pas pour ce qu'il est. Mais pour *qui* il est. En ce moment, il est l'homme de sa vie.

— L'homme ?

— Elle n'a que dix-sept ans. Quand on a dix-sept ans, un garçon de dix-huit ans est un homme.

— "En ce moment" ?

— L'éternité commence toujours par là. Pour moi ç'a été le cas. Pourquoi est-ce qu'il n'en serait pas de même avec Sal ? »

Chez les Drever, minuit sonna. Une série de décisions furent prises. Il fut décidé que, malgré ses objections, Babs téléphonerait au commissariat de Lessford et soumettrait l'idée que l'on avait arrêté et condamné la mauvaise personne.

« Ils ne te croiront pas...

— Tu m'étonnes qu'ils ne me croiront pas.

— Mais si tu la joues fine, tu pourras récupérer des noms. De témoins. Avec un peu de chance, de gens qui n'étaient pas au procès mais qui ont des choses à ajouter à ce qu'on sait déjà. »

Il fut décidé que Robert continuerait de fréquenter l'école polytechnique de Bordfield comme à son habitude.

« Il y a forcément *quelque chose* que je peux faire pour aider.

— Mon petit, tu es en minorité.

— Je ne suis pas un petit. Liz. Dis-lui...

— Robert. » Ce doux sourire, Robert et Anne ne pouvaient rien lui opposer. « Il ne reste plus que toi. Notre gagne-pain potentiel. On essaiera. Mais... » Un léger mouvement des épaules. « Ce ne sera pas facile. Ce ne sera pas pour tout de suite. Des mois, peut-être. Des années. Peut-être *jamais*. On aura sans doute besoin d'un filet de sécurité. Et c'est toi. »

Ces mots, « peut-être jamais », donnaient la mesure de l'ampleur de la tâche. Casser un jugement. Annuler une décision du tribunal de la Couronne, sur la base non pas d'une argutie juridique, mais des faits. On avait arrêté, accusé et condamné un innocent, et l'innocent en question croupissait en prison.

Il fut convenu de refuser la publicité et les pétitions. Les prospectus. Les interviews, à la presse comme à la télévision. « Bien sûr, je pourrais organiser ça. Mais c'est contre-productif. Qui en a quelque chose à *foutre* ? Nos policiers sont merveilleux. Personne à la télévision n'a jamais pu faire douter de ce credo. » Le combat resterait donc familial. Il y faudrait de l'énergie, de la ruse, mais surtout de la patience.

Babs tira une longue bouffée sur son cheroot.

« Il n'y a qu'un ministre de l'Intérieur pour y parvenir », dit-elle.

Anne écarquilla les yeux.

« Mon Dieu, je ne m'étais pas rendu compte…

— Tu ferais mieux de t'en rendre compte, trésor. Ce grand comique de William va devoir se tenir à carreau tant qu'on n'aura pas persuadé le ministre de l'Intérieur, rien de moins, que toute cette foirade n'est que ça… Une foirade. Or les ministres de l'Intérieur ne veulent pas savoir. Ils sont sourds, muets et aveugles jusqu'au jour où ils doivent nager la brasse pour garder la tête au-dessus de la fange. Après ça, ils font du bruit. Pour survivre. »

Il fut donc convenu que Robert poursuivrait ses études et qu'Anne reprendrait son poste au guichet d'une agence de voyages. Ayant accepté cela (mais pas grand-chose d'autre), les deux jeunes gens partirent se coucher. Liz et Babs se détendirent un peu. La pression retombait. La comédie du c'est-ça-ou-la-mort, jouée pour les parents de William et pour les enfants de William, fut, d'un commun accord, suspendue. Liz s'en alla, déchaussée, faire du café. « Et fais-le bien fort et bien chaud, chérie. Avec un peu de place pour une belle rasade de brandy. » Une fois seule, et de manière fort peu féminine, Babs posa les pieds sur le tapis de cheminée, baissa son pantalon chic jusqu'en haut des cuisses et, avec la même vulgarité qui lui avait permis de se faire une place en marge du show-business, laissa ses fesses être rosies par la flamme de la cheminée électrique. Elle était encore là lorsque Liz, revenant avec le café, lui adressa un sourire amical.

« Allez les filles ! » murmura Babs avant de remonter son pantalon. Tandis que Liz versait le brandy dans les gobelets de café, Babs s'affala dans un des fauteuils. « Et maintenant, dit-elle, fini les bisous, la baise commence ! Tu veux mon avis ?

— Ça ne va pas être facile. »

Liz emporta les gobelets jusqu'à la cheminée et lui en tendit un.

« On n'a pas le moindre espoir. » Babs but son café puis posa le gobelet sur le tapis, à côté du fauteuil. Elle cala un cheroot entre ses lèvres, le faisant trembler lorsqu'elle ajouta : « Ça reste entre toi et moi, bien sûr.

— Il faudra du temps. Et de la patience.

— Il faudra surtout un miracle. »

Elle alluma le cigare. Liz sortit une cigarette de la boîte posée sur le linteau de la cheminée, l'alluma, recracha la fumée, s'installa sur le fauteuil jumeau, goûta le café et émit un claquement de lèvres approbateur. Sans les jeunes, sans les vieux, l'atmosphère avait changé. On en venait à l'essentiel, on oubliait les vœux pieux. Il y avait une affinité entre elles. Curieusement, et malgré leurs différences, elle avait toujours existé, ancrée dans la conscience que chacune avait de l'honnêteté absolue de l'autre. Il n'y avait entre elles ni jalousie ni envie, et aucune n'aurait troqué son mode de vie pour celui de l'autre. Il y avait donc de la place pour l'honnêteté, et cela, en soi, créait une proximité rare.

« On va avoir besoin d'aide, dit Liz.

— Toute l'aide du monde... Et gratuitement, si possible.

— Rouse ? suggéra Liz.

— Qui est Rouse ?

— L'avocat. Celui qui a défendu William.

— Tu parles d'une prouesse.

— Je crois qu'il a fait de son mieux.

— Alléluia !

— Il connaît le dossier. Il a les... Comment on appelle ça, déjà ?

— Les dépositions ?

— Il les aura.

— Non, fit Babs. Pas l'avocat.

— Alors des copies de la première audition, par le tribunal... Sûrement ?

— Mmmh, peut-être, admit Babs, réticente. Mais les avocats en font de la bouillie.

— N'empêche, c'est une base. Des noms. Des adresses. Un point de *départ*.

— Dis-moi... » Babs se cala au fond du fauteuil et pencha la tête sur le côté, poing sous le menton. « Cette fameuse Linley t'a vraiment impressionnée.

168

— Je l'ai crue, répondit simplement Liz.

— Pourtant la question reste entière, non ? Pourquoi est-ce qu'elle n'a pas fait tout son cirque au moment où ça pouvait encore servir à quelque chose ? »

Mary Drever ne se rappelait plus à quand remontait la dernière fois qu'elle était restée éveillée jusqu'à 3 heures du matin. La pendule du salon venait de sonner. « Le carillon de Westminster ». Bill n'en avait pas démordu. Il fallait le carillon de Westminster, sinon rien. Très joli carillon, d'ailleurs. Très rassurant, dans le noir, quand on n'arrivait pas à dormir. Mais c'était la première fois qu'elle entendait sonner 3 heures.

Des idées très arrêtées à propos de tout, ce Bill. Un chauffage central au gaz, avec une chaudière Potterton. Rien de moins. Potterton ou rien. Et avec un thermostat Horstmann à chaque radiateur. « Un seul thermostat dans une maison, ça ne vaut pas tripette. Un pour chaque pièce. Un pour chaque *partie* de chaque pièce. Donc un par radiateur. Et de la marque Horstmann ! Et qu'on n'essaie pas de me refourguer autre chose. » C'était pareil pour tout. L'extérieur en pierre du Yorkshire. « Tu vois, la mère, elle prend une belle patine. Elle s'adoucit avec le temps. Rien de mieux que la pierre du Yorkshire pour l'extérieur. » En revanche, de la pierre de Cornouailles pour l'enceinte de la cheminée. Spécialement conçue. En pierre de Cornouailles, taillée et polie. Du bronze, du rouge et du violet avec, çà et là, une touche de pyrite. Et au-dessus – sur le toit – de l'ardoise galloise.

Cette maison. Chaque pièce de bois, chaque dormant, presque chaque clou et chaque vis, sélectionnés avec soin. Le fruit de l'expérience de toute une vie. La connaissance, chèrement acquise, de ce qui était bon, de ce qui était meilleur. « Et ce sera le meilleur, la mère. Je me fous du prix. Je ne me contente que du meilleur. »

Y compris les fils. Y compris les filles. Ce qu'il y a de meilleur, toujours. Pas de retour en arrière. Pas de faiblesses… Jamais ! Un homme dur à contenter, mais un bon mari. Mais quel genre de père ? Telle était la question.

Elle se planta devant la fenêtre. Comme les rideaux avaient été tirés, elle pouvait voir dans le ciel le halo des lumières de Lessford. Lessford, là où vivaient les « femmes de mauvaise vie ». Là où elles mouraient ! Là où William, disait-on, en avait tué trois. « Leur » William. *Son* William. Le petit bonhomme – pauvre enfant – terrifié à l'idée de mécontenter son père. Même une fois devenu adulte. Même marié. Ce regard. Cet air de chien battu. Et après son mariage. Il n'avait pas épousé la fille qu'il fallait. En un sens, elle était un prolongement de Bill. En un sens, tellement comme Bill que ce dernier s'était mis à la haïr. Drôle de voir deux êtres si proches et, parce que si proches, se détestant. Peut-être chacun voyait-il en l'autre ses propres défauts. Peut-être, oui. Mais ça n'avait pas aidé William. Pauvre bonhomme. Pauvre William.

Derrière la fenêtre, il faisait froid. Les premières morsures de l'hiver. Les gelées blanches, avait prévenu le *Yorkshire Post*… Allez savoir ce que ça signifiait. En tout cas, ça brillait sur la pelouse, dont la pleine lune reflétait la froideur. Pourtant, Mary Drever n'avait pas froid. Sa robe de nuit vieillotte, en pilou, frôlait le radiateur et transférait la chaleur vers son corps, et le double vitrage maintenait le froid à bonne distance.

Elle se demanda... William avait-il froid ? Quel genre de lit ? Quel genre de pyjama ? Avait-il même *droit* à un pyjama ? Arrivait-il à dormir ? Des rêves, peut-être ? Ou même des cauchemars ? Pauvre bonhomme. Pauvre idiot.

Ce besoin d'aller voir des femmes comme ça. De faire un enfant avec l'une d'elles, puis de garder le secret pour lui. Oh, Seigneur ! Ce que les hommes pouvaient être bêtes, parfois. Aucun sens des responsabilités. Pas assez de jugeote pour remplir un dé à coudre. D'un autre côté, ce n'était pas entièrement *sa* faute. Quand ces choses-là arrivent, la femme est souvent la première coupable. Avec une bonne épouse, un homme peut rester sur le droit chemin. Respectable. S'il y avait suffisamment de bonnes épouses, les femmes comme ça se retrouveraient au chômage en un rien de temps. Du jour au lendemain. Avec une bonne épouse.

Avec une bonne épouse, de bons parents et une bonne éducation.

Derrière elle, sur le robuste lit double à la tête en chêne, Bill Drever s'agitait dans son sommeil. Il se retourna sur le dos et, ce faisant, ouvrit la bouche. Un ronflement constant et guttural s'éleva du fond de sa gorge. Mary Drever tourna la tête et observa la montagne de draps sous laquelle

dormait son mari. Un homme bien. Un travailleur. Un bon croyant, dont les principes n'avaient
jamais varié.

Un bon *père* ?

Elle se posa la question et, à force de douter, se
sentit coupable... Presque infidèle.

CINQ

Mais qu'est-ce que la femme ? Seulement une des plaisantes bévues de la Nature.

Hannah Cowley, *Qui est la dupe ?*

« Drever ? Drever ? »

Le policier stagiaire fit rouler le nom dans sa bouche comme s'il en appréciait le goût. Les yeux rivés sur une toile d'araignée au coin de la corniche, on aurait dit qu'il cherchait l'inspiration dans les hauteurs. C'était un jeune homme mince, tout en os et en tendons. Un jour – pour peu qu'il ait assez de cervelle pour apprendre les bonnes manières et s'administrer une petite dose de modestie –, il ferait un flic correct. Pour le moment, il était stagiaire – cheveux longs, acné, toute la panoplie. Et son modèle actuel, en matière de travail policier, était un flic de la télévision qui laissait derrière lui chaque semaine un cortège de morts et de mourants. Avec ses longs doigts, il tambourina sur le guichet du commissariat de Lessford. Il répéta le nom une troisième fois.

« Drever ?

— D. R. E. V. E. R., fit Babs d'une voix dangereusement polie.

— Je sais comment ça s'écrit, répliqua le stagiaire avec suffisance.

— Ah oui ? Je n'étais pas sûre que vous sachiez lire. »

Le stagiaire cligna des yeux.

« Son nom est dans tous les journaux depuis des semaines, ajouta Babs. À moins que vous ne lisiez que la page des jeux ?

— Bon, écoutez, mademoiselle…

— Ne vous laissez pas abuser par l'absence d'alliance sur mes doigts, mon jeune ami. Les petits malins de votre espèce, je les chasse à coups de pichenettes, en attendant de trouver un homme, un *vrai*. »

Le policier stagiaire rougit.

« Je veux voir le commissaire.

— Euh… J'ai besoin de connaître le motif.

— *Vous* avez besoin de connaître le motif ?

— Oui, mademoiselle… madame… Je vais…

— Je le lui dirai moi-même, l'interrompit Babs. Et s'il veut vous tenir au courant, il vous enverra une carte postale. »

Ce qui n'était pas du tout la marche à suivre, bien sûr. Les femmes habillées de clinquant n'entraient pas dans un commissariat de police pour prendre le contrôle des lieux. Ce n'était pas permis. Ce n'était pas comme ça qu'on faisait. C'était un *commissariat* de police. Pas un pauvre poste de quartier. C'était là que tout se passait. C'était là qu'« ils » – contrairement à « nous » – tournaient autour du pot et évitaient de se faire piétiner par tout le monde. C'était là que…

« Fiston. » Babs se pencha par-dessus le guichet. Le stagiaire voulut reculer, mais il se rendit compte que sa main qui tambourinait avait été saisie au

176

poignet d'une manière qu'un judoka n'aurait pas reniée. La voix de Babs ressemblait au ronronnement d'un chat sauvage. « La leçon de modestie est terminée. Allez. Trouvez-moi quelqu'un avec du poil au menton. »

La figure paternelle, avec les chevrons et le sourire radieux, fit beaucoup pour remettre les choses d'équerre.

« Ces stagiaires ! » Il aurait tout aussi bien pu parler d'un chiot mal élevé. « Même Blayde avait plus de tact. » Babs ignorait qui était Blayde, mais n'en dit rien. « Drever ? demanda le sergent de police. Le Drever qui a pris de la prison il y a deux ou trois jours ?

— Je suis sa sœur.

— Je vois. » Le sergent poussa le bout de sa langue contre l'intérieur de sa joue. On aurait cru qu'il suçait un énorme bonbon. « Et d'après ce que m'a dit le petit jeune, vous voulez voir le chef ?

— C'est pour ça que je suis venue. »

Le sergent se pencha par-dessus le guichet et regarda le sol, côté public.

« Où est la pétition ? demanda-t-il d'une voix plutôt sympathique.

— La pétition ?

— Ils font tous des pétitions, expliqua joyeusement le sergent. Des milliers et des milliers de signatures. Pour expliquer qu'on est débiles. Ou que la justice britannique aurait besoin d'un bon lavement d'oreilles. »

Les yeux de Babs brillaient dangereusement. Le sergent leva la main, comme pour arrêter la circulation.

« Très bien. Très bien. Vous voulez voir le chef.

— Je *vais* voir le…

— Mais pas aujourd'hui. Il est à Londres pour deux ou trois jours. Encore une réunion consacrée à la prévention de la délinquance. » Puis, avant que Babs puisse lâcher le moindre mot : « Et pourquoi pas un des hommes chargés de l'affaire ? L'inspecteur principal Hoyle ?

— Il est gros ? demanda, méfiante, Babs.

— Gros au sens de massif ? De grand ? De carré ? De…

— Au sens d'important ?

— *Moi*, je suis important, répondit le sergent sans fausse modestie. Hoyle est deux crans audessus de moi. *Et* inspecteur principal… Du solide, donc. »

Rouse n'était pas le vieux croûton auquel s'attendait Liz. Un peu poussiéreux sur les bords, peutêtre, mais enfin le droit – même pénal – est une discipline poussiéreuse. Le temps qu'une affaire atterrisse au tribunal, tout le sang a été nettoyé, toutes les haines et les jalousies mesquines ont été enrobées dans des déclarations pesées au trébuchet, toutes les péripéties ont été réduites à de simples questions et réponses. D'où la tendance des avocats à être insensibles, ternes et, quand ils ne sont pas entre eux, d'une compagnie sinistre.

Rouse, lui, essayait d'être différent. Dans son bureau situé au deuxième étage, il y avait une fenêtre panoramique. Certes, elle ne laissait voir qu'un océan de toits et de cheminées, mais enfin elle était panoramique. Rien ne pouvait cacher les innombrables volumes reliés de cuir, mais au moins étaient-ils méticuleusement rangés et enfermés derrière des vitrines. Les clients avaient le choix entre deux fauteuils confortables. Le bureau – à peine plus petit qu'une table de ping-pong – était recouvert d'une plaque de verre et supportait, entre autres choses, un vase de roses tardives aux longues tiges. Sur un plateau trônaient un service à thé en argent, des tasses, des soucoupes, une assiette de scones chauds et beurrés. Des cendriers et une boîte à cigarettes laquée indiquaient muettement que la nicotine était une accoutumance tolérée.

Rouse sortit d'une blague quelques bouts de tabac haché et les déposa dans le fourneau d'une pipe épaisse. Il procéda lentement, savourant à l'évidence un plaisir imminent.

« La mère de la petite Linley ? murmura-t-il.

— C'est ce qu'elle prétend.

— Et vous la croyez ?

— Oui. » Liz n'hésita pas. Elle voulut répondre avec toute sa conviction. « Je ne prends pas mes désirs pour des réalités. Je suis sûre que ce n'est pas une excentrique. Oui, je la crois, absolument.

— La question. » Rouse ferma l'attache de la blague, souffla puis tira sur sa pipe, la retira de sa bouche et précisa : « Pourquoi avoir attendu jusqu'à aujourd'hui ?

— Je ne sais pas. Je n'ai pas pensé à le lui demander.

— Une réaction immédiate. Un motif caché.

— Encore une question. »

Ils semblaient jouer une partie de ping-pong. Tant mieux. Cela permettait d'aller à l'essentiel.

« Pourquoi *William* ne l'a pas dit ?

— Il savait ?

— Si on en croit Mme Linley. »

Il alluma sa pipe à l'aide d'un gros briquet en laiton manifestement fabriqué exprès pour cela. Il tassa le tabac rougeoyant avec son pouce, approcha le briquet et laissa échapper du coin de sa bouche quelques nuages de fumée. Satisfait, il remit le briquet dans sa poche de veste, tira sur sa pipe et l'éloigna pour la maintenir à environ quinze centimètres de ses lèvres pendant que la conversation se poursuivait.

« Il n'était pas le client idéal, reconnut-il.

— Comment ça ?

— Honnête, mais jusqu'à un certain point. » Entre deux bouffées, il s'expliqua par des phrases courtes. « Il niait les accusations. Dès le départ, il a nié. En bloc. Mais il refusait de faire appel. Même avant le verdict. Il disait que s'il était condamné, c'était comme ça. Pas d'appel. Une attitude très étrange. Si vous êtes innocent, j'entends.

— C'était un bon dossier ? demanda Liz. Je veux dire : il aurait *pu* être acquitté ?

— Avec un jury… tout est possible. » Rouse eut un sourire triste. « Comme dossier, on était dans la moyenne. Mis à part l'homicide multiple et les mutilations. Des preuves indirectes. Mais dans une affaire de meurtre, c'est souvent le cas. Rares sont les meurtres pour lesquels il y a des témoins. Cette histoire selon laquelle il tuait nu, ce n'était qu'un simple argument. Une possibilité. Pour expliquer l'absence de taches de sang. Mais… » Il soupira. « Une affaire hautement sensible. "Jack l'Imitateur". La rengaine vieille comme le monde du tribunal de la presse. C'est un fléau avec lequel on doit faire, j'en ai bien peur. Le juge explique aux jurés qu'ils doivent se vider la tête de toute idée préconçue. C'est une mascarade. Qui peut faire une chose pareille ? Les journaux, la télévision, la radio. Ils font de leur mieux. Ils croient vraiment être impartiaux. Mais ils ont tous le cerveau lavé. C'est dans la nature humaine.

— Vous disiez qu'il n'était pas le client idéal ? lui rappela Liz.

— Il a fallu lui tirer les vers du nez, répondit Rouse en fronçant les sourcils. Il disait qu'il n'avait rien fait. Dès le départ. Mais… » Encore un soupir. « Voyez-vous, mademoiselle Stewart, malgré les élucubrations de quelques fous furieux, la plupart des gens normaux – ceux qui constituent le jury moyen – souhaitent que la police ait raison. Un homme se trouve dans le box des accusés. Il est déjà coupable, sans quoi il ne serait pas là. Sinon, la police ne l'aurait pas mis là. En tant qu'homme de la rue, que citoyen ordinaire, je peux comprendre cette attitude. Je peux même m'en féliciter. Mais en tant qu'avocat ! Cela renverse la présomption d'innocence. D'un point de vue technique, donc théorique, un accusé n'a pas besoin d'ouvrir la bouche une fois qu'il a clamé son innocence. Il doit pouvoir rester tranquillement assis et écouter l'accusation présenter son réquisitoire. Conscient que, bien que le fameux doute demeure, il est libre. Mais essayez donc !

« En pratique – dans le tumulte d'un procès –, nous devons contrer à peu près chacun des faits et gestes de l'accusation. Nous le *devons*. Il n'est pas bon qu'un client reste assis là et se contente de dire : "Ce n'est pas moi." Mais ça, votre beau-frère ne l'acceptait pas. Il n'acceptait pas que, en pratique, nous ayons été obligés de prouver son innocence aussi vigoureusement que l'accusation sa culpabilité. Nous voulions des alibis. Des alibis… » Il secoua la tête avec une sorte de dégoût triste. « Les trois meurtres. Il était seul dans sa voiture. En train de conduire. Il n'a même pas voulu que nous disions *où* il se rendait.

— Où ? demanda calmement Liz.

— Ça reste vraiment entre nous, répondit Rouse sur un ton solennel. Je ne devrais pas vous le dire. Je ne veux surtout pas que sa femme le sache. Mais à la lumière de ce que vous m'avez raconté de cette dame qui se présente comme la mère de la petite Linley…

— Vous avez ma parole.

— Il était en route vers Manchester. » La pipe ne se consumait pas comme il fallait. Le briquet fut de nouveau de la partie, et Rouse observa le visage de Liz à travers les nuages de fumée. Il rangea le briquet dans sa poche et reprit. « Les trois soirs. Les trois fois. Il roulait vers Manchester. Quelque part là-haut dans les Pennines. Ce n'est pas un alibi. C'est à peine plus qu'une blague. Ce n'en est même pas une, puisque nous n'avons pas eu la possibilité de dire *où* il se trouvait avec sa voiture.

— Pourquoi Manchester ? demanda Liz, dont le visage exprimait un désarroi total. On ne connaît personne à Manchester. Ni même près de Manchester.

— Il n'a pas voulu le dire. Il refusait tout net. Il disait seulement qu'il était dans sa voiture. Rien de plus. » Rouse hésita, puis ajouta : « À mon avis, c'était une maîtresse. Ça arrive. Bien trop souvent pour que la situation soit rare. Un homme marié – et respectable – fricote avec une petite demoiselle planquée quelque part. Il se retrouve accusé d'un crime. Son seul alibi un peu valable consiste à faire venir cette femme pour prouver son innocence. Il ne le fera pas – il tient trop à son mariage – et on ne peut pas l'y *obliger*.

— Mais bon sang, protesta Liz, son mariage partait déjà à vau l'eau. Assassiner des prostituées ! Quel mariage peut survivre à ça ?

— N'allez pas croire que nous n'avons pas utilisé cet argument, soupira Rouse. Mais les gens ont des idées fixes. Votre beau-frère clamait son innocence. Et à ses yeux c'était suffisant. S'il était acquitté – et à mon avis il pensait vraiment qu'il le serait –, ce n'aurait été qu'une mauvaise expérience, rien de plus. Il allait pouvoir reprendre sa vie là où il l'avait laissée.

— Impossible, dit doucement Liz. Pas avec une accusation d'avoir volé soixante-dix mille livres qui l'attendait au tournant.

— Ah, ça ? » Avec son sourire triste et légèrement en coin, Rouse avait un charme étrange, qui de surcroît le rendait très humain. « Je pense qu'on aurait pu... régler cette affaire. »

Liz parut surprise.

« L'argent, mademoiselle Stewart. » Le sourire laissa place à un petit gloussement, puis s'effaça. « Un détournement de fonds : voilà à quoi ça se résumait. Pour n'importe quelle entreprise, c'est une mauvaise publicité. Et les entreprises n'aiment pas ça. Elles ne cherchent pas nécessairement à se venger non plus. Ce qu'elles veulent, c'est récupérer leur argent. En tout cas la plus grande partie possible. D'un coup ou au compte-gouttes, peu leur importe. Du moment qu'elles sont quittes… peu ou prou. On aurait pu trouver une solution. Mais une fois que William a été condamné – et envoyé en prison –, cette entreprise a vu tout cet argent fondre. Voilà pourquoi… Qui était-ce ? Jones ?

— Jones.

— Voilà pourquoi Jones vous a contactés. Pour taper au porte-monnaie, si vous me passez l'expression.

— Attendez… » Dans la voix de Liz, un espoir désespéré. « D'après Jones, l'entreprise était propriétaire de la maison, du mobilier, de tout. Et William avait…

— Il existe un accord, mademoiselle Stewart, dit Rouse en choisissant ses mots. Jones a un peu forcé le trait. Un accord signé. Rien de plus. Applicable en dernier recours. Mais posez-vous la question : qu'est-ce que vous voulez qu'une entreprise aille faire d'une maison et de son mobilier ? Elle ne peut pas réclamer *tout* le mobilier. Mme Drever pourrait contre-attaquer. Se battre littéralement pour le moindre morceau de meuble. Encore une mauvaise publicité… Ce dont ces gens-là ne veulent surtout pas. Et mettons qu'ils exécutent l'accord : ensuite, quoi ? La procédure de vente. La mise aux enchères. Les frais d'agence. *Mes* frais. Encore… de la publicité. »

Le briquet fut de nouveau dégainé. De nouveau, le nuage de fumée. De nouveau, le tabac tassé sous le pouce.

« Un petit conseil gratuit, mademoiselle Stewart. Faites une offre – n'importe quelle offre raisonnable – et ils sauteront dessus. Je suis prêt à jouer ma réputation là-dessus. Un deuxième crédit pour la maison. Une discussion sérieuse avec votre banquier, et des autorisations de découvert, avec la maison comme garantie. Il y a des possibilités. Je ne doute pas – je ne doute aucunement – que votre beau-frère se montrera accommodant. Il signera tous les papiers nécessaires. Si vous le souhaitez – si vous prenez les choses par le bon bout –, vous pourrez tous vivre dans cette maison jusqu'à la fin de vos jours.

— À crédit.

— En effet, dit Rouse en souriant. Comme des tas de gens, mademoiselle Stewart. Des gens riches. Des gens qui n'ont pas *besoin* de vivre comme ça. Mais qui profitent des banques et des organismes de crédit. Ils en *profitent*. Ils ne les considèrent pas comme des tirelires intouchables. Pour finir… » Il haussa les épaules. « La maison sera vendue. Les meubles seront vendus. La dette sera épongée. Plus qu'épongée, en comptant les intérêts. Mais d'ici là… Pour vous le dire sans détour… Vous… et Mme Drever… ne serez plus là pour vous en soucier. »

C'était une solution… La moitié du problème était réglée… Plus ou moins. Liz sentit un poids tomber de ses épaules. Le caractère absolument désespéré de la situation n'était plus là, grâce à cet avocat quelque peu original, terre à terre. C'était un bonus, qui venait s'ajouter à ce pour quoi elle était venue. Après avoir allumé une cigarette, Liz remit le sujet sur la table. Ils discutèrent de William, de Mme Linley et de ce qui pouvait être tenté pour sauver William de sa propre bêtise.

Rouse était d'une franchise qui confinait à la brusquerie. « Il a dépassé le point de non-retour, pour ainsi dire. Sans son autorisation de faire appel, on ne peut pas faire grand-chose. » Néanmoins, Liz insista. C'était son jour de chance. Il devait forcément y avoir *quelque chose*. Oui, Rouse disposait d'une copie du dossier tel qu'il avait été présenté au tribunal. Oui, elle pourrait en obtenir la photocopie intégrale. Aujourd'hui même, si elle le souhaitait. Il lancerait la machine tout de suite, elle pourrait repartir avec le document. Le problème de la procédure en cours ne se posait pas. L'affaire était classée. Tous les témoins pouvaient donc être vus et réinterrogés à tout moment. À condition, bien sûr, qu'ils soient *prêts* à être réinterrogés.

« Qu'espérez-vous obtenir ? demanda Rouse affablement.

— La preuve de l'innocence de William.

— Même après qu'il a été condamné ? »

Le sourire en coin, et un soupçon de taquinerie.

« C'est déjà arrivé, insista-t-elle.

— En effet. Erle Stanley Gardner l'a fait des dizaines de fois dans ses romans. Malheureusement, Perry Mason est mort avec son créateur en 1970.

— Ce n'est pas très gentil de dire ça.

— Mademoiselle Stewart, répondit-il d'un air sombre. Je ne suis pas là pour être "gentil". Je ne suis même pas là pour être optimiste. Je suis là pour être *réaliste* et, bien que tous mes vœux de réussite vous accompagnent, je pense que vous n'avez pas le moindre début d'un commencement de chance. »

Robert et Sal se retrouvèrent à la pause du matin. Cela se passa bien, malgré une certaine réserve. Ils savaient l'un et l'autre qu'ils s'étaient engagés la veille au soir, mais chacun se demandait si l'autre était aussi sérieux.

« Rob.

— Sal. »

Pendant qu'ils marchaient côte à côte, leurs doigts se touchaient.

« Hier soir…, dit Sal.

— C'est bon, marmonna Robert.

— Non. Je veux dire, si tu as des doutes, ce…

— Des doutes à propos de quoi ?

— Enfin… Ce qu'on…

— Ah ! Parce que je me demandais si *toi*, tu avais des doutes.

— Moi ?

— C'est-à-dire si…

— Pas de doutes, Rob, répondit-elle avec une timidité inhabituelle.

— C'est génial. C'est super. »

Et son visage s'éclaira de bonheur, comme si on avait allumé une ampoule à l'intérieur.

Leurs doigts se trouvèrent. Sans gêne, ils se prirent par la main. Comme tous les tourtereaux qui découvrent l'amour, ils se croyaient uniques. Jamais personne avant eux n'avait connu cet élan de joie pure, pure à couper le souffle. Scarlett et Rhett ? Des petits joueurs. Antoine et Cléopâtre ? De simples figurants. Aussi, pendant le bref instant que dura la pause matinale, Robert lui raconta tout. La mère Linley ; ce qu'il savait ; ce que Liz lui avait dit. Dans son enthousiasme, il eut tendance à enjoliver un peu les choses, mais comment lui en vouloir, au vu des circonstances ?

« C'est génial, ça ! répondit Sal. Papa va être aux anges.

— Papa ?

— Mon père... Tu es invité à boire le thé, dimanche. Pour l'approbation des parents. Un truc comme ça.

— Ah... Je ne peux pas. Je...

— Si, tu *peux*. » Elle lui serra un peu la main. « Rob, je *veux* que tu viennes. Je veux qu'ils rencontrent le type sympa que j'ai dégotté.

— Mais... Mais *ton* père ? »

Un minuscule nuage avait assombri le ciel bleu de Robert.

« Oh, rien. » Elle balaya l'argument d'un revers de main. « C'est un ringard. Mais il n'est pas méchant. Tu comprends, il travaille dans une banque. Si bien qu'il est contaminé. Ultra-méfiant. Alors qu'il ne l'est pas, *en vrai*.

— Je ne lui en veux pas d'être hostile, dit-il en regardant ses pieds. Vraiment…

— Eh bien, *moi* je lui en veux. » Après la petite explosion, un sourire heureux. « Mais ça ne tient plus, maintenant, si ? Je veux dire, ton père… Il n'est pas coupable, n'est-ce pas ? Donc ça ne tient plus. Il sera content. Il sera ravi.

— *Ton* père ?

— Oui. Et le tien, bien sûr.

— À condition qu'on découvre qui les a tuées. »

« À condition seulement qu'on découvre qui les *a* tuées, dit Babs d'un air songeur. Ce Hoyle. Oh, très correct. Très courtois. Il a parlé pendant une heure pour ne rien dire. Détaché mais tenace. Ça résume tout. »

« Je peux comprendre votre inquiétude, madame. Malheureusement, en ce qui nous concerne, l'affaire est classée.

— Bien sûr. C'est aussi ce qu'on disait à propos de l'affaire Dreyfus.

— Ce n'est plus de notre ressort. La prochaine étape, c'est la cour d'appel, si votre frère le décide. »

« Que des manières ! s'écria à présent Babs, indignée. Bien habillé. Belle mise. Vu de l'extérieur, plutôt appétissant. Mais à l'intérieur ! J'ai connu des réfrigérateurs plus chaleureux. »

Elles s'étaient retrouvées, comme convenu, dans un des cafés sur la place du marché de Beechwood Brook. Elles buvaient du thé et se racontaient leurs échecs et succès respectifs. Babs, à son habitude, tenait le crachoir.

« J'ai voulu savoir si je pouvais voir les documents. Bordel ! On aurait cru que j'avais demandé à essayer le saint suaire de Turin ! »

« Il en est hors de question, madame.

— Pourquoi ?

— Ces documents sont confidentiels. Très confidentiels.

— Confidentiels, mon œil ! Toute personne qui n'est pas sourde, muette et aveugle sait tout de ce dossier, depuis le temps.

— Pour votre œil, madame, je ne sais pas. Mais le dossier, je *peux* vous le garantir. Absolument *interdit* d'accès au public. »

« Et drôle, avec ça. »

Babs tira fort sur son cheroot. À la table voisine était assise une femme d'âge mûr vêtue d'un manteau de fourrure. Elle grimaça et toussa, poliment mais ostensiblement. Babs tourna la tête et recracha la fumée sur l'éclair au chocolat en passe d'atteindre la bouche de la dame.

« Des flics rigolos, maugréa-t-elle. C'est tout ce qu'il nous manquait.

— Moi, j'ai touché le gros lot. » Et si Liz semblait un peu satisfaite, comment lui en vouloir ? Elle souleva la grande enveloppe en kraft posée à côté de la chaise et la plaça sur la table. Elle en sortit un dossier soigneusement agrafé, d'une épaisseur d'environ un centimètre et demi. « Ce que le policier n'a pas voulu te donner, dit-elle.

— Comment ça ?

— Le dossier complet. Une photocopie.

— Bingo ! »

La femme à la fourrure inhala par ses narines tremblantes. Son buste se bomba, à la manière d'un pigeon, mais ni Liz ni Babs n'avaient le temps de s'attarder sur l'indignation outrée d'une inconnue.

Elles commandèrent de nouveau du thé, rapprochèrent leurs chaises et se plongèrent dans la copie du dossier de police. La séance de lecture dura plus d'une heure et, à vrai dire, n'eut rien d'enthousiasmant. C'était une prose rebutante. Les dépositions (et les dépositions constituaient l'essentiel du dossier) étaient retranscrites en langage policier. Les témoins « se rendaient » plus qu'ils n'« allaient » quelque part. Ils « relevaient » quand en réalité ils « voyaient ». De menus détails étaient grossis. Des horaires étaient indiqués, à la minute près, quand de toute évidence seules des approximations étaient possibles.

Babs gonfla les joues avec un air dégoûté :

« Oh, là, là ! Ça ne se passe jamais comme ça à la télé. Tiens, je te propose qu'on se concentre sur une seule affaire. La petite Linley. Si on arrive à prouver qu'il ne *l'*a pas tuée, on sera sur la bonne voie.

— Si on arrive à découvrir *qui* l'a tuée… »

Liz ne termina pas sa phrase.

Elles portèrent donc leur attention sur le meurtre de Linley. La déposition de la dernière personne à l'avoir vue vivante ou, en tout cas, de la dernière personne disposée à *affirmer* qu'elle l'avait vue vivante. Une certaine Olive Laine, qui habitait sur le même palier que Linley, dans l'appartement d'en face. Une déposition d'un certain Peter Rowland Littlejohn, qui avait découvert son corps à 23 h 40. « Lis entre les lignes, Liz. C'est ce salaud de maquereau. Venu récupérer la recette de la journée. » Une déclaration d'identité : encore Littlejohn. Des mots tels que « heureuse », « insouciante » et « sympathique » ressortaient des pages. Des expressions comme : « elle adorait la vie », « c'était une amie formidable », « elle était pleine de vitalité ».

Sardonique, Babs murmura : « Même une parfaite greluche a droit à sa petite heure de gloire dès que quelqu'un lui plante un couteau dans le buffet. »

Liz compara les déclarations.

« Cinq heures, dit-elle. Il était 18 h 30 quand Laine l'a vue vivante. Et 23 h 40 quand elle a été retrouvée morte. Je n'y crois pas une seule seconde.

— Au moins six personnes, convint Babs. Trouve-les. Recense-les. Sers-toi d'une épingle, mais d'abord *trouve*-les.

— Mais alors pourquoi William ? Je veux dire : pourquoi William en particulier ?

— Les deux premiers meurtres. » Babs se pencha sur le côté et feuilleta les pages du dossier. « Des descriptions génériques d'hommes ayant été aperçus dans les parages. Elles pourraient correspondre à n'importe qui. Ensuite, pour le meurtre de la petite Linley, ce type… Comment s'appelle-t-il, déjà ? Yardley. Colin Yardley. Il prétend avoir vu William quitter l'immeuble et partir en voiture.

Il a relevé le numéro de la plaque, ainsi que le modèle. » Elle continua de feuilleter. « La description correspond... plus ou moins. Donc séance d'identification. Yardley désigne William. Et c'est *plié*. » Elle gonfla encore les joues. « Merde, je ne miserais pas ma chemise *là-dessus*.

— On n'est pas objectives.

— Eh bien, soyons objectives ! Pas d'empreintes digitales...

— Brouillées, selon le rapport.

— Pas de groupe sanguin...

— Il n'y avait *pas* de sang. D'après la police...

— Et *voilà* comment on bidouille la question une fois qu'on a dégotté une réponse merdique à souhait. Toute cette histoire à la noix de garçon naïf. Ton avocat a raison. William n'a pas toute sa tête. Il aurait pu se sortir de tout ça sans problème, si seulement il avait lâché du lest à sa défense.

— Ce qui nous laisse donc... » Liz se cala au fond de sa chaise, goûta le thé froid, grimaça et alluma une cigarette. « Ce qui nous laisse donc cette femme qui affirme être la mère de Linley. Qui affirme que William est le père de Linley.

— Tu la crois, lui rappela Babs.

— Je la *croyais*. Je commence à avoir des doutes.

— J'aimerais bien, dit Babs avec gravité, rencontrer cette horrible peau de vache.

— Tu la rencontreras. Tu finiras par la rencontrer... Sans doute. »

Il y eut un silence, au cours duquel la frustration, qui avait presque des accents de défaite, engendra un sentiment d'inutilité. Qu'avaient-elles imaginé ? Liz, la solide, la terre à terre ? Babs, le char d'assaut qui envoyait bouler tous ses adversaires ? Qu'avaient-elles imaginé ? Pendant ce silence, elles se posèrent toutes deux la question. Les dossiers de police avaient semblé être la clé qui ouvrirait toutes les portes. Or (et n'importe quel flic le leur aurait dit), les dossiers de police ne sont pas faits pour redonner confiance à ceux dont le but est de prouver l'innocence d'un assassin condamné. Deux dilettantes étaient déterminées à faire passer les professionnels pour des crétins. Une fois toutes les paillettes retirées, voilà à quoi tout cela se réduisait. On en était là. Et comme l'avait fait remarquer Rouse, elles n'avaient aucune chance.

« Oh, et puis file-moi ce dossier. » Babs se secoua de sa torpeur et tendit la main vers la liasse de documents. « Ce minable de Yardley. Oublie une seconde la séance d'identification. Il prétend avoir vu William sortir de l'immeuble et partir en voiture. Il a relevé le modèle et la plaque de la voiture. *Pourquoi diable faire une chose pareille ?* »

Liz se redressa. Sa curiosité était piquée.

D'un doigt indigné, Babs martela le passage du dossier.

« Rien n'explique *pourquoi* il s'est intéressé à la voiture. *Pourquoi* il s'est intéressé à un type qui sortait de l'immeuble. Un immeuble entier. Ce type aurait très bien pu habiter là. Il aurait pu très bien y rendre visite à quelqu'un. Alors pourquoi ? Pourquoi s'intéresser à lui ? Pourquoi noter le numéro de sa plaque ? Ça pue. » Elle laissa retomber le dossier sur la table. Une partie de sa frustration se dissipa. Elle reprit : « L'ami Yardley est notre première escale. Et cette fois, ça va être *moi*, le saint Thomas qu'il va devoir convaincre. »

C'était un vendredi. Le « jour du pain ». Un élément parmi d'autres de leur petite routine hebdomadaire. Chaque semaine depuis le jour de leur mariage… Et même avant. Plus de pain, désormais. Le pain exigeait du temps et du labeur, et ils avaient trouvé une minuscule boulangerie, tenue par un seul homme, où le pain et les *oven-bottom cakes* satisfaisaient même aux hautes exigences de Bill. N'empêche, le vendredi restait le « jour du pain » et on ne pouvait pas rompre entièrement avec les habitudes de toute une vie. Les tartes et les petits pains, le cake à la cannelle et les tourtières aux fruits. Les ingrédients étaient achetés le vendredi et, aussi longtemps qu'elle pourrait le faire, continueraient d'être achetés le vendredi. Ses doigts noueux avaient perdu de leur agilité, mais le savoir-faire était toujours là. Elle n'avait pas besoin de se concentrer. Elle n'avait même pas besoin de réfléchir à ce qu'elle faisait. C'était comme le vélo. Ou la natation. On prend le pli, on s'y remet suffisamment de fois, et on n'oublie plus jamais. Même le dosage des ingrédients. La balance n'était qu'un instrument. Elle dosait à la tasse ou à la cuillère. La balance ne faisait que confirmer sa propre expertise.

La cuisine était réchauffée par le four. C'était son domaine à elle, douillet et chaud. La seule pièce de leur petite maison où elle eût le dernier mot. Le four, par exemple. Bill avait voulu acheter un modèle dernier cri, avec pendules et minuteries, broches et rôtissoires. Mais elle n'avait rien voulu entendre. Des plaques simples, un gril simple et un four qu'*elle* maîtrisait. Tout ce qu'elle avait jamais souhaité. Tout ce dont elle avait jamais rêvé. Elle aurait pu demander plus. Beaucoup plus. Mais la cupidité – eh bien…

La porte s'ouvrit. Bill Drever entra dans la cuisine. Il était à cran. La retraite ne lui réussissait pas. Et depuis que William…

Il essaya de se montrer jovial.

« Oh, ça sent bon, petite mère. »

Elle épousseta la farine collée à ses mains sur la planche à pain, mais ne répondit pas.

« Personne ne cuisine comme toi. Personne ne sait faire les tartes comme je les aime…

— La meilleure façon de gagner le cœur d'un homme, répondit-elle sans émotion.

— Oui. C'est bien vrai, ça.

— Si seulement il suffisait d'avoir le ventre plein pour être heureux. »

Elle dit cela avec une amertume non dissimulée.

« Quelque chose te tracasse ? demanda-t-il.

— Oh, non. » Son ton sarcastique était d'autant plus tranchant qu'elle n'avait pas l'habitude de l'être. « Pourquoi serais-je tracassée ?

— Bon, petite mère. On ne va pas…

— *Arrête !* » Ce fut un petit cri. Intense. Presque hystérique. D'une voix plus calme, elle ajouta :

« Ne m'appelle plus jamais "petite mère". Je ne le mérite pas.

— Mais pas du tout…

— Un fils et une fille, et je me suis contentée de rester là, et j'ai laissé ça leur arriver.

— Tu ne peux pas te reprocher ce que…

— Il n'y a pas que *moi*. » Et ça allait bien au-delà des larmes. Un malheur dur, sec, beaucoup plus profond, beaucoup plus douloureux que le seul chagrin des pleurs. Sur un ton qu'il ne lui avait encore jamais entendu, elle reprit : « Tu as bien dormi cette nuit.

— J'ai dormi.

— Pas moi. Je n'ai pas *pu*.

— Tu aurais dû me réveiller. J'aurais…

— *La* personne dont je pourrais me passer.

— Hein ?

— Bill Drever, dit-elle d'une voix rauque mais égale. Je ne pensais jamais voir ce jour arriver. Je donnerais n'importe quoi – n'importe quoi… » Elle s'interrompit et déglutit. « Si j'avais trente ans de moins, je partirais de cette foutue maison et tu ne me verrais plus. Alors maintenant… Sors de ma cuisine. »

Il fallait voir Carol coûte que coûte. Bryant avait bien résumé la situation. « Il faut surtout éviter qu'elle se sente seule. Exclue. Son geste relève de l'autocomplaisance. » Babs l'avait formulé en des termes plus simples. « C'est ta sœur, d'accord. N'empêche, jamais de la vie je ne ferais une chose pareille à cause d'un type. Je lui cracherais d'abord à la gueule. Mais bon, j'imagine qu'elle a besoin qu'on lui tienne sa petite main. »

Aussi, et d'un commun accord, Liz se rendit-elle à l'hôpital ce même vendredi après-midi. C'était son devoir, mais elle tenta d'y mettre du plaisir. Les raisins et la boîte de fruits confits furent reçus avec un sourire triste et quelques remerciements marmonnés. Le poignet toujours bandé était parfaitement visible par-dessus la couverture. Ses lèvres étaient un peu maquillées mais, hormis cela, rien. La « deuxième phase », comme l'avait désignée Bryant, était en cours.

« La honte, masquée par tout le mélodrame victorien. Mais soyez patiente. Jouez le jeu. Ça passera. »

Le sourire chétif revint, et Carol dit :

« Je ne pourrai jamais assez vous remercier. Aucun de vous.

— Cette bonne blague ! C'est à ça que servent les grandes sœurs.

— Tu dis ça, mais...

— J'ai une bonne nouvelle. » Liz interrompit le spectacle en parlant avec un ton délibérément vif et enjoué. Elle approcha une chaise du lit et expliqua : « Rouse... l'avocat. Cette fameuse dette de soixante-dix mille livres. Ça peut s'arranger.

— Je ne vois pas comment...

— Débrouille-toi pour sortir d'ici. Laisse tout ça derrière toi. Ensuite, entre nous, on pourra l'effacer petit à petit. »

Elle raconta sa discussion avec Rouse en exagérant un peu, en minimisant les difficultés, en enjolivant les possibilités et en les faisant passer

pour de simples désagréments, pas assez signi-
ficatifs pour ralentir, et encore moins empêcher,
l'inévitable dénouement. Ce ne fut pas une mince
affaire, notamment parce que Carol refusait d'y
croire. Rien ne fut dit ou évoqué au sujet de
Ruth Linley et de la probabilité que William fût
innocent. C'était encore un conseil de Bryant.
« Laissez-lui quelque chose à quoi se raccrocher.
Quelque chose, quelqu'un, sur qui rejeter la faute.
Son mari, si vous voulez. D'une certaine façon,
elle est en train de se noyer. En un sens, elle a
même *envie* de se noyer. Donc laissez-lui une
branche à laquelle s'agripper, sinon elle risque de
sombrer. »

Liz sentit ses muscles faciaux se crisper un peu.
Le sourire forcé ne faisait pas partie de ses habitudes. Ni l'agitation : remettre les draps, déballer
les fruits confits, tripoter les bricoles posées sur
le meuble de chevet. Car il fallait bien occuper le
temps, et il eût été inconvenant de rester moins
d'une heure. Elles parlèrent de Robert, d'Anne, et
même de Babs, mais c'était là un sujet sensible,
qui exigeait une certaine agilité.

« Je pense qu'elle aurait pu remonter plus tôt.

— Elle était occupée. Son emploi du temps. Ce
genre de choses.

— Son propre frère, quand même.

— Elle… euh… Pour elle, c'est plus dur que
tu ne le crois, mentit Liz.

— Pourquoi elle n'est pas venue avec toi ?

— Anne et Robert. » Liz chercha une excuse un
tant soit peu valable. « Ils ont de gros appétits. Il
y a l'école. Et Anne est partie au travail. Il fallait

199

que quelqu'un reste à la maison pour préparer à manger. » Puis, parce que l'argument semblait faible : « Et ses parents, bien sûr. Elle doit... Si elle trouve le temps, je pense qu'elle aimerait passer les voir. »

D'un côté une visite tout en phrases incohérentes, de l'autre une irritabilité presque puérile. C'était pénible. Au bout d'une heure, Liz fut bien contente de s'excuser et de partir.

Bryant l'attendait. Elle se demanda quand cet homme trouvait le temps de s'occuper de ses propres patients, voire s'il travaillait vraiment à plein temps à l'hôpital Beechwood Brook Cottage. Puis elle regretta d'avoir eu ces pensées.

« Comment va-t-elle ? demanda-t-il.

— Oh... euh... Bien.

— Elle se rétablit. » Il gloussa. « Ce matin, elle a fait un esclandre parce que son œuf était dur. C'est bon signe. »

Liz sourit.

« Je... me demandais. » Bryant accorda son pas au sien, et ils marchèrent lentement jusqu'au fond du couloir. « Vous aimez le ballet ? demanda-t-il.

— Le ballet ?

— Oui... le ballet.

— Eh bien, je... » Le caractère inattendu de la question la désarçonna complètement. « Oui, bien sûr que j'aime le ballet. Quand il y en a la télévision, je suis toujours...

— Non, en vrai, je veux dire.

— Je n'en ai jamais vu en vrai. Ici, en province, on n'a pas souvent...

— L'Opéra de Lessford. » On aurait dit un homme qui plongeait dans une eau glacée. Jusqu'au fond, pour abréger ses souffrances. « Le ballet d'Écosse. *Cendrillon*. Je... J'ai deux billets.

— Oh !

— On pourrait y passer la soirée. Je passerais vous chercher et ensuite je vous emmènerais au restaurant.

— Je crois vraiment que...

— En tout bien tout honneur, précisa-t-il tout de suite. Ne vous faites pas d'idées. Le spectacle, un dîner, et retour à la maison. Rien de plus.

— Quand ? » Elle ne s'était pas tout à fait ressaisie. « Je veux dire : quel...

— Ce soir.

— Oh, je ne peux pas. J'ai des choses à...

— Je sais. Vous devez vous laver les cheveux. Nettoyer vos sous-vêtements. Toutes les excuses idiotes que les femmes trouvent quand elles ne veulent pas être désagréables et dire non. » Il semblait soudain furieux, furieux contre lui-même de s'être ridiculisé. « Je suis désolé d'avoir...

— Non ! s'écria-t-elle. Non, non. Vraiment. » Elle se mordilla la lèvre inférieure. « Je viendrai. Avec plaisir. »

Il gonfla les joues et prit une longue inspiration. Sa colère disparut aussi vite qu'elle était arrivée, et il sourit.

« Vous n'avez pas idée. Vous inviter. Mon Dieu !

— C'est si terrible que ça ?

— En comparaison, une amputation est un jeu d'enfant. Mais... Merci.

— Quelle… Quelle heure ? »

C'était maintenant à son tour d'être un peu embarrassée.

« Je passerai vous prendre à 18 heures. C'est bon pour vous ?

— Parfait. Et encore merci.

— Vous allez adorer, promit-il. Le ballet à la télé, ce n'est pas le vrai ballet. C'est comme les films de guerre. Ça n'a rien à voir. »

Elle rentra chez elle à pied. En marchant, elle avait l'impression que ses émotions étaient soumises à l'action d'un batteur électrique. Le bonheur : c'était ça, qui n'arrêtait pas de remonter à la surface et de recouvrir momentanément tous les autres sentiments. Mais la culpabilité était là aussi, pas moins forte. William injustement condamné… Et elle, elle allait voir un ballet. Carol se remettant d'une tentative de suicide… Et elle, elle allait voir un ballet. Babs remuant ciel et terre pour exhumer la preuve de l'innocence de William… Et elle, elle allait voir un ballet. Et Anne, et Robert, et tout… Et elle, elle allait voir un ballet. C'était mal, mais c'était formidable. Elle n'aurait pas dû accepter, mais elle allait passer un merveilleux moment. Elle était d'une déloyauté absolue, mais déjà elle avait hâte, telle une petite fille attendant Noël.

Snout traînait toujours dans les parages. On aurait dit qu'il ne dormait plus et qu'il pouvait même se passer de nourriture. Ses yeux cernés étaient un peu plus cernés, de petites rides striaient son visage dodu, une ombre de barbe couvrait ses bajoues et ses plusieurs mentons. Mais il traînait toujours dans les parages.

Ses deux comparses étaient au bord de la révolte.

« Il ne va rien se passer », gémit le photographe.

Snout n'y prêta aucune attention.

Le jeune journaliste dit :

« Snout, cette fois, c'est un foirage complet. Pourquoi tu ne l'admets pas ?

— Tu aurais aperçu une femme, récemment ? gargouilla Snout.

— Je ne suis pas marié. Comment veux-tu...

— *Sa* femme. La femme de Drever, espèce de crétin.

— Je croyais que tu avais dit...

— Elle est dans une ambulance, à mon avis. » Snout eut un petit rire glaireux. « Quoi qu'il arrive, je veux être ici pour poser des questions.

— Aucune pitié, marmonna le photographe.

— Pas la moindre, mon pote. » Le gloussement cessa, remplacé par une mine renfrognée. « Comme Drever quand il poignardait ses putes.

— Des amies à toi ? demanda caustiquement le photographe.

— Je n'ai pas d'amis. C'est ce qui fait ma force. » Snout connaissait sa valeur, et la modestie ne faisait pas partie de ses qualités. Il passa alors au jeune journaliste. « Souviens-toi de ça, fiston. On emmerde l'amitié. Les meilleurs n'ont *pas* d'amis. C'est un luxe que seuls les minables peuvent se permettre. »

Cela leur cloua le bec. Ils le détestaient. Ils le méprisaient. Mais les professionnels qu'ils étaient savaient reconnaître le « génial » par opposition au

« bon ». Cet homme dénué de sentiments pouvait pondre des articles hors de portée des journalistes plus ordinaires. Les lecteurs seraient peut-être effarés, mais ils feraient la queue pour les acheter et les lire. Le comité d'éthique de la presse protesterait peut-être mais, une fois imprimé, le journal se vendrait comme des petits pains. Les confrères journalistes ricaneraient peut-être mais, en leur for intérieur, ils vendraient père et mère pour dénicher le même scoop. Au diable le code de déontologie du syndicat des journalistes – on pouvait le tordre et le déformer à peu près dans tous les sens. L'article, rien que l'article, petit. Creuse un peu sous la surface et trouve la *vraie* fange.

Le jour était en train de refermer ses paupières devant le crépuscule. Snout et ses deux acolytes montaient la garde devant le portail. La voiture ralentit, se gara, et Babs descendit du siège conducteur pour fermer la porte. Elle se planta face à Snout et leva les yeux vers son visage narquois.

« Toujours là, l'obèse ? » dit-elle froidement.

Snout hocha la tête une fois.

« Encore combien de temps ? demanda-t-elle.

— Qui sait ?

— Tu es une ordure, tu le sais, ça ?

— Il paraît, oui. »

Snout demeurait imperturbable.

« Simple rappel. » Babs regarda les deux autres. « Tous les trois. Trois ordures. Trois exemples morveux de ce que c'est que d'être la honte de l'humanité. »

Elle se retourna et marcha vers la maison.

« J'arrête les frais, dit le photographe.

— Quoi ? fit Snout, légèrement surpris.

— Pour moi, c'est terminé, Snout. Elle a raison : on est des ordures. Je suis peut-être débile, mais je sais quand j'en fais trop.

— Pareil pour moi. »

Il n'avait donc fallu qu'un déclic. Le jeune journaliste se rallia au photographe.

« Te voilà seul, Snout. Je ne te souhaite même pas bonne chance. »

Ils s'en allèrent et, hormis un rictus dédaigneux, Snout ne fit rien pour les empêcher ou les dissuader de partir. C'était lui, le bonhomme. Le patron. Et un jour viendrait où il n'aurait qu'à se baisser pour ramasser le scoop dont il reniflait la présence.

Il faisait froid dans les collines. Froid et de plus en plus sombre. Et il n'y avait personne. Un paysage qui correspondait bien à l'humeur de Bill Drever. Il avait pris sa voiture, s'était garé et avait commencé à marcher. Sans but. Il marchait, tout simplement. Il faisait fonctionner ses bras et ses jambes en rythme avec ses pensées.

Mary – *sa* Mary... Toutes ces années pendant lesquelles elle avait gardé secrets ses sentiments les plus profonds. Bon sang, ce n'était pas juste. Ce n'était pas bien. Ce n'était pas ce à quoi devait ressembler un couple, ni de près ni de loin. Elle était tout pour lui. Il n'était pas du genre démonstratif, ce n'était pas dans sa nature, mais nom de

Dieu, ce n'était pas une découverte. Elle aurait dû *savoir*. Sans ça, il ne l'aurait pas épousée.

Marrant. Ces foutues bonnes femmes... Une drôle de race. Toutes. Même Mary. Jamais capable de comprendre. Près d'un demi-siècle qu'ils étaient mari et femme, et elle avait *encore* des idées idiotes. Elle se faisait vieille. Très bien. Qui ne vieillissait pas ? Qui ne sentait pas le poids des années ? Mais elle n'arrivait pas à comprendre. Pour lui, elle n'était pas vieille. Il ne la voyait pas comme ça. Pour lui, elle n'était même pas une femme mûre. Chaque fois qu'il la regardait, il retrouvait la jeune fille à l'œil pétillant qu'il avait épousée devant le prêtre. La même jolie fille. Le même âge, le même tout. « Vieillir ensemble » signifiait ça, sinon rien. Ça signifiait qu'on était trop proches pour se voir vieillir. Trop proches. Trop intimes. Ce qu'on ressentait, ça se voyait. Et si on n'en parlait pas, ça ne voulait pas dire que ça n'existait pas. Les effusions mièvres, ce n'était pas son truc. Mais bon Dieu, il le *ressentait*.

Et maintenant, cette histoire de « si j'avais trente ans de moins ».

Non, chérie, sois juste. Sois correcte. J'ai essayé. J'ai foutrement essayé. Ne rejette pas la faute sur moi... Pas toute la faute. J'ai peut-être eu le sang chaud, parfois. Le sang chaud et l'humeur vive. Et – d'accord – il est arrivé que les enfants aient un peu peur. C'est arrivé. Mais je n'ai jamais été délibérément cruel. Je n'ai jamais voulu faire de mal. Mes propres enfants ! Non, ma petite. Sois juste. Si je les ai effrayés, tu aurais dû le leur dire. Le sang chaud, l'humeur vive, mais quand il s'agissait de ma famille, tout ça n'était que du pipi de chat. Tu le *savais*. Tu le savais forcément. Nom d'une pipe, je me serais coupé un bras pour l'un comme pour l'autre. William ou Barbara. Ils auraient pu recevoir le sang de mes propres veines s'il le fallait, mais je ne pouvais pas le leur *dire*.

Ça, je veux bien l'admettre. Et je ne cherche même pas d'excuses. Je ne suis pas doué pour les mots. Je ne l'ai jamais été. Même quand on se faisait la cour... *Tu* savais. Je n'avais pas à faire des phrases idiotes. Je n'avais pas à te répéter sans cesse les choses. Bon sang, tu *savais*. Alors pourquoi est-ce que tu ne le *leur* as pas dit ? Ce n'était pas moins pur. Pas moins vrai. Tu savais ce que je pensais de toi. J'en pensais autant d'eux. Encore aujourd'hui. *Encore* aujourd'hui !

Mary, mon amour. Mary, ma jolie. « Si j'avais trente ans de moins... » Dis-le, mon amour, s'il le faut. Dis-le, mais ne le pense pas. Nom de Dieu, ne le pense pas. Ne le pense jamais. Tout mais pas ça...

Babs réagit avec un calme surprenant. Presque soulagée, aurait-on dit.

« Ah, bien. Bien. Un lieu de culture. Ça va nous tenir toute la semaine. »

Ce qui, eu égard au fait que sa « discussion » escomptée avec le témoin, Yardley, n'avait pas eu lieu, était pour le moins curieux. Un peu blessant, d'une façon étrange et inversée. Comme si, secrètement, elle se réjouissait par avance de l'absence de Liz.

« Il est plombier, expliqua-t-elle. Parti sur un chantier, quelque part. J'ai calé un rendez-vous avec lui ce soir.

— Dans ce cas, je peux annuler le...

— Non, non. »

En un grand geste de refus, Babs agita son sandwich au saumon fumé. C'était tout Babs. Endettée jusqu'au cou, elle avait tout de même acheté du saumon fumé en tranches pour préparer des sandwichs avant que Robert et Anne rentrent à la maison. Et c'était bon. Liz n'avait pas souvenir d'un repas sur le pouce aussi savoureux. Il régnait dans la cuisine une atmosphère de magasin de friandises. Babs dit :

« Figure-toi que sa femme fait dans l'opéra amateur. Il y a une répétition ce soir. Yardley l'accompagne pour aider à déplacer les décors, un truc comme ça.

— Je crois vraiment que je devrais...

— Liz, chérie. Je n'y vais pas seule. J'ai recruté le vieux bonnet de nuit.

— Le vieux... bonnet de nuit ?

— Hoyle. Tu sais, l'inspecteur plutôt beau garçon qui n'a pas voulu coopérer ce matin.

— Ah !

— En dehors de ses heures de service, bien sûr. Mais Yardley ne sera pas au courant.

— Il y a des moments où les policiers sont de repos ? demanda timidement Liz.

— Il se mettra au travail en moins de deux si je tire le gros lot », promit Babs.

Pendant quelques minutes, elles mangèrent leurs sandwichs en silence. Le délicieux saumon fumé friable, avec du beurre frais et du pain noir coupé en fines tranches bien féminines. Et un bon café. Liz commençait à se dire qu'elle pourrait très facilement s'habituer à ce mode de vie. Tranquille. Comme Babs. Pas de vraies inquiétudes. Pas de stress. Prendre ce qu'il y a de bon sans trop se demander le pourquoi du comment. C'était une méthode. Peut-être la meilleure, sur le long terme.

« Comment as-tu fait ? finit-elle par demander.

— Hein ?

— Hoyle. Ce matin, il était très…

— Ah, mais ça, c'était ce *matin*. » Babs eut l'air surprise que l'évidence n'en soit pas une. « Entre-temps, j'ai compris comment il fonctionnait. Je suis allée le voir et je lui ai demandé, c'est tout.

— Demandé ? »

Liz n'en revenait toujours pas.

« Oui, enfin, façon de parler. Avec les types sérieux, c'est du gâteau. C'est des tordus qu'il faut se méfier.

— Et ça a marché. » Liz secoua la tête. Un peu sidérée. Un peu critique. Un peu envieuse. « C'est facile, la vie, quand on sait comment s'y prendre.

— Chérie. » Babs ressembla alors à une mère prodiguant sa sagesse à une enfant légèrement attardée. « On sort tous d'un trou, on finit tous au fond d'un trou. Entre les deux… c'est à nous de jouer. La facilité ou la difficulté. C'est très simple.

Il faut choisir : tu mâches ou tu recraches. Moi ? Il n'y a que les bons morceaux qui m'intéressent. »

Bill Drever ne savait pas comment s'excuser. C'était son grand problème, même s'il le niait. Simplement dire désolé. Il ne pouvait pas s'y résoudre, car toute sa vie avait reposé sur le présupposé suivant : « Être désolé ne sert à rien. Il fallait s'y prendre autrement dès le début. » Ce qui était parfait quand il s'agissait d'une bourde commise par un maçon, un menuisier ou un plâtrier. Mais, appliqué aux relations humaines, le principe ne tenait pas. D'ailleurs, il ne voyait pas *de quoi* il devait être désolé. C'était l'aspect cercle vicieux de la chose. Il savait qu'il était désolé, mais jurait ses grands dieux qu'il ne comprenait pas *pourquoi*. Sinon que c'était quelque chose de terrible. Quelque chose qui dépassait l'entendement. Quelque chose qu'il ne pourrait jamais réparer.

Il gara la voiture dans l'allée – il ne prit pas la peine de la mettre au garage – puis, d'un pas hésitant, presque timide, rentra chez lui, dans son propre salon. Il referma doucement la porte et resta planté là, à regarder sa femme. Assise dans le fauteuil. Les mains croisées sur les cuisses. La tête baissée. Les yeux rougis par les larmes. Les cheveux gris ébouriffés.

Deux fois il voulut parler, mais les mots ne sortirent pas de sa bouche. La faute à sa gorge sèche, à ses lèvres gercées et au simple fait qu'il ne savait pas quoi dire.

Enfin il lâcha :

« Tu ne le ferais pas, si, chérie ? »

Elle leva les yeux, éberluée. Non par les mots, mais par le ton suppliant, qu'elle n'avait encore jamais entendu et qu'elle n'aurait jamais pensé entendre un jour.

« Même si... tu avais trente ans de moins ? murmura-t-il. Ce que j'ai fait. Je ne sais pas. Honnêtement, chérie, *je ne sais pas*. En tout cas... je ne le pensais pas. Je ne te ferai jamais de mal, chérie. Ni à toi. Ni aux gamins. Ni... »

Il s'étrangla, serra les mâchoires, mais son visage se décomposa et ses larmes coulèrent. Il se mit à secouer la tête de droite à gauche. Lentement, avec un désarroi complet. Le grand pal des émotions inédites semblait le déchiqueter. Il était incapable de résister, de comprendre, d'exprimer par des mots ne fût-ce qu'une fraction de ce qu'il éprouvait.

Elle se leva de son fauteuil. Volontaire, malgré l'arthrose, malgré les coups décochés par l'âge et les événements récents. Désormais, c'était *elle*, la forte, et son mari – celui-là même qu'elle avait houspillé quelques heures plus tôt – un enfant, son enfant, qui réclamait, plus que tout, qu'elle le réconforte. Elle marcha jusqu'à lui, posa un bras sur ses épaules et embrassa sa joue mouillée.

« Non, chéri, fit-elle avec tendresse, on dit tous des choses sans les penser. » Elle le guida lentement vers le fauteuil. « Assieds-toi, mon amour. Sèche tes larmes, allume ta pipe. Comment est-ce que je pourrais t'abandonner ? » Elle attendit, le temps qu'il s'installe dans le fauteuil, toujours en sanglotant et en secouant la tête. Elle déposa un baiser sur le sommet de son crâne et dit : « Je vais faire du thé. Et une tarte aux pommes... Tu aimes la tarte aux pommes. Tu sais. » Elle sourit. « On dit des choses. On dit *tous* des choses. On ne devrait pas, et pourtant on le fait. »

L'Opéra de Lessford était en réalité un théâtre. Un *vrai* théâtre. Ce que les victoriens qui l'avaient édifié *attendaient* d'un théâtre. Velours rouge, peinture dorée, chérubins et lustres ; fauteuils d'orchestre, fosse, corbeille et balcon. Toute la panoplie. Une soirée à l'Opéra de Lessford, ce n'était pas rien. Moins, sans doute, que jadis, à l'époque des grands. Little Tich, Harry Champion, Nellie Wallace, Harry Tate, Houdini, les Houston Sisters et toute une ribambelle de vedettes avaient honoré de leur présence l'immense scène. Mais ses spectacles attiraient encore les foules. C'était la plus grande, la meilleure salle de province à des lieues à la ronde. Chaque année, à Noël, elle proposait aux enfants un spectacle suffisamment beau pour mériter qu'on s'y rende en train ou en bus. Aucune poudre aux yeux, sinon sa propre marque d'excellence et le fait qu'elle avait gardé l'« ambiance », presque disparue, d'un théâtre : le silence à l'instant où les lumières se tamisaient, et cette magnifique attente du divertissement, à son comble quand les rideaux s'ouvraient pour dévoiler les prouesses d'une dizaine de disci- plines artistiques, combinées pour créer la magie, si particulière, du « théâtre » sous ses diverses formes.

Assise au premier rang de la corbeille, Liz vit que les trois premiers rangs des fauteuils d'orchestre avaient été retirés pour laisser place à l'équivalent d'un orchestre symphonique. La barrière autour de la fosse des musiciens avait été enlevée aussi. Manifestement, le ballet d'Écosse avait bien l'intention d'être entendu autant que vu.

Bryant demanda :

« Bien assise ? »

Liz serra contre elle la boîte de chocolats et le programme, puis sourit.

« Fabuleux. C'est vraiment fabuleux. »

C'était la vérité. Pendant le trajet en voiture vers Lessford, la glace avait été rompue.

« Bon, écoutez, vous n'allez pas m'appeler tout le temps "docteur". Je risque de perdre mes nerfs et de vous arracher les amygdales, ce qui ne serait pas convenable. Peter ? Ça vous va ?

— Liz. »

Et voilà. Avec la facilité d'une main glissant dans un gant, ils avaient eux-mêmes glissé vers l'amitié des prénoms.

Ils se levèrent pour laisser passer les derniers arrivants. Alors qu'elle se rasseyait une énième fois, Liz dit :

« Je m'attendais à du Prokofiev.

— Oh, non. »

Bryant sourit. Liz se rendit soudain compte que cet homme était féru de musique.

« L'histoire originelle de Cendrillon. *Zolouchka*, c'est la version de Prokofiev. Ensuite, vous avez la *Cendrillon* de Massenet et *Cenerentola* de Wolf-Ferrari. Mais ce soir, c'est la version de Rossini.

La Cenerentola, d'abord conçue comme un opéra, mais ne vous y trompez pas. Et bien sûr, les jeunes gens du ballet d'Écosse lui donnent son nom anglais. Cinderella. Très terre à terre, nos cousins mangeurs de haggis. En plus d'être des danseurs et musiciens épatants. »

Elle sourit à son tour et voulut lâcher un gros rire joyeux. Elle se laissait gagner par l'atmosphère. Les musiciens qui rejoignaient leurs places. Les ouvreuses qui guidaient les derniers arrivés parmi les allées. Le brouhaha des conversations avec, en bruit de fond, le hautbois exécutant un *la*, et les violons s'y accordant, puis se lançant dans des exercices d'assouplissement des doigts, tels des athlètes internationaux qui s'échauffent sur la piste avant la course. C'était aussi enthousiasmant, aussi excitant que ça. Enfin, le chef d'orchestre monta sur l'estrade, tapota sur son pupitre, leva sa baguette. Les coureurs se mirent en place et attendirent, tendus, le coup de pistolet.

Dans la salle paroissiale, la poussière irritait les narines. Ici, tout sentait le renfermé, tout était sec. Si vous marchiez sur la scène couverte de lino, vous laissiez des traces. Si vous agitiez les rideaux, un fin nuage gris s'élevait dans les airs.

« Doux Jésus ! murmura Babs. Et après ça, on nous explique que la propreté nous rapproche de Dieu. »

Hoyle grommela et préféra garder ses opinions pour lui. David Hoyle. Inspecteur en chef. Un homme avec un grand avenir devant lui et qui le savait. Juste assez arrogant pour se considérer comme un justicier-né, mais conscient qu'il lui fallait peaufiner ce talent naturel jusqu'à ce qu'il lui permette de gravir les échelons. Malgré cela, un homme doué de compassion, et qui plus est peu sûr de lui. Marié à une universitaire, il s'attaquait, à la manière d'un terrier, à des sujets ayant peu de liens avec la police, voire aucun lien, mû par une volonté permanente non pas tant de se hisser au niveau intellectuel de sa femme que de s'assurer qu'*il* ne la tirerait pas vers le bas en se révélant incapable de lui parler ou de comprendre son agilité mentale. Il en résultait un curieux mélange de confiance et de doute. Et (contrairement à ce que Babs aimait à penser) c'était ce même doute qui l'avait amené, en dehors de ses heures de travail, jusqu'à cette pauvre maison paroissiale où la femme du témoin Yardley répétait le rôle principal dans *Les Gondoliers*. Yardley, lui, jouait l'homme à tout faire dans les coulisses.

Petit homme à la peau mate et sur le point de devenir chauve, Yardley avait un regard perçant et méfiant. Il se moquait de la musique comme d'une guigne, mais sa femme, ancienne reine de beauté locale, avait toujours en ligne de mire les jolis cœurs qui constituaient la faune de l'opéra amateur. Yardley changeait donc les décors – et faisait ce qu'on lui demandait de faire – en sachant que sa femme en profitait sans doute pour flirter un peu, façon actrice. Toutefois, sa présence même empêchait toute tentative plus sérieuse qu'un simple prolongement de la comédie qui se jouait sur la scène au plancher grinçant.

Il vit Hoyle et Babs s'approcher par le centre de la salle. Sa mine soudain soucieuse donna à celle-ci de l'espoir, à celui-là un motif d'inquiétude. Sur scène, Gianetta (née Mme Yardley) roucoulait : « *Thank you, gallant gondolieri ! In a set and formal measure it is scarcely necessary to express our pleasure* », accompagnée par un piano très métallique et un peu désaccordé. Un jeune homme barbu, affublé de lunettes en cristal de roche, l'interrompit en braillant de l'avant-scène :

« Écoute, ma chérie. Tu es censée être timide, tu comprends ? Ne nous fais pas le coup du regard aguicheur. Reste dans le personnage, ce sera plus drôle. »

La chanteuse fit la moue pour marquer son désaccord momentané, puis elle se tourna vers le pianiste et dit :

« Quatrième mesure, Fred. Tu reprends à "*Listen to him ! Well, I never !*"

— *Troisième* mesure », rectifia Fred.

Le jeune homme à lunettes ajouta :

« Troisième mesure, ma belle. Et aucun jeu de scène, cette fois. »

Yardley quitta sa place, sur un côté de la scène, et s'avança à leur rencontre. Avant même que l'un d'entre eux ouvre la bouche, ils marchèrent tous trois, presque désinvoltes, jusqu'à l'intimité toute relative d'une rangée de chaises en bois alignées contre un mur.

Yardley fut le premier à parler.

« Ma femme m'a dit.

— Simple vérification, expliqua calmement Hoyle. Ça ne vous dérange pas ?

— Pourquoi ça me dérangerait ? »

Yardley donnait le sentiment d'être déjà sur la défensive. Son air maussade, sa réplique un peu trop rapide, ses yeux passant de Hoyle à Babs, puis de Babs à Hoyle.

« Histoire de bien comprendre », dit Hoyle. Il déplia une feuille de papier qu'il avait sortie de sa poche intérieure de veste. Il lut une liste de lieux, de dates, de descriptions et de numéros de plaque d'immatriculation. Puis : « C'est bien ça ?

— J'ai donné des preuves. Je ne mens pas sous serment.

— Ce fameux club, intervint Babs. Le... Euh, comment il s'appelle, déjà ?

— Le club de bridge de Lessford.

— Mais vous n'y étiez pas. Pas à l'*intérieur* du club.

— Est-ce qu'elle..., commença à demander Yardley.

— Elle est avec moi. »

C'était vrai, mais Hoyle parvint à laisser accroire que Babs était une policière.

« Répondez simplement à la question.

— J'étais le mort, dit Yardley tout bas. Les gens là-bas ont tendance à trop fumer. Je voulais prendre l'air.

— Faire un petit tour ? suggéra Babs.

— Marcher un peu. Pas loin.

— Mais suffisamment pour dépasser l'immeuble ?

— De toute évidence. J'ai vu Drever partir.

— Vous saviez que c'était Drever ?

— Bien sûr.

— Quelle distance ? » demanda Hoyle. Le professionnel qu'il était savait que Babs allait beaucoup trop vite en besogne. « Quelle distance entre le club et l'immeuble ? Nous n'avons pas mesuré.

— Une centaine de mètres, environ.

— À l'aller ou au retour ?

— Hein ?

— En partant du club ou en y retournant ?

— Euh… En y retournant, je crois. Oui, je venais juste de faire demi-tour quand…

— Le mort, c'est bien ça ? l'interrompit Babs.

— Oui. »

Yardley s'adressa sèchement à Hoyle :

« Franchement, qu'est-ce qu'elle vient me…

— Répondez à la question de la dame, s'il vous plaît. »

Yardley fit mine de vouloir se rebiffer, changea d'avis, puis se tourna vers Babs avec un regard noir.

« C'est encore plus lent que les échecs, fit remarquer Babs.

— Hein ?

— Vous quittez le club. Vous partez pour une promenade de deux cents mètres…

— *Cent* mètres. Arrêtez de…

— Aller et retour, mon pote.

— Ah !

— Et là, vous repérez Drever ?

— Oui, dit-il avec un hochement de tête. J'ai déjà…

— Qu'est-ce qu'il faisait ?

— Il quittait le bâtiment. L'immeuble. Il était…

— Comment est-ce que… »

Hoyle intervint.

« Rappelez-nous une chose, M. Yardley. Est-ce qu'il courait ? Se dépêchait ?

— Non. Il… s'en allait.

— Mais qu'est-ce qui a attiré votre attention ?

— Eh bien, les deux crimes précédents, quoi. La description de l'homme que la police voulait…

— Cette description indiquait sa taille. Sa corpulence. Son âge approximatif. C'est à peu près tout. »

Hoyle fit lentement pivoter sa tête.

« Ici, dans cette salle, je vois quatre hommes qui auraient pu correspondre à cette description. »

Sur scène, un homme rougeaud et rondelet, à la moustache tombante, brailla :

« *That celebrated, cultivated, underrated nobleman, the Duke of Plaza-Toro !* »

Si on avait demandé son avis à Liz avant le lever de rideau, elle aurait reconnu un « intérêt » pour l'œuvre de Gioachino Rossini. Un intérêt, mais guère plus. Une musique agréable. Une musique pleine d'alacrité. Des ouvertures telles que celles de *L'Échelle de soie*, *La Pie voleuse*, *Guillaume Tell*. De la musique de fanfare au jardin public, évoquant des souvenirs de douces soirées d'été, de chaises longues et de danses, parfois même des choses bruyantes. Des joyeusetés typiquement italiennes.

Ça, c'était avant le lever de rideau…

Les danseurs étaient magnifiques, mais elle n'en attendait pas moins d'eux. Non, ce qui la prit de court, ce fut la musique. La beauté absolue de cette musique de ballet interprétée par un orchestre de tout premier plan la laissa bouche bée. Toutes ces montées qui s'enchaînaient la clouèrent sur son siège. Les passages tendres pleuraient comme seuls peuvent pleurer les bons instruments mis au service d'une grande partition.

Il y eut un entracte.

« Vous n'avez pas touché à vos chocolats, dit Bryant. Vous n'avez pas ouvert la boîte.

— Je n'en reviens pas, lâcha-t-elle.

— De quoi donc ?

— Rossini. Enfin, *Rossini*.

— Chère amie, fit Bryant avec un petit rire. Vous n'êtes pas la première. Pourquoi, à votre avis, Verdi lui a-t-il dédié son *Requiem* ? Il savait, lui. Un immense compositeur saluant la grandeur d'un autre. »

Sur scène, Mme Yardley chantait :

« *Kind sir, you cannot have the heart our lives to part...* »

En coulisse, M. Yardley disait :

« Mais qu'est-ce que je suis censé avoir fait ?

— Un peu menti ? suggéra doucereusement Babs.

— Commis une erreur, dit aussitôt Hoyle. Des erreurs, Yardley, on en commet tous. Vous êtes humain, comme tout le monde.

— Quand vous traquiez Drever, vous n'avez pas...

— On n'a jamais "traqué" tel ou tel individu en particulier. » Le ton de Hoyle se fit plus rude. « Ce n'est pas comme ça qu'on travaille. On "traquait" la vérité. Ceci est une simple vérification. Une double vérification, si vous préférez. Pour être sûrs qu'on a *trouvé* la vérité. »

Hoyle était manifestement mécontent. Yardley était manifestement inquiet. Quant à Babs, elle éprouvait une sorte de joie mauvaise. Mais la discussion eut beau durer plus d'une heure, il n'en résulta que la confirmation d'un doute. Tous les quinze jours, Yardley se rendait au club de bridge pour jouer avec les autres. Étant non fumeur, quand il était « le mort », il en profitait souvent pour aller prendre l'air dehors. D'autres joueurs en faisaient autant. Il avait donc vu cet homme quitter l'immeuble. Était-il pressé ? Non. Semblait-il avoir peur ? Non. Y avait-il *quoi que ce soit* qui attirât l'attention chez lui ? Non. Simplement, avec tous ces reportages sur « Jack l'Imitateur », tout le monde ouvrait l'œil. Yardley avait vu l'homme monter dans une voiture, dont il avait noté le modèle et le numéro de plaque. Pourquoi ? Eh bien, ouvrir l'œil, c'était aussi ça, non ? Mais (retour à la case départ) pourquoi cet homme, et pourquoi cette voiture ? Bon sang de bois, la police avait exigé la coopération de la population, non ? Elle avait sollicité toutes les bonnes volontés pour qu'on l'aide à remonter la piste de l'assassin. Yardley n'avait donc fait que répondre aux demandes de la police. Il avait accompli son devoir de citoyen, le coupable avait été condamné, et voilà qu'on lui cherchait des noises. Sans le dire, on était en train de le traiter de menteur. Plus jamais il n'aiderait les policiers. Plus jamais il ne lèverait *le petit doigt* pour faciliter leur travail.

Lorsque Babs et Hoyle repartirent de la salle paroissiale, Mme Yardley chantait :

« *If you do what you ought not to, do they give the usual warning ?* »

Plus tard dans la soirée, deux conversations eurent lieu. Bien que séparées par plusieurs kilomètres, elles tournaient, en un sens, autour de la même chose. Le procès et la condamnation de William Archibald Drever, et leurs conséquences sur tant de vies.

Robert et Anne étaient déjà partis se coucher. Liz et Babs se retrouvaient de nouveau dans la cuisine. Elles buvaient un chocolat chaud, fumaient des cigarettes et, une fois de plus, parlaient des événements de la journée.

« D'après Peter, Carol devrait rentrer à la maison demain.

— Oh, *Peter* ! »

Le sourire de Babs était presque égrillard.

Liz rougit.

« Grâce à lui, j'ai passé une soirée merveilleuse.

— Bien joué, ma petite.

— Pas *comme ça*, espèce de… espèce de…

— Salope ? » Le sourire s'élargit et perdit son aspect graveleux. « Comme tu veux, ma chérie. S'il y a bien quelqu'un qui le mérite…

— Raconte-moi comment ça s'est passé avec Yardley, l'interrompit Liz. Je veux tout savoir.

— C'est un baltringue, dit Babs en tirant sur son cheroot. Un baltringue qui a peur. Et un menteur, aussi.

— Tu veux dire que…

— Je dis seulement ça, trésor. » Elle soupira et prit un air espiègle. « Mon copain policier a fait de son mieux, mais le frangin William est bien parti pour rester derrière les barreaux. Yardley a donc peur, mais pas assez peur.

— Zut, marmonna Liz.

— Oui, zut. Et flûte. Et crotte. Mais je te rappelle qu'on n'avait pas le moindre espoir. »

Pat et David Oldfield étaient respectivement en chemise de nuit et en robe de chambre. Leur vie était bien réglée. Elle suivait un cours simple et tranquille, dont une partie était précisément cet instant qui précédait le lit, quand Pat s'asseyait sur la peau de mouton, aux pieds de David, devant les braises mourantes d'un feu de cheminée. Elle posait la tête contre les genoux de David tout en fumant sa dernière cigarette de la journée. David, lui, sirotait un grog et, de temps en temps, caressait les cheveux de Pat. Qu'ils fussent maintenant proches de l'âge mûr n'y changeait rien. Cette dernière partie de la journée, c'était leur monde à eux, un monde sans secrets, un monde où l'effusion silencieuse de leur amour était trop puissante pour les mots – leur bien le plus précieux.

« Cette histoire entre Sal et le petit Drever, murmura David.

— Ce n'est plus un petit garçon, chéri. C'est leur génération. À dix-huit ans, il n'est pas un petit garçon.

— Mais Sal est encore une enfant.

— *Notre* enfant.

— Pat, mon trésor, ne va pas croire que je ne mesure pas ma chance. Notre chance à tous les deux. Mais *notre* enfant.

— Tu es inquiet, dit-elle avec un sourire dénué de tout reproche.

— Je suis inquiet, convint-il avant de boire une gorgée. Je suis inquiet parce que je ne veux pas qu'il y ait de la casse. »

Elle savait ce qu'il entendait par là, et parce qu'elle le savait, et qu'elle savait que c'était une des raisons pour lesquelles elle l'aimait, son silence fut bien plus éloquent que des mots.

« Tu l'as rencontré ? demanda-t-il.

— Non.

— Dommage.

— Pourquoi ?

— Je me serais fié à ton jugement, c'est tout.

— Et le jugement de Sal ? » demanda-t-elle doucement.

Il soupira, mais ne répondit pas.

« Si seulement on avait pu être dans *ma* partie du monde, dit Babs d'un air sombre.

— Hein ? »

Liz ne comprenait pas.

« Ce cher Yardley. Je connais des gens – pas des amis non plus, mais je les connais – qui *sauraient* le faire parler.

— Babs !

— Et pourquoi pas ? Ils l'attacheraient par les pouces, par les couilles au besoin, mais on obtiendrait la vérité.

— Je ne savais pas que tu... »

Liz referma la bouche.

« Frayais avec ce genre d'individus ? » Babs tira sur son cheroot, recracha la fumée et but son chocolat chaud. « Avec la télévision, surtout les documentaires, parfois il faut descendre un peu dans les égouts. Et là, il n'est pas rare de rencontrer quelques rats. Tous les rats recherchent la lumière. Ils pensent que la télé – n'importe qui, n'importe quoi en lien avec la télé – va la leur apporter.

— Mais ce ne sont pas tes *amis* ? demanda Liz, vraiment inquiète.

— Je me sers des gens, répondit Babs avec franchise et solennité. Là-bas, à la capitale, c'est comme ça que ça marche. Je me sers d'eux, ils se servent de moi. Dans mon monde, c'est la loi du plus fort. Seuls les salauds survivent, et je suis une survivante.

— Tu te sous-estimes, sourit Liz. Tu es...

— Ne me prends pas pour argent comptant, chérie. » Il y avait dans sa voix un sérieux, une amertume étranges. « S'il faut que je sois une connasse, je serai une connasse. N'importe où. N'importe quand. N'importe comment. Je me fous d'être aimée ou non. » Un silence, puis elle conclut : « Ne t'approche pas trop de moi, Liz. Je ne voudrais surtout pas que tu souffres. »

« Je ne veux pas qu'elle souffre, dit David Oldfield sur un ton triste.

— Le père de Robert est innocent. » Pat le dit avec ce qu'elle pensait être de la conviction. « D'après ce que raconte Sal…

— Je suis vieux jeu. » Il caressa les cheveux de sa femme. « Suffisamment vieux jeu, en tout cas, pour avoir confiance en la justice britannique. Robert n'est pas objectif. Sal non plus.

— Comme tous les amoureux. Toi, moi, Sal, Robert… Tout le monde. Ça fait partie du truc.

— Tu veux dire que je ne suis pas objectif ?

— Si tu l'étais, je te tiendrais en moins haute estime.

— J'essaie de l'être, soupira-t-il. Objectif de tous les côtés. Je veux qu'elle soit heureuse, mais je ne veux pas qu'elle souffre. Si seulement je savais *de quel côté* ne pas être objectif.

— Surprotection, murmura-t-elle, comme un tendre avertissement.

— Je sais. Je suis une mère poule.

— Tu es en effet une mère poule. Mais ça en fait partie, aussi. Une des parties agréables. » Elle pencha la tête et leva les yeux vers lui. « Chéri, laisse-lui une chance. Qu'elle souffre si le sort en décide ainsi. Si on est toujours là pour elle – si on ne lui dit jamais : "Je te l'avais bien dit" –, alors c'est l'essentiel.

— La sagesse », dit-il à voix basse. Il posa un baiser sur son front. « Pas la logique, la sagesse. Voilà pourquoi les hommes aiment les femmes. Voilà pourquoi je t'aime. »

Elle laissa un sourire aguicheur effleurer ses lèvres.

« Ce n'est pas la *seule* raison, j'espère. »

À près de cinquante kilomètres de là, un homme était allongé et ne dormait pas. Il sondait l'obscurité derrière la fenêtre d'une cellule et s'étouffait presque à force de s'apitoyer sur son sort. Un homme pitoyable, avec derrière lui une vie remplie de secrets minables, et devant lui une vie de néant entre quatre murs. Il observait une étoile, la seule visible à travers la minuscule vitre, et son nombrilisme était tel qu'il restait aveugle à cette étoile comme il l'avait toujours été à tout ce qui n'était pas à portée de sa main. Un adulte, mais avec les émotions et la susceptibilité d'un enfant. N'ayant pas conscience de ses propres défauts, et chagriné que le monde lui en ait trouvé.

SIX

La femme la plus sotte peut mener un homme intelligent ; mais il faut qu'une femme soit bien adroite pour mener un imbécile.

Rudyard Kipling,
Simples contes des collines

Le samedi fut une journée creuse et pleine de futilités. Le ciel avait changé. Un soleil vif et froid brillait derrière le rideau sombre des nuages et, n'était le vent mordant, ça aurait pu être un jour de mai annonçant un long été torride. Les jardiniers se précipitaient dehors pour achever leurs travaux d'hiver. Les automobilistes comptaient les billets dans leurs portefeuilles, puis s'en allaient rejoindre les plus beaux paysages pour savourer un dernier goût de liberté avant que les entraves de l'hiver les enferment chez eux. Les marcheurs et les promeneurs partaient dans les hauteurs, chargés comme des mules par l'attirail de leur passion. Les tribunes des stades de football se remplissaient, et des jeunes hommes en maillot, gonflés de leur propre importance, étaient encouragés à exécuter leurs bouffonneries de divas dans un jeu qui n'en était plus un.

Et Carol Drever rentra chez elle.

Ce fut Liz qui la ramena de l'hôpital en voiture. Snout montait la garde, mais Snout fut contrarié

dans ses plans. Babs avait tout calculé. Elle téléphona au commissariat local. « Je suis une amie de
l'inspecteur en chef Hoyle. Il y a un homme – un
gros type à l'air louche – qui traîne autour de la
maison. Il doit mijoter quelque chose. J'ai comme
l'impression qu'il prépare un cambriolage. Vous
pourriez envoyer quelqu'un, s'il vous plaît ? Je
suis sûre qu'il faut l'interroger, ne serait-ce que par
prévention. » Par conséquent, pendant que Carol
était rapatriée sans ménagement dans la maison, un
Snout indigné enrageait violemment contre deux
policiers qui, à cause de ses mauvaises manières,
le retenaient délibérément, refusant de croire aux
preuves de son honnêteté et de sa profession sans
procéder aux vérifications d'usage.

Robert et Babs attendaient. Anne se trouvait
derrière le guichet d'une agence de voyages. Il
y eut beaucoup d'yeux essuyés, de coudes tenus,
de pas hésitants sur la moquette, de coussins retapés et de repose-pieds installés. Un beau remue-
ménage, pour tout dire. Carol l'accepta comme
étant son dû et, d'une façon un peu évaporée, y
prit goût.

« Tu es sûre que tu es bien comme ça, maman ?

— Oui, Robert chéri, je *crois*.

— Une boisson chaude ? Un café ?

— Tu me préparerais ça, Liz, ma chérie ? Je ne
sais pas ce qu'on ferait sans toi. »

Des tombereaux de douceur – mais pas de la
part de Babs.

Babs dit : « Bienvenue à la maison », et ce fut
tout. Elle observa le reste avec un petit sourire
narquois. C'était la première fois qu'elle voyait

sa belle-sœur depuis l'arrestation de William. Elle semblait tenter de percer la surface et chercher, sans grand succès, quelque chose au plus profond.

Liz disparut dans la cuisine. Robert, dans la chambre, se mit en quête de pantoufles.

« Comment va William ? demanda Babs.

— Quoi ? »

Carol la regarda fixement.

« Comment veux-tu que je…

— Ah, oui. »

Le faux ton contrit, la fausse prise de conscience, aussi cinglants que la brûlure du solvant. « J'avais oublié. Tu étais trop occupée à te plaindre de choses beaucoup moins importantes.

— Tu n'as pas le droit de…

— Fais changer tes draps, chérie. J'ai dormi dans ton lit. »

Robert se présenta avec les pantoufles.

« Merci, Robert. Tu es un ange.

— Un vrai ange », confirma Babs.

L'inspecteur dit :

« Mais il a déjà été condamné.

— Vous avez déjà entendu parler de Dreyfus ? rétorqua Hoyle.

— Oui, chef. »

C'était un jeune inspecteur. Brillant, ambitieux. Ni trop aimé, ni trop mal-aimé. Doué d'un flair naturel qui lui permettait de garder le monde à bonne distance, mais tout de même assez près pour pouvoir étudier les goûts et les dégoûts, les forces et les faiblesses de ceux avec qui il travaillait comme de ceux sur qui il travaillait. Hoyle aimait bien son style. Il était convaincu que ce jeune homme, avec le temps et les bonnes occasions, irait loin.

Il déposa le lourd dossier sur le bureau et dit : « Un esprit ouvert. *Ouvert*... pas vide. Oubliez les magouilles. Ce n'est pas ça que je cherche. Ce n'est pas le dossier le plus solide du monde. Ça ne l'a jamais été. Beaucoup de bricolage avec les moyens du bord, mais du bricolage honnête, et on n'avait pas beaucoup de moyens. Non, ce que je veux, c'est un regard neuf sur d'éventuelles erreurs. Des erreurs qui auraient été commises en toute sincérité. Le pour et le contre. Il n'y en a peut-être *aucune*. Moi, je n'en trouve pas. Mais peut-être que je n'ai pas assez de distance. Je suis dans le métier depuis trop longtemps. Ç'a été une affaire très sensible. Trop sensible. »

Au moment de se saisir du dossier, le jeune inspecteur demanda :

« Et si je trouve quelque chose ?

— Faites-le-moi savoir. Quel que soit l'auteur de l'erreur, même si c'est *moi*, faites-le-moi savoir.

— Bien, chef. »

Hoyle lut dans ses pensées.

« Je sais qu'il est trop tard, inspecteur. On ne peut plus faire grand-chose, voire rien du tout. Mais au moins on doit *savoir*.

— Si toutefois il y a *quelque chose* à savoir », répondit l'inspecteur, raide comme un piquet.

Hoyle acquiesça.

« Prenez votre temps. Il n'y a aucun délai. Voyez ça comme un exercice, si vous préférez.

Qui vous donnera une idée de la manière dont on monte un dossier criminel.

— Oui, chef. Merci, chef.

— C'est tout, conclut Hoyle d'une voix lasse. Simplement, gardez le dossier bien au chaud. Quelque part au fond de votre casier. Ne le rapportez pas à la maison. C'est plus sûr. Et ne laissez pas trop de monde le feuilleter. C'est *vous* que je sonde… Je n'organise pas un référendum. »

Colin Yardley employait ses samedis à passer en revue les stocks, dans la réserve comme à l'atelier. Il tenait à jour ses livres de comptes, pour la TVA. Il vérifiait les factures et, autant que possible, préparait le travail de la semaine à venir. Comme toujours, il se demandait s'il pouvait prendre *deux* apprentis. Comme toujours, il en doutait. Deux hommes, lui-même et l'unique apprenti, car de nos jours les gars ne voulaient pas travailler pour des prunes en échange de leur formation professionnelle. De nos jours, les gars – même tout juste sortis de l'école, ceux qui ne savaient rien et n'étaient bons qu'à transporter les outils – devaient recevoir un salaire. Un bon salaire. Un salaire plus élevé que celui que *lui-même* avait touché après son diplôme. Nom de Dieu ! Tu parles d'une « petite entreprise ». Chaque semaine, il y en avait au moins une qui mettait la clé sous la porte. Celle-ci, par exemple. Une vraie mine d'or, dans le temps. Aujourd'hui ? Il devait faire du surplace pour ne pas couler. Et sa foutue bonne femme…

Elle entra dans le bureau à cet instant précis. Elle fronça le nez, car ses royales narines étaient heurtées par l'odeur de mastic et de suif. Il s'en aperçut mais n'y prêta aucune attention. Pour lui, c'était l'odeur du travail. De la réussite... Quoiqu'une réussite très modeste. Le jour où ils ne pourraient plus payer le mastic, le jour où ils ne pourraient plus payer le suif, alors ils seraient *vraiment* le bec dans l'eau.

Elle dit :

« J'ai pensé à quelque chose. »

Il résista à la tentation de lui répondre : « Félicitations. » Au lieu de ça, il émit un léger grognement.

« Ces gens à qui tu parlais hier soir... L'homme, ce n'était pas le policier chargé de l'enquête Drever ?

— Si.

— Qu'est-ce qu'ils voulaient ?

— Préciser quelques points, dit-il vaguement.

— Quel genre de points ?

— Des détails. Des questions en suspens.

— Pourtant il a été envoyé en prison, dit-elle, intriguée. Comment est-ce qu'il peut y avoir encore des détails ?

— Des questions en suspens, répéta-t-il.

— Très bien. Comment est-ce qu'il peut y avoir encore des questions en suspens ?

— Je ne sais pas. »

Il eut un geste dédaigneux des épaules.

« Ils sont restés longtemps avec toi.

— Oublie, grogna-t-il.

236

— Il y a quelque chose dont je ne suis pas au courant ?

— Bien sûr que non.

— Parce que s'il y a quelque chose…

— Tu ne vois pas que je suis occupé ? l'interrompit-il. Tu ne vois pas que je suis dedans jusqu'au cou ?

— C'est important.

— C'est ça qui est important. Mille fois plus qu'hier soir.

— Je crois que tu me caches des choses, dit-elle froidement.

— Qu'est-ce que j'aurais à cacher, nom de Dieu ?

— Je n'en sais rien. C'est justement ce que je…

— Écoute ! »

Comme beaucoup d'hommes petits, il avait un tempérament de feu. Il la foudroya du regard et lâcha :

« Continue *ton* travail et laisse-moi faire le *mien*. »

Ayant installé sa mère, Robert se retira dans sa chambre pour reprendre sa lecture. Il préparait son projet. Par son âge, il appartenait à une génération versée dans l'écologie. L'énergie et la conservation de l'énergie étaient son affaire – l'affaire de tout futur architecte. L'énergie solaire. L'énergie fournie par le vent et par les vagues. Et l'isolation. Les Scandinaves avaient tout compris. Quelque part – dans une des revues de l'école – il avait lu un article sur le sujet qui, tout en étant à première vue tiré par les cheveux, pouvait déboucher sur du concret. Assurément, l'auteur de l'article le pensait. Il affirmait même avoir traduit ses pensées en actes. Une isolation complète. Des fenêtres à triple vitrage, des murs creux, une isolation complète face aux températures extérieures. Et la chaleur corporelle des occupants pour maintenir une température intérieure aussi régulière qu'agréable. Pas de cheminée, pas de chauffage : uniquement les *gens*. Est-ce que ça marcherait ? Et si oui, à quel prix ? Un gadget, peut-être ? Ou alors quelque chose de nouveau, de révolutionnaire, qui n'attendait que certains ajustements avant d'être déployé à plus grande échelle ?

Robert Drever, architecte, serait un homme passionné non seulement par la beauté des lignes et la perfection des proportions, mais par l'aspect fonctionnel des choses. Vivre dans le confort ne devait pas être nécessairement synonyme de richesse ou de laideur. La dignité, dans toute sa simplicité, *pouvait* rimer avec chaleur et préservation des énergies fossiles dont le monde disposait encore. Il suffisait de réfléchir. De garder l'esprit ouvert. D'étudier sérieusement les divers problèmes qui paraissaient *a priori* insolubles.

On frappa à la porte. Il leva la tête de son livre et dit d'entrer.

C'était Liz.

« Si tu es occupé…

— Non, ça peut attendre.

— Ta mère. » Elle s'assit au bord du lit-canapé. « On va lui annoncer la nouvelle aujourd'hui. C'est une idée de Babs. Je suis d'accord avec elle.

— Ah. »

Robert referma son livre, non sans avoir délicatement placé une carte postale entre deux pages.

« Elle doit savoir, expliqua Liz. La mère Linley était très déterminée. Elle a l'intention de la prendre entre quatre yeux.

— Je ne vois pas pourquoi. Je ne vois pas ce qu'il pourra en sortir de bon.

— Moi non plus », reconnut Liz. Elle hésita, esquissa un petit sourire rassurant, avant d'ajouter : « Mme Linley est, euh... Elle est très civilisée. Je ne crois pas qu'elle causera d'ennuis. J'en suis même convaincue.

— Non. » Ce n'était ni un assentiment ni un désaccord. C'était simplement pour dire quelque chose. Il baissa les yeux, regarda ses doigts et, d'une voix grave, dit : « C'est bizarre... très bizarre.

— Quoi donc ?

— La femme. La dernière victime.

— Eh bien ?

— Si cette Mme Linley a raison, c'est notre demi-sœur.

— Robert, tu ne dois pas...

— Je n'ai pas raison ? » Il releva les yeux. Son visage était voilé par le doute et l'angoisse. « Si elle dit la vérité, c'est *bien* le cas.

— Oui, confirma Liz. Il me semble que c'est le cas.

— Liz, je... » Il agita les mains pour signifier, d'un petit geste, son impuissance. « Je ne *ressens* rien. Depuis que je m'en suis rendu compte. Ça ne change rien.

— Pourquoi faudrait-il que ça change quoi que ce soit ? Elle reste une inconnue.

— Mais plus proche de nous que… disons, que *toi*.

— Les liens du sang, dit doucement Liz.

— Oui, sans doute. »

Pourtant, il n'était pas satisfait.

Liz essayait de comprendre. Elle comprenait en partie, mais pas tout. La différence d'âge empêchait cela. Les standards de Robert étaient ceux de son temps, à la fois non conformistes et plus rigides que ceux de l'époque edwardienne, durs et néanmoins, à leur manière, plus romantiques que tout le romantisme échevelé des sœurs Brontë. Différents. Une nouvelle référence incompréhensible à toute génération autre que celle qui l'avait établie. La moralité ne signifiait rien. L'immoralité non plus. La femme assassinée partageait le même sang que lui. Il y avait un lien entre eux. Sa demi-sœur. Et ça ne lui faisait rien. Et parce que ça ne lui faisait rien, il se sentait coupable. La logique n'y pouvait pas grand-chose. Les générations plus anciennes ne pourraient jamais le comprendre. C'était parti pour durer, car la femme assassinée serait toujours une inconnue.

« J'espère que maman ne la traitera pas trop mal, marmonna-t-il.

— Qui donc ? »

Liz n'était décidément pas sur la même longueur d'onde.

240

« Mme Linley. Maman peut être blessante, parfois. »

Liz sourit.

« Je crois que tu n'as pas à t'inquiéter, dit-elle.

— Elle est... bien ? »

La question fut posée avec embarras, hésitation.

« Mme Linley ?

— Je veux dire... Elle est... ?

— Elle se débrouille très bien toute seule, le rassura Liz. Ce ne sera pas un concours d'insultes. J'en suis certaine. »

Bill Drever dit :

« Noël. »

Le mot. Aux oreilles de n'importe qui d'autre, il ne voulait rien dire. Même à celles de Mary Drever, il ne signifiait pas grand-chose. Mais enfin c'était la méthode de Bill. Pour lui, c'était comme une tête de chapitre oral, le signe qu'il s'apprêtait à aborder la question des prochaines vacances.

Mary répondit :

« C'est pour bientôt. »

Là encore, sorti du contexte de leur forme de communication mutuelle, cela ne voulait rien dire. C'était simplement sa façon de faire savoir à son mari qu'ils allaient parler de Noël.

Bill fit doucement claquer ses lèvres.

« Je crois qu'on fera quelque chose de différent, cette année.

— Différent ? »

Dans sa question, l'étonnement confinait au choc. Pour Bill, Noël avait toujours été Noël. Le jour férié de l'année où *rien* ne variait. Les chants à la radio ou à la télévision, mais uniquement entre la nuit de Guy Fawkes, le 5 novembre, et la Nuit des Rois. Une grande bâfrée de chants de Noël. Comme pour s'en remplir la panse jusqu'à la fin de l'année. Et *Le Messie* de Haendel. Le vendredi précédant le 25 décembre. La chorale de Lessford. Autre passage obligé. Sans compter, bien sûr, la diffusion du *Messie* à la télévision ou à la radio. Dans l'esprit de Bill, *Le Messie* était presque aussi important que les chants. Les autres oratorios ne valaient pas un clou. Mais *Le Messie*, eh bien… C'était *LE MESSIE*. Puis la messe de minuit, le soir du réveillon. La seule fois où il mettait les pieds à l'église du coin, mais la seule messe qu'il ne manquait jamais. Après, le bon whisky qu'ils buvaient ensemble, accompagné du baiser qui signifiait « Merci » pour une année supplémentaire de leur heureux mariage. Ensuite, le jour de Noël. Le repas de Noël – à midi, suivant la tradition du Yorkshire, et non le soir, comme chez les gens du Sud – avec la dinde et les parures, le *Christmas pudding* noyé dans la sauce au brandy, les *mince pies*. Et, du moins par le passé, en compagnie de William, de sa femme et des deux petits-enfants. Et les cadeaux. Et les cigares. Et les fruits, et les noix, et les…

Si on le lui avait demandé, elle aurait dressé une liste recensant le calendrier et les activités, les gens et les anecdotes. Un programme annuel, immuable. Or voilà que : « Je crois qu'on fera quelque chose de différent, cette année. »

Un sourire timide, teinté de tristesse, effleura les lèvres de Bill.

« Pour toi ce n'est pas une fête, petite mère. Ça ne l'a jamais été.

— Je ne rouspète pas. Je n'ai jamais rouspété.

— Non. Mais tu ne peux pas le nier. Pour toi ce n'est pas une fête. Les gâteaux, la cuisine, et tout le reste. En plus, personne ne vient te donner un coup de main.

— Je n'ai besoin de personne.

— Bref… » Il s'interrompit, comme pour s'accorder un petit répit avant de prononcer des paroles de la plus haute importance. « Cette année, on s'en va. Cette année, on ferme boutique et on laisse quelqu'un d'autre faire tout le boulot.

— Mais où ? demanda Mary, quelque peu affolée.

— Une croisière.

— Une *quoi* ?

— J'ai vu une publicité. » Maintenant qu'il était lancé, son enthousiasme redoublait. « Deux semaines, environ. Des croisières de Noël. Pas loin. Elles s'arrêtent dans deux ou trois endroits. Des ports étrangers. Ce genre de choses. Histoire de poser les pieds sous la table et de confier la corvée à d'autres.

— Non, chéri. Je ne suis jamais sortie de…

— On peut se le permettre. » Il tendit légèrement le menton. « Nom de Dieu, on le *mérite*. On a morflé ces dernières semaines. Je crois qu'on peut…

— Non, fit-elle en secouant la tête avec une détermination absolue. Non, Bill. Je n'aime pas m'enfuir.

243

« — Qui a parlé de s'enfuir ?

— On monte sur un bateau, et après ? Ils sauront. Des inconnus. Si ça se trouve, des gens qu'on n'aimera même pas. Ils sauront qui on est.

— Pas si on ne…

— Ils finiront par le découvrir. » Elle parlait avec une tristesse résignée. « C'est sûr. Ils le découvriront. Quelqu'un saura. Ensuite, on sera comme dans un peep-show. On regrettera. On regrettera de ne pas être restés à la maison. »

Il fit la grimace. Son front se plissa de nouvelles rides, les commissures de ses lèvres se baissèrent. Pourtant, l'idée lui avait paru excellente. Un *vrai* cadeau de Noël pour eux deux. Mais d'un autre côté, elle avait raison. Un enfoiré de fouille-merde *finirait* par savoir. Et ensuite ? Pas grand intérêt de claquer du fric pour une croisière s'il fallait rester planqué dans sa cabine pendant tout le voyage. Un mauvais Noël. Un Noël *foutrement* mauvais.

Il marmonna :

« Il se trouve que tu as raison, petite mère. Tu as raison.

— C'était une belle idée, le rassura-t-elle. Une très belle idée, chéri. Ne va pas croire que je n'en ai pas conscience. »

Les années suivantes, quand ils en reparlaient, les avis divergeaient. Et pourtant, si vous leur aviez posé la question – Liz, Babs ou Robert –, chacun aurait sans doute admis qu'il ne savait pas à quoi s'attendre. Des crises de nerfs, peut-être ? Carol se livrant à un de ses petits numéros ? Ou une sorte de paralysie ? Une incapacité à comprendre parfaitement ?

Ce à quoi ils *ne s'attendaient pas*, ce fut l'acceptation calme, si éloignée de son caractère.

Il n'y avait pas non plus la moindre possibilité d'aborder le sujet en douceur. Liz avait essayé. « Carol, nous pensons que William a été condamné à tort. »

Cela n'avait provoqué qu'un simple haussement de sourcils. À peine plus qu'une sorte de désintérêt lassé.

« On pense qu'il n'a pas tué la dernière fille et, s'il ne l'a pas tuée, qu'il n'a tué aucune des filles. » Puisque cette approche tout en douceur ne donnait rien, Babs avait mis les pieds dans le plat. « Il ne tuerait pas sa propre fille. Et on a toutes les raisons de penser que c'était justement sa fille. Sa propre fille.

— Ne sois pas ridicule. »

Robert insista.

« Maman, il faut que tu l'acceptes. Que tu acceptes la possibilité. Si la fille Linley était celle de papa, il ne l'aurait pas tuée.

— Mon petit Robert, je suis sûre que tu as du travail à faire. Je crois que tu ferais mieux de t'y atteler.

— Mais maman…

— Robert, s'il te plaît.

— Maman, tu *dois*…

— Robert, je crois que tu devrais y aller », murmura Liz.

L'instant était critique. Liz et Babs voyaient bien que la révolte couvait. Ce qu'elles ne voyaient pas, en revanche, c'était la véritable raison de cette révolte, le fait que, du point de vue du jeune homme, on lui ordonnait de nier l'existence de sa propre sœur, et que cela, ajouté au sentiment de culpabilité qui était le sien face à son absence d'émotion, soumettait sa conscience si « moderne » à une broyeuse mentale. Instant critique, donc, et lorsqu'il finit par bredouiller : « Si... si vous le dites », et quitta la pièce, il eut le sentiment d'être un traître.

Liz et Babs ne désespéraient pas de faire comprendre la situation à Carol.

« Il est innocent. Il a *clamé* son innocence.

— Il a été reconnu coupable.

— Qu'est-ce que ça veut dire ? Douze connards dans un jury.

— Babs, je sais que ça part d'une bonne intention, mais il a été *reconnu* coupable. Je suis prête à l'admettre.

— Même s'il est innocent ?

— Il n'est *pas* innocent. Je n'arrête pas de vous répéter qu'il a été...

— Arrête ! » Babs, les pieds bien plantés dans le sol, fusilla du regard son impossible belle-sœur. Le ton de sa voix était à l'avenant. Le temps de la persuasion en douceur était terminé. « Il va falloir que tu te mettes ça dans le crâne ! Il est en taule et il ne devrait peut-être pas y être. Peut-être, certes, mais pour moi c'est suffisant. S'il doit y être, eh bien soit, qu'il y moisisse jusqu'à la fin de ses jours. Mais sinon... » Ses narines tremblaient d'une rage qu'elle ne cherchait pas à dissimuler. « C'est mon frère, chérie. N'oublie jamais ça.

C'est mon frère, et je vais faire quelque chose de mille fois plus constructif que me taillader les veines avec une lame de rasoir. Alors laisse-moi te dire une bonne chose, ma petite. Tu n'en as rien à foutre de ces meurtres. Ce n'est pas ça qui te chiffonne. Ni les meurtres ni les abominations. Non, ce que tu ne digères pas, c'est que mon frère William soit allé tremper son biscuit dans d'autres pots que le tien. Pour ça, il mérite d'être puni. Pour ça, il peut bien croupir en prison, de ton point de vue. Si la peine de mort était encore en vigueur pour ça, tu resterais là et tu le regarderais se faire trucider. »

Le propos fit mouche. Il était si fort, si passionné, qu'il ne pouvait *pas* ne pas faire mouche.

Carol, avec un air de dégoût, répondit :

« Certaines d'entre nous ont des principes moraux.

— Bien sûr. Et "certaines d'entre nous" sont des connasses finies, mais n'ont pas assez de jugeote pour s'en rendre compte. »

Bryant essayait d'analyser ses propres sentiments. Honnête au point d'en être brutal, il savait que si en apparence il représentait une belle prise pour une vieille fille, il était en réalité pétri d'habitudes. Liz était une compagne agréable mais, pour le moment, elle n'était *que* ça. Sans doute même une sœur de substitution.

Bryant et sa sœur May avaient été inséparables. À la mort de leurs parents, ils s'étaient installés ensemble. Lui avec sa collection de disques en perpétuelle expansion, elle avec sa passion de la poésie et un mince recueil de poèmes romantiques à son crédit. Une relation curieuse, originale. On avait jasé, mais qui diable se souciait des ragots ? Leur amour avait été un amour incestueux, sans les complications de la chair. Et reconnu comme tel. Elle n'avait jamais regardé un autre homme, il n'avait jamais regardé une autre femme. Ils auraient voulu mourir ensemble. Tel avait été leur lien.

Et maintenant Liz.

Pendant quatre ans, il avait pleuré la mort de May, s'accrochant, combattant la tentation des médicaments à sa disposition, chérissant le souvenir de sa sœur autant, sinon plus, qu'il avait chéri sa beauté fragile quand elle était encore de ce monde. Il s'était étranglé en lisant ses poèmes. Sa propre passion pour la musique n'avait fait que raviver la plaie, inlassablement.

Et maintenant Liz.

Voyait-il en elle, inconsciemment, celle qui remplacerait May ? Dans ce cas, c'était injuste. Injuste pour May. Injuste pour Liz. Car elles étaient si différentes, par plein d'aspects. Bien sûr, il y avait l'honnêteté simple et directe : en cela, elles se ressemblaient. Mais Liz n'avait pas la naïveté enfantine de May. Liz, malgré sa gentillesse, trouvait toujours à redire, tandis que May avait toujours été aveugle aux défauts… Et il risquait fort de ne pas apprécier qu'on lui trouve des défauts, même à raison. D'un autre côté, il était trop vieux (et Liz trop vieille) pour envisager sérieusement une carrière de pygmalion.

Les choses n'étaient pas simples. Rien n'était simple. En tant que médecin, il le savait bien. « Des complications sont apparues. » Une jolie expression bien tournée. Une expression très commode, qui pouvait servir à chaque occasion. Et courtoise, par-dessus le marché. Bien plus agréable que de dire : « C'est le merdier et on n'a toujours pas trouvé la solution. »

Eh bien, « des complications étaient apparues » dans sa propre vie, et démerder le merdier risquait de prendre un certain temps.

Babs téléphona au Wounded Hart et parla à Ruth Linley. Ce fut un coup de fil marqué du sceau de l'efficacité. Pas de fioritures. Pas de bavardages aussi sympathiques qu'inutiles. Sans s'être jamais rencontrées, chacune reconnut en l'autre une femme peu portée sur les ronds de jambe.

« Babs Drever. C'est mon nom d'usage.

— Je vous connais ?

— Vous savez pertinemment que non, mais il ne faut surtout pas que ça vous dérange. Vous souhaitez voir ma belle-sœur, Carol Drever.

— Je compte la voir avant de quitter Beechwood Brook.

— 18 heures, demain soir.

— Je crois que je peux…

— C'est ça ou rien. À prendre ou à laisser.

— J'organiserai un dîner. Est-ce que Liz et son ami médecin…

— Pas au Wounded Hart. Chez Carol.

— Ah ?

— Le médecin ne sera pas là. Il n'y aura que Carol, Liz et moi.

— Vous avez l'air d'être sûre que je viendrai.

— Chère madame, je m'en fous. Carol aussi, Liz aussi. C'est *vous* qui avez tendu votre sébile. Si vous voulez qu'elle se remplisse, c'est ça ou rien.

— Et *vous* serez là ?

— Vous pouvez compter dessus. »

Un petit rire se fit entendre à l'autre bout du fil. Ruth Linley répondit :

« J'ai assez envie de *vous* rencontrer, ma chère. »

Après avoir raccroché, Ruth Linley composa aussitôt un numéro.

Moins d'une demi-heure plus tard, Snout perdait son poste. Il y eut des tas d'injures et d'insultes, mais le rédacteur en chef du *Bordfield and Lessford Star* n'était pas d'humeur à négocier. Le samedi était son jour de congé, et le coup de téléphone que venait de lui passer le propriétaire du journal ne lui avait pas redonné le sourire.

« C'est mort, dit-il.

— Tu parles que c'est...

— Tire-toi, Snout. Ne perds pas ton temps à discuter.

— Nom de Dieu ! Je te *dis*...

— Snout, si je ne t'ai jamais donné d'ordre de ma vie, aujourd'hui je t'en donne un. Tire-toi. Bouge. Trouve l'égout le plus proche et planque-toi dedans, bordel. Sinon, c'est fini pour toi. Et pas qu'avec nous. Je veillerai personnellement à ce que tu ne retrouves même pas une place au *Journal de Mickey*. »

Et cette pauvre Anne. Ses pieds lui faisaient mal, ses mains étaient encore sales d'avoir distribué des prospectus mal imprimés, et les requêtes impossibles avaient été plus nombreuses qu'à l'accoutumée. « Mademoiselle, ma femme et moi avons l'intention de passer nos vacances en Espagne au début de l'année prochaine. Bien sûr, nous aimerions voyager ensemble. Mais je déteste l'avion et ma femme déteste le bateau. Qu'est-ce que vous nous conseillez ? » Oh, et puis ce porc de patron idiot. Qui venait se coller près d'elle et lui cracher au visage sa mauvaise haleine pendant qu'il débitait ses platitudes sans fin. « Mademoiselle Drever, vous devez leur vendre *quelque chose*. Un bon vendeur ne laisse jamais les clients repartir les mains vides. Ils entrent ici à moitié convaincus. L'essentiel, c'est de les persuader en douceur. » Mon Dieu, quelle façon de gagner sa pitance.

Et voilà que sa mère faisait des siennes.

« Anne, ma chérie, ils veulent que je rencontre cette ridicule Mme Linley.

— Je pense que tu devrais. Si papa est innocent…

— Il n'est pas innocent, chérie. J'y étais. Je l'ai vu quand ils ont prononcé le verdict.

— Mais maman, il a plaidé non coupable. Il a clamé son innocence.

— La police ne commet pas d'erreurs, chérie. Pas de ce genre-là. »

Néanmoins, et peut-être à cause des petits désagréments de la journée, Anne avait persévéré, et Carol avait fait tout un numéro de sa capitulation.

« Personne ne me soutient. *Personne*. J'aurais préféré aller au bout. De ce que j'avais prévu de faire. J'aurais préféré que Liz et toi ne m'en empêchiez pas.

— Maman, arrête de faire l'idiote », avait rétorqué Anne avant de quitter la pièce.

Et maintenant, même Liz et Babs.

« Anne, trésor, dit Liz, tu n'as rien à faire ici.

— Pourquoi ? Je suis…

— Trois, c'est bien assez. »

Babs intervint :

« Ma chérie, trois, c'est le maximum. Une personne de plus et ça pourrait ressembler à de l'intimidation. Il n'y aura que Liz, ta mère et moi. Robert va chez sa petite amie. Toi, trouve-toi un endroit où aller.

— Je pourrais rester dans ma chambre.

— Non, ce n'est pas suffisant, dit Babs. La tentation serait trop grande. Je veux que tu partes. Que tu ailles voir ailleurs. Je veux être sûre que tu ne débarqueras pas et feras tout foirer. »

Plus tard, se remémorant cette petite dispute, Anne s'interrogea sur les mots choisis par Babs. Cet emploi du pronom « je ». Comme si c'était *elle* que Linley venait voir, et non Carol. Ou alors…

Mais la journée touchait à sa fin. Tout le monde partit se coucher, tout le monde dormit – ou essaya de dormir –, et le dimanche arriva, discrètement, sans faire de bruit. Malgré tout, une journée très particulière. *La* journée. Une journée du tout ou rien, et donc, peut-être, une journée à redouter. Pourtant, personne ne savait *pourquoi* c'était une journée à redouter, en quoi elle consisterait, ce qui pourrait se produire, qui en ferait une des journées les plus particulières de leur vie, à tous. Sinon que c'était une journée particulière. Sinon qu'elle donnait cette impression-là.

SEPT

... une épouse qui se plaît à être une femme, c'est-à-dire qu'elle aime les hommes et non les bébés vieillissants.

John Steinbeck,
Voyage avec Charley

Le dimanche fut essentiellement consacré à la mise en place du décor. Car il s'agissait bien de ça. Passage de l'aspirateur, nettoyage, inspection de l'étui à cigarettes et de l'armoire à alcools, remplissage du briquet, installation d'un fauteuil supplémentaire. Puis l'agencement stratégique des tables, la préparation des sandwichs, la mouture du café. Liz et Babs y mirent tout leur cœur, cependant que Carol observait avec un mépris non dissimulé.

« Mais vous attendez qui, au juste ? La reine de Saba ?

— Chérie, si elle peut aider mon imbécile de frère, je suis prête à louer Buckingham Palace pour toute la journée. »

Le temps était sec et clair, si bien qu'on ouvrit les fenêtres pour laisser l'air s'adoucir dans la maison. Les rideaux furent manipulés et rajustés. Les coussins furent tassés et retapés. Les tapis furent positionnés avec un soin méticuleux.

Robert, un peu hésitant, se préparait à rencontrer les parents de Sal. Il s'était enfermé dans un silence si malheureux que Liz voulut lui mettre du baume au cœur.

« Ce sont des gens bien, mon lapin.

— Je ne sais pas. Je ne les ai jamais rencontrés.

— Ils sont responsables de Sal. De sa façon de parler, de sa façon d'agir. Ce sont forcément des gens bien.

— Si tu le dis. » Robert fronça les sourcils. « Je devrais plutôt être ici. Je devrais plutôt être en train d'écouter ce que cette Mme Linley a à dire.

— Tu auras un rapport circonstancié. Je te le promets.

— Mais quand même, je devrais...

— Non. Tu devrais être en train de faire ce que tu vas faire. N'aie pas peur. Tante Babs et moi allons nous occuper de ta mère. »

Anne aussi insista pour rester, mais Babs ne voulut rien entendre.

« Anne, ma chérie, je vais peut-être devoir employer un langage un peu fleuri.

— Je connais tous les...

— Je n'en doute pas un seul instant. Mais ta présence ici risque de me faire perdre mes moyens.

— Dis, Babs, tu ne la laisseras pas...

— Mon trésor, elle n'aura même pas le droit de *respirer* sans mon feu vert. Maintenant, file. Qu'est-ce que tu as prévu ?

— Il y a un café-boîte de nuit, où on s'est dit qu'on pourrait...

— Parfait. Va donc te disloquer le bassin. Amuse-toi bien. »

Plus tard, Liz mit le holà. Elle avait rencontré Ruth Linley ; elle savait à quoi s'attendre. « Je ne sais pas d'où elle sort, mais elle a la classe. Même si c'est un simple vernis, on ne va *pas* jouer les potiches. » Babs était déterminée. Elle s'attendait à de la bagarre – elle *espérait* qu'il y aurait de la bagarre, tout en ayant quelques doutes sur les raisons d'une bagarre éventuelle – et ce fut avec un enthousiasme sincère qu'elle annonça son intention d'enfiler ce qu'elle appelait sa « tenue de combat ».

Carol (il fallait s'y attendre) souleva des objections.

« Écoutez, je ne connais pas cette femme. Je n'ai même pas envie de la rencontrer. Pourquoi est-ce que je devrais me faire belle pour une parfaite inconnue ?

— La première impression, expliqua Babs. Tu commences par en mettre plein la vue... Et tu as déjà fait la moitié du chemin. »

Liz dit :

« Carol, elle *finira* par te rencontrer. C'est ce genre de femme-là. Babs a fait en sorte que ça se passe ici – sur ton propre terrain –, alors ne perds pas ce léger avantage en négligeant ton apparence. »

Carol capitula de mauvaise grâce. Toute la fin d'après-midi, il y eut force bains, peignages de cheveux et choix de robes. Carol avait retrouvé sa propre chambre, Babs s'était installée dans celle d'Anne, et Anne cohabitait avec Liz. Liz frappa à la porte de la chambre et entra sans attendre.

« Est-ce que tu pourrais... »

Elle s'arrêta net. Elle espérait ne pas avoir vu ce qu'elle *pensait* avoir vu. Babs referma le sac à main avec une précipitation anormale.

« Oui ? »

Babs se retourna. Elle affichait un sourire un peu forcé.

« C'était…

— Qu'est-ce que je peux faire pour toi, chérie ? »

Manière de dire que Liz ne devait pas poser de questions. En douceur, avec le sourire. Mais fermement, résolument.

« Euh… cette… » Liz tendit le collier de perles, jolies mais fausses. « Je n'arrive pas à le fermer.

— Vas-y… Passe-le-moi. »

Babs prit le collier et attendit que Liz se soit retournée pour attacher le fermoir sans difficulté. « C'est un coup de main à prendre, rien de plus », dit-elle.

Liz se retourna jusqu'à voir le sac à main fermé.

« Nom de Dieu, Babs…, soupira-t-elle.

— Tu surveilles Carol, d'accord ? Et détends-toi, chérie. Tu te fais trop de mouron. Tu t'en fais même pour des choses qui ne te regardent pas. »

Elle arriva à l'heure dite. Presque à la seconde près. On sonna à l'entrée. Liz ouvrit et, une fois de plus, vit en la personne de Ruth Linley une femme qui avait été une vraie beauté. Une femme encore capable de faire se retourner les passants. Elle portait toujours un ensemble deux-pièces, mais vert profond cette fois, avec un chemisier d'un vert légèrement plus clair et une double rangée de perles qui, pour le coup, n'étaient pas fausses.

Elle l'amena jusqu'au salon et fit les présentations. Tout fut très courtois. Très civilisé. Les poignées de main, le petit signe en direction du fauteuil libre, la proposition et l'acceptation d'une cigarette, la proposition et l'acceptation d'un verre.

Tandis que Liz s'installait sur son propre siège, Babs murmura :

« Une vraie soirée entre filles. »

Ruth leva un peu son verre, goûta et dit :

« Excellent. » Puis, à Carol : « Merci pour votre hospitalité. »

Carol répondit par un simple hochement de tête.

« J'ai l'impression de vous connaître depuis longtemps. Je peux vous appeler Carol ? Moi, c'est Ruth.

— Je ne vous connaissais pas jusqu'à hier. Je préférerais Mme Drever, si ça ne vous dérange pas. »

Babs intervint.

« Très bien, Ruth. C'est vous la tête d'affiche, aujourd'hui. Par où commençons-nous ?

— Vous êtes aussi expéditive qu'au téléphone, dit Ruth en souriant. Ça me plaît. Ça nous fait gagner du temps.

— Parfait. On va en gagner encore plus.

— Liz, dit Ruth en tournant la tête. Avant de commencer, un petit service. Téléphonez au Wounded Hart et demandez à *me* parler. Insistez. Même auprès du directeur, si vous vous en sentez la force.

— Mais c'est ridicule. Vous êtes…

— S'il vous plaît.

— Accordons à cette dame son quart d'heure de gloire », dit Babs.

Une Liz intriguée s'approcha du téléphone. Ruth se détendit et fuma sa cigarette. Babs et Carol écoutèrent une moitié de la conversation téléphonique. Babs avec un petit sourire. Carol surjouant l'indifférence.

Liz raccrocha et regagna son fauteuil avant de parler.

D'un ton légèrement crispé, elle dit :

« Vous ne devez pas être dérangée. Vous êtes dans votre chambre, en train de dîner avec le conseiller municipal et Mme Marchbanks. Le… euh, le directeur est allé dans votre chambre il y a environ une demi-heure et vous lui avez donné des instructions strictes. Vous ne devez pas être dérangée. Même par un coup de fil. »

Babs gloussa discrètement.

« Mais *pourquoi* ? demanda Liz.

— Les micros, répondit Babs. Madame ne veut pas que cette conversation soit écoutée. Elle n'est *pas* écoutée. Mais ça, elle ne le sait pas. Si elle était écoutée, et si certaines paroles… incriminantes étaient prononcées… Elle n'est même pas ici. C'est du trois contre trois. Et parmi les trois de son côté, il y a un conseiller municipal, soutenu par le directeur d'un hôtel prestigieux. » Elle sourit à Ruth. « J'ai bien résumé ?

— Vous avez bien résumé, convint calmement Ruth.

— Ce qui signifie, ajouta Babs, qu'elle se sent vulnérable.

— Non, ma chère, cela signifie que je me sens *protégée.* »

D'une voix sèche et contrainte, Carol intervint :

« Ce… Cette réunion. C'est ridicule. Je ne comprends pas pourquoi diable…

— Elle a ses raisons, l'interrompit Babs.

— Exactement », confirma Ruth.

Remise du choc occasionné par le coup de téléphone, Liz dit :

« Très bien. Nous avons toutes été polies. Nous sommes sous le choc… Un peu. Cessons de nous comporter comme des enfants et passons à l'action. Quelle qu'elle soit. » À Ruth : « Vous êtes ici. Veuillez nous dire *pourquoi.* »

Le jazz. Comme toutes les musiques, le grand niveleur. Sans avoir été pour autant un échec complet, le repas avait été tendu. Des discussions courtoises et anodines, un peu trop guindées pour être agréables. Une rencontre des yeux plutôt que des oreilles. Pas un désastre, mais pas un succès retentissant non plus. Maintenant que Pat et Sal étaient en train de faire la vaisselle dans la cuisine, David Oldfield emmena Robert dans ce qu'il appelait sa salle de musique. Pour la première fois, ils trouvèrent un terrain d'entente et purent se détendre assez pour se permettre le luxe de ne pas être d'accord sur des questions accessoires.

Cette pièce formait une extension de la maison. Un « antre » construit à dessein, et dont le mobilier, hormis deux vieux fauteuils confortables, était exclusivement dévolu à la musique

– son enregistrement, son écoute, sa reproduction. Un quart-de-queue Steinway occupait fièrement le centre de la pièce, mais les murs étaient couverts d'étagères profondes où étaient rangés les objets liés à la passion d'Oldfield : cassettes, tourne-disques, micros, haut-parleurs. Hi-fi, stéréo, mono… Même de la quadriphonie, si nécessaire. C'était le monde enchanté d'un fou de jazz.

À travers les doubles enceintes, Jack Teagarden attaquait doucement les quatre dernières mesures d'une improvisation sur « The Sheik of Araby ». Oldfield joua au piano une ligne mélodique d'une seule note pour démontrer la précision avec laquelle le maître dessinait un motif autour de la composition. Puis il se pencha sur le côté et actionna un interrupteur à bascule au moment précis où le refrain se terminait et où Harry James, emmenant son propre orchestre, explosait à travers les enceintes, un bœuf de tous les diables autour de la même mélodie, mais sur un tempo deux fois plus lent que celui de Teagarden.

Oldfield abandonna le piano et, sourire béat aux lèvres, s'affala dans le fauteuil vide.

« Il faut être sourd pour ne pas aimer cette version, dit-il.

— Je préfère celle de Teagarden, rétorqua Robert avec le même sourire.

— Les deux sont bien. » Oldfield inclina la tête. « Écoutez la coda. Il était en forme, ce jour-là. Des lèvres en acier trempé. Personne d'autre n'aurait tenté ce genre d'interprétation.

— Armstrong ? suggéra timidement Robert.

— Le taulier. » Oldfield acquiesça lentement, à moitié d'accord. « Armstrong était bon dans les petits orchestres. Tous ses grands morceaux… Jamais plus d'une demi-douzaine de musiciens. James, lui, était fait pour les big bands. Toujours. L'orchestre de Benny Goodman. James dirigeait la section cuivres sur chaque pièce de collection. Il avait commencé dans une fanfare de cirque. Que du bruit. "Thunder and Lightning Polka" trois fois par jour, à fond les ballons. Ce genre de choses. C'est comme ça qu'il a renforcé son jeu. C'est de là que vient sa tonalité. Quand il dirige, personne ne doute. » Il s'interrompit, presque à contrecœur, puis reprit : « Kenny Baker. L'enfant du pays. Il a joué avec Ted Heath. Lui, il peut rivaliser avec James quand il est au mieux de sa forme, même aujourd'hui, alors qu'il est arrivé à un âge où la plupart des trompettistes ont explosé en plein vol. Ça fait réfléchir. Uniquement parce qu'il est anglais. C'est un musicien de studio. Regarde les gros concerts à la télévision. Surveille bien l'orchestre. Pas le leader. Les musiciens. Chaque fois. C'est Baker qui dirige les trompettes, et Lusher les trombones. Des musiciens de studio. Parmi les meilleurs du monde. Mais voilà, parce qu'ils sont anglais… »

L'orchestre de Harry James négociait le dernier refrain, et un homme épris de son propre genre de musique bavardait comme seul un enthousiaste en est capable. Les barrières tombaient l'une après l'autre, le fossé des générations se réduisait, la musique accomplissait ce que les discussions n'avaient su accomplir.

Elle alluma une autre cigarette et parla pendant que les autres écoutaient. Dans ses propos, pas d'animation et peu d'émotion. Elle raconta simplement et tranquillement l'histoire d'une fille qui, avec un certain sang-froid, avait pris une décision. « Un père ivrogne qui, pour s'amuser, se sert de sa ceinture sur sa gamine, ç'a tendance à vous donner une vision déformée des hommes dans leur ensemble. » Mais elle ne cherchait pas à susciter la compassion. Elle décrivait simplement les faits tels qu'ils s'étaient produits. Le fait que sa mère était morte avant qu'elle ait dix ans. Le fait qu'elle avait plus souvent eu le ventre vide que plein. Le fait qu'un taudis restait un taudis... et que la « solidarité » entre habitants des taudis, si souvent vantée, relevait de la même fiction que « l'honneur chez les voyous ».

« J'avais seize ans », dit-elle avec un sourire. Elle tira sur sa cigarette. « Je connaissais les filles des rues. J'avais parlé avec elles. Je connaissais la loi. Je savais qu'avec une fille âgée de plus de seize ans, le type était inattaquable. Que la prostitution en tant que telle n'était pas illégale. Que seul le racolage l'était. »

Intelligence ou ruse animale ? Liz écoutait, mais n'arrivait pas à trancher. Une fille qui quitte l'école à quatorze ans et enchaîne pendant deux ans les petits boulots minables. Qui économise le peu d'argent qu'elle gagne. Qui discute avec les putes pour apprendre les secrets et les codes qui régissent le métier qu'elle s'est déjà choisi. Qui, sans se cacher ni trembler, contacte un médecin afin de mettre en place un examen mensuel. Qui se met en quête d'un deux-pièces – cuisine et chambre-salon –, puis achète des meubles d'occasion pour en faire un « lieu de travail ». Intelligence ou ruse animale ? Dans les deux cas, c'était un monde et un mode de vie à la fois répugnants et fascinants.

« Je me suis même déclarée travailleuse à mon compte. » À ce souvenir, le sourire se mua en un petit gloussement. « Sécurité sociale, déclarations de revenus. Tout bien en règle.

— Une comptabilité ? demanda Babs.

— Bien sûr.

— Pour soutirer de l'argent… au besoin ? »

L'espace d'un instant, les yeux lancèrent des éclairs. Mais la chaleur retomba et, d'une voix faussement calme, elle dit :

« Babs, vous ne comprenez toujours pas. Rien d'illégal. Rien ! Je m'étais fixé un objectif, et le jour où j'aurais atteint cet objectif, je partirais à la retraite. Aucun casier judiciaire. Rien de sordide. Rien de…

— Rien de *sordide* ! »

Le cri murmuré de Carol était plein d'un mépris absolu.

« Carol, très chère. » Ruth Linley s'interrompit pour tirer sur sa cigarette. « Un homme marié se tape la femme d'un autre : ça, c'est sordide. Pour lui comme pour elle. Le reste ? Allez faire un tour chez les juges et les nobles. Remontez assez loin. Je n'ai rien d'une socialiste, mais si ça leur convenait, ça me convenait aussi. »

« Nous allons, dit Pat avec une sévérité comique, montrer un peu plus de respect à l'égard de la porcelaine de famille. »

Sal sourit faiblement et s'efforça de ne pas commettre de maladresse en entassant la vaisselle dans le placard de la cuisine. De la salle de musique, les notes du Count Basie Orchestra atteignaient sans aucune difficulté la cuisine. « Jumpin' at the Woodside » n'avait jamais été conçu pour être un doux zéphyr. Joué par n'importe quel orchestre, ce morceau était censé secouer les toiles d'araignées accrochées aux chevrons. Joué par le Count Basie Orchestra de la fin des années 1930, avec le légendaire « Basie Blast », c'étaient les murs de la maison qui tremblaient.

« Il va nous le rendre sourd, se lamenta Sal.

— Peut-être même qu'il *aime* ça.

— Mais qui peut aimer…

— Le maître de maison, chérie. Et c'est *sa* maison.

— Je crois… Je crois qu'il le teste.

— C'est possible, convint Pat avec un sourire.

— Dans ce cas, ce n'est pas juste.

— Mon trésor, dit Pat, soudain très sérieuse. Mon trésor, si Robert est celui qu'il te faut, il restera assis là avec un grand sourire et encaissera. Que ça lui plaise ou non. »

Il y avait quelque chose d'hypnotisant dans la manière dont Ruth raconta son histoire. Malgré le sujet, elle usait d'un ton presque apaisant. Comme un évêque jurant comme un païen du haut de sa chaire. Liz, Babs, Carol, même, *devaient* écouter. Mieux que ça : on leur faisait comprendre.

Ce premier appartement. « La rumeur circule. C'est la première chose que j'ai découverte. Le bouche-à-oreille. Les hommes qui ont régulièrement recours à des *filles de joie*[1] – non pas les hommes d'un soir, mais ceux, célibataires ou mariés, qui finissent par constituer une clientèle régulière – forment une franc-maçonnerie. Ils veulent le meilleur à un prix raisonnable. Pas la gratuité. Pas des amatrices enthousiastes. Un prix raisonnable, de la propreté et la connaissance des goûts de chacun. Comme un bon restaurant qui sert de la bonne nourriture, et sans entourloupe au moment de l'addition. » Pour Ruth, c'était bien de ça qu'il s'agissait. Et depuis le début. Un service. Rémunéré, fourni et apprécié… sans conditions.

Avant même d'avoir vingt ans, elle s'était offert son premier appartement près du centre de Lessford, au-dessus d'une enfilade de magasins. Salon, cuisine, salle de bains, deux chambres. Une pour le travail, une pour le sommeil. Décoré et meublé sans trop regarder à la dépense.

Dans un silence complet, Liz resservit tout le monde. Ruth sortit un étui à cigarettes de son sac, l'ouvrit et le tendit à Liz, puis à Babs, enfin à Carol. Les deux premières acceptèrent sans hésiter. Carol donna l'impression d'être sur le point de refuser, mais changea d'avis et finit par en prendre une. Avant que Ruth ait le temps de dégainer un briquet, Liz prit celui qui était posé sur l'étagère et

1. En français dans le texte original. *(N.d.T.)*

en fit profiter tout le monde. Telle était l'étrange atmosphère qui régnait à présent dans la pièce. « Un mépris réciproque civilisé ». Liz n'arrivait pas à chasser cette expression de son cerveau. Elle résumait tout. Une prostituée défendant non seulement la nécessité de la prostitution, mais encore sa respectabilité. Et le faisant avec talent, de surcroît. Convainquant presque son auditoire. Presque !

Babs sirota son verre à nouveau rempli et murmura :

« Ça paie, manifestement.

— Il y a certains dangers inhérents. »

Ruth prit la remarque au premier degré. Elle ignora délibérément la possibilité de l'ironie.

Les « dangers inhérents », c'étaient les parasites et les déséquilibrés mentaux. Les aspirants proxénètes et autres sbires. Les détraqués qui n'avaient qu'un seul désir, humilier. « Comme dans tous les métiers, il faut de la discipline. De l'auto-discipline. » Les voyous à la petite semaine qui essayaient de se constituer en diverses « sociétés » avaient vu dans cette prometteuse *lorette* une source constante de revenus. Elle avait été courtisée. Elle avait été menacée. Elle avait toujours refusé. Et dès que les choses commençaient à devenir un peu inquiétantes, elle renvoyait les coups. « Je ne dérangeais personne. Je ne faisais rien d'illégal, et certains de mes clients réguliers étaient des policiers haut placés. C'étaient *eux*, mes "protecteurs", et je les rémunérais par l'entremise des impôts et des taxes locales. » De nouveau, la rumeur circulait. De nouveau, le bouche-à-oreille. Untel ne faisait pas peur, mais Untel pouvait mordre (et le ferait).

Quant aux détraqués. Quant aux pervers. Pas de fouets, pas de menottes, pas de gadgets scandaleux. « Quand vous allez dans une pharmacie, vous savez que vous pouvez y acheter des médicaments sans ordonnance. Divers médicaments pour diverses maladies. Vous ne pouvez acheter ni LSD ni marijuana. Pour *ces choses-là*, vous devez trouver l'égout le plus proche. Moi, je tenais une affaire respectable. Encadrée par la loi. Je respectais des règles. »

Assis dans le salon, ils discutaient. Ce n'était plus une conversation anodine et crispée. Oldfield semblait sincèrement intéressé, et Robert était assez détendu pour exprimer ses opinions sans les tempérer par des excuses implicites.

« Alors comme ça, dit Oldfield, vous allez devenir architecte ?

— Je l'espère, monsieur. »

Sal dit :

« Il y arrivera les doigts dans le nez. N'est-ce pas, Rob ?

— Je ne trouve pas ça si *facile*, répondit Robert avec un sourire.

— L'an dernier, dit Oldfied, on est allés visiter les deux cathédrales de Liverpool. Pour la première fois. Je n'ai pas su quoi penser de la cathédrale du Christ-Roi.

— Le poivrier, précisa Robert.

— Oui. On comprend pourquoi les gens du coin la surnomment ainsi.

— Elle est moderne. C'est une conception nouvelle. L'autre, l'ancienne, voilà ce que les gens s'attendent à voir en matière de cathédrales. Elle est magnifique, mais en réalité c'est un calque de toutes les autres cathédrales.

— Et c'est mal ? demanda Oldfield.

— Non. Il n'y a rien de *mal*. Mais aujourd'hui nous avons les outils, le savoir-faire et le matériel. Les autres, celle d'York par exemple, les gens ne *pouvaient* pas construire autre chose. Ils le faisaient magnifiquement. Ils se démenaient comme des diables. Aujourd'hui, on peut le faire sans trop de difficulté. Je crois que c'est à *notre* tour de nous démener. Tenter des choses différentes et espérer accomplir quelque chose de meilleur...

— Il y a une limite, rétorqua Oldfield. Une fois que vous avez atteint l'excellence... Qu'est-ce qu'il y a après ?

— Regardez, fit Robert avec un soupçon d'espièglerie dans le regard. Prenez le jazz. L'Original Dixieland Jazz Band. L'orchestre de King Oliver. C'étaient de bons musiciens. Les meilleurs de leur temps. Avec leurs moyens, ils ont créé quelque chose de nouveau. Mais Ellington, au Cotton Club, avait quelque chose en plus, et il a créé quelque chose de meilleur encore. Puis Ellington, encore lui, vers la fin de sa vie, quelque chose en plus. Des expériences. De meilleurs arrangements. Des instruments de meilleure qualité. Quelque chose d'encore *meilleur*. C'est pareil pour l'architecture. Les deux cathédrales de Liverpool, par exemple. La cathédrale classique, c'est comme un orchestre avec de bons musiciens et de bons instruments qui jouent encore comme King Oliver. Celle du Christ-Roi, c'est Ellington essayant quelque chose de nouveau. Nouveaux outils, nouvelles techniques, nouvelles mentalités. Quelque chose de différent. Et avec un peu de chance, quelque chose de… meilleur. » Soudain, Robert s'aperçut qu'il avait enfourché son dada. Il rougit. « Je suis désolé. C'est juste que… Je ne trouve pas les bonnes formules.

— Mais non, mais non. »

Le lien entre le jeune homme et l'homme d'âge mûr était scellé. Aucune pensée ne s'orienta vers le sujet qu'ils avaient le plus redouté. Oldfield se pencha légèrement en avant.

« Je vois très bien ce que vous voulez dire, ajouta-t-il.

— Et *moi*, soupira Pat, je vois deux adultes qui parlent à n'en plus finir de jazz et de cathédrales. Dieu nous bénisse tous ! On va bientôt avoir droit à "South Rampart Street Parade".

— Ah, voilà une excellente idée », dit Oldfield avec un grand sourire. Il se leva de son fauteuil. « L'enregistrement originel, par l'orchestre de Bob Crosby. Jamais égalé, jamais dépassé. »

Babs était en train de vivre une sorte de lutte à la corde psychologique. Cette Ruth Linley avait de solides arguments, et Babs, si elle ne s'était jamais rangée dans la catégorie des cocottes *professionnelles*, était assez honnête pour se décrire comme une créature de plaisir. À rebours de son éducation. Ce qu'elle était – ce qu'elle était devenue – constituait une rébellion frontale et délibérée contre les règles strictes établies par Bill et Mary Drever. Passer d'un mari à l'autre. Entretenir des liaisons. Être un tantinet exigeante, et en même temps apprécier le frisson de la promiscuité. Quelle différence y avait-il entre son plaisir et le métier de Ruth ? Et s'il y avait une différence, qui était la plus honnête des deux ?

Assurément, Ruth n'avait ni regrets ni motifs à regret. Dans un genre quasiment unique, elle avait gardé sa dignité et sa fierté. Son honnêteté était patente.

« Un chirurgien ne pratique pas pendant ses heures de temps libre. Il n'ampute pas une jambe simplement parce qu'il s'ennuie ou pour ne pas perdre la main. Quand il *travaille*, il maîtrise. C'est lui l'expert, parce qu'il en a fait son métier. Ce n'est pas une différence de degré. La différence est dans le choix de la discipline.

— La *discipline* ! »

Carol eut une moue dégoûtée. Le but était de montrer son mépris, mais elle n'y parvint pas. Elle aussi était tombée sous le charme de cette femme qui avait fait irruption dans leur vie.

« Carol, ma chère. » Le sourire fut amical, empreint d'une forme de pitié. « Discipliner un besoin biologique. Vous arrivez à dormir dès que vous en avez envie ? Pas nécessairement quand vous êtes fatiguée. À uriner seulement quand *vous*, et non votre vessie, décidez d'uriner ? À maîtriser tous vos désirs naturels ? Cela demande de l'entraînement. Beaucoup d'entraînement. De la volonté. Ne jamais perdre le contrôle… de *quoi que ce soit*. »

Liz murmura :

« Le yoga.

— Appelez ça comme vous voudrez. » Le sourire doux parut et disparut. « L'esprit contre la matière. La même chose. Enrobez le tout dans le décorum du rituel. Mais ça reste la même chose. »

Et pendant qu'elle poursuivait son histoire, il devint évident que cette autodiscipline presque impossible avait payé. Avant même ses trente ans, elle avait fait appel aux services d'un comptable pour gérer son compte bancaire de plus en plus fourni. Elle avait demandé conseil. Elle avait investi. Elle vivait bien, mais pas luxueusement. Après avoir consulté son comptable, elle avait pris sa décision : à quarante-cinq ans elle serait, toutes proportions gardées, une femme riche. Elle pourrait prendre sa retraite et jouir d'une existence confortable jusqu'à la fin de ses jours. Elle avait donc tout misé là-dessus. Le jour de ses quarante-cinq ans – le jour même –, elle avait donc dit adieu à son dernier client et emménagé dans un appartement déjà meublé et décoré, aux abords de Lessford. Le quartier « chic ». Elle pouvait employer à temps plein un jardinier et une dame respectable, installée à demeure, pour les tâches ménagères et la cuisine. Elle avait réussi sa vie. Non pas à la sueur de son front mais assurément à la sueur de *la discipline*.

Ruth termina son récit. Elle distribua une fois encore ses cigarettes. Lorsque tout le monde se fut confortablement calé au fond de son fauteuil, occupé à fumer et à boire, elle attendit.

Carol mordilla sa lèvre inférieure quelques instants et dit :

« Vous vouliez me voir ? »

Ruth acquiesça poliment.

« Pas seulement pour me raconter l'histoire de votre vie ?

— Non. Ce n'était qu'un passage obligé. Pour que vous puissiez comprendre.

— Comprendre quoi ? demanda Babs.

— William ? intervint Liz avant que Ruth puisse répondre.

— William », répondit celle-ci d'une voix douce.

Et basse.

« Vous dites qu'il est innocent, fit Carol.

— Je *sais* qu'il est innocent. »

Liz hésita.

« Votre... Votre fille. »

Ruth hocha lentement la tête.

« Je ne vous crois pas, dit Carol. Ce que vous racontez, ce que vous avez raconté à Liz... Je ne vous crois pas. »

— Petite rectification. Vous ne *voulez* pas me croire. »

Et l'atmosphère soudain changea, comme si un groupe frigorifique avait été mis en marche. L'intimité disparut. La courtoisie se volatilisa. Pour la première fois, la dureté intraitable qui avait propulsé Ruth jusqu'aux sommets se manifesta. Calmement, froidement, elle ajouta :

« Ce que *vous* croyez. Ce que vous ne croyez pas. Tout cela n'a aucune incidence sur la vérité. »

276

L'orchestre de Bob Crosby était en train d'envoyer les dernières mesures de « South Rampart Street Parade » lorsque Pat entra dans la pièce. Elle s'affala sur un des vieux fauteuils, gonfla les joues pour exprimer son soulagement et dit :

« Dieu soit loué, c'est fini.

— Je croyais…

— Oui, chéri, j'adore ça, mentit-elle, mais maintenant fais-moi plaisir. "Song of India". Doucement. "Avec du sentiment", comme on dit.

— Bien sûr. »

Malgré sa passion bruyante, malgré son métier ringard, Oldfield était un homme bon et compréhensif. Il était également méthodique. L'enregistrement de « Song of India » par Tommy Dorsey se retrouva sur le tourne-disque en quelques secondes. Le volume fut baissé. Oldfield, assis dans le dernier fauteuil libre, prit les doigts de Pat au moment où le vénérable musicien déroulait les premières notes, tout en magie feutrée, de sa version big band de la mélodie de Rimski-Korsakov. C'était un classique – sans doute *le* grand classique – du répertoire des big bands. Bien supérieur à la masse, au demeurant non négligeable, des arrangements inoubliables enregistrés par l'orchestre de Dorsey. Et qui sait, peut-être qu'au paradis des compositeurs Rimski-Korsakov en personne avait acquiescé (en rythme) en entendant le disque.

Mais aux yeux de Pat et David Oldfield il signifiait plus que cela – bien plus que cela.

Presque rêveuse, Pat dit :

« J'accepterai tout le reste tant que tu passeras ce disque de temps en temps.

— Ç'a bien marché une fois. » Les doigts d'Old-field se crispèrent un peu. « Je n'aurais jamais osé sans les encouragements de ce bon vieux Tommy.

— Bien sûr que tu aurais osé, dit-elle en souriant. Moi, je t'aurais fait oser. »

Ils écoutèrent en silence. Main dans la main, ils se rappelèrent et furent heureux. Des gens simples, pas compliqués. Nostalgiques et contents d'avoir quelque chose à enrober de leur nostalgie.

Le disque s'arrêta. Oldfield détendit ses doigts, mais Pat resserra les siens.

« S'il te plaît, dit-elle doucement.

— Ils vont se demander où…

— C'est un jeune homme très gentil.

— Bien sûr, mais…

— Laisse une chance à Sal. Qu'elle découvre elle-même à quel point il est gentil. »

Il serra de nouveau ses doigts, gloussa et dit :

« Quelle vieille entremetteuse tu fais.

— Ça te dérange ?

— Non. Comme tu dis, c'est un jeune homme très gentil. »

Babs se souvint d'un incident et comprit une chose. Cela remontait à des années, à l'époque où elle débutait dans son travail de factotum. L'idée avait été de réaliser un documentaire télévisé sur la pauvreté et la corruption en Italie. Un de ces programmes bouche-trous, avec des problèmes simples et des solutions instantanées – de la sociologie de salon pour les masses. Le producteur, son assistant et Babs avaient eu de la chance. Des rouages avaient été actionnés, des pattes avaient été graissées, et pendant une demi-heure, ils avaient pu discuter avec le légendaire Lucky Luciano. Le « parrain des parrains ». Le grand chef de la mafia qui, jusqu'à sa mort en 1962, dirigeait le plus grand empire criminel au monde. Un homme à la voix posée. Bien habillé, le cheveu gris, une belle mise. Mais un regard fixe, peu d'expressions et des propos définitifs. Poliment mais fermement, Lucky avait refusé de participer au documentaire. De même, personne n'avait cherché à le convaincre de revenir sur sa décision formulée en termes courtois. Babs n'avait jamais oublié cette rencontre. Ce vieux monsieur qui, par l'entremise de son pouvoir souterrain, avait plus d'influence que la plupart des hommes d'État. Il fallait le voir. Un charisme à la fois serein et terrifiant. La certitude absolue, autour de laquelle se construisait une personnalité paisiblement sûre de pouvoir éclipser toutes les stars pomponnées et les superstars en herbe. Le « parrain des parrains ». Elle n'avait jamais espéré, jamais pensé revoir dans sa vie un autre personnage de cette trempe.

Pourtant c'était le cas, et l'évidence la frappa comme un taquet sur la nuque. Ruth Linley. Ses manières, sa bienveillance, son arrogance polie. *Luciano*. Ou du moins ce qui s'approchait le plus d'une version féminine de Luciano. Sans l'empire, sans l'influence internationale, mais assurément avec le même charisme effrayant.

Babs déglutit.

« Bien, ma chère, on a pigé. Tout le baratin sur la gamine passée de la misère au luxe en couchant.

Quand est-ce qu'on va entendre quelque chose d'intéressant ? »

Ayant dit cela, et sur ce ton, elle fut surprise par sa propre témérité.

Pendant quelques secondes, les yeux de Ruth se plissèrent très légèrement.

Presque au même instant (avant que la portée et l'impact de la remarque de Babs aient eu le temps d'être intégrés), Liz intervint :

« Et l'amour ? Et… »

Elle s'interrompit, car ce qu'elle allait dire fut bousculé par la phrase violente de Babs.

« L'amour ? » Ruth ne prêta pas attention à Babs et médita la question inachevée de Liz. Elle prit son temps. Elle ouvrit son étui à cigarettes, en choisit une, l'alluma. Cette fois, elle n'en proposa pas aux autres. D'une voix douce mais décidée, elle reprit : « Oui. J'ai connu l'amour. Je me suis autorisée à tomber amoureuse. Une fois. Avec William Drever…

— C'est un mensonge !

— Non, ma chère Carol. Ce n'est pas un mensonge. J'aurais *préféré* que c'en soit un. Mais je suis une femme réaliste. On s'est aimés. Malgré ce que j'étais. Malgré ce qu'il était. On s'est aimés.

— Ne nous faites pas mariner, fit Babs, moqueuse. Qu'est-ce qu'il était ?

— Votre frère. Vous êtes bien placée pour le savoir.

— Votre avis.

— À l'époque… » Ruth tira sur sa cigarette. « À l'époque, je trouvais que c'était l'homme le plus gentil, le plus attentionné du monde. Mais… »

Elle haussa très légèrement les épaules. « C'est toujours comme ça, non ? » Personne ne répondant, elle poursuivit. « Timide. Maladroit. Innocent. Un ou deux ans de moins que moi. Mais quoi ? L'âge ne veut pas dire grand-chose – l'âge ne veut rien dire – quand on est amoureux.

— Comment quiconque peut-il tomber amoureux d'une putain ? lâcha Carol.

— Ce sont des choses qui arrivent, très chère, répondit Ruth avec un sourire faux. Vous êtes bien placée pour le savoir. » Avant que quelqu'un puisse intervenir, elle ajouta : « Voilà ce que je pensais. Vous me demandiez mon avis. C'était ça, mon avis. J'y croyais. À l'époque, j'étais prête à croire de telles choses. Moi aussi, j'avais une certaine innocence. »

Babs demanda :

« Un maquereau, autrement dit ?

— Non ! » Pour la première fois, les autres virent passer un éclair de vraie colère. Sur un ton nettement plus dur, elle continua : « Jeune fille, vous êtes dangereuse. Je l'ai su dès que vous avez téléphoné. Moi aussi, je peux être dangereuse. Prêtez-moi des propos que je n'ai pas tenus et vous verrez exactement à quel point.

— Pas un maquereau, dit Liz, apaisante. Mais alors… quoi ?

— L'homme dont j'étais amoureuse. » Elle retrouva son calme aussi facilement et soudainement qu'une porte se referme. « Un lâche, en réalité. Une carpette. Un petit garçon ayant peur des on-dit. Peur de ce que ses parents risquaient de dire. De ce que sa fiancée risquait de dire. Peur de *tout*. Un méprisable petit blanc-bec. Un moins-que-rien !

— Quel changement, se moqua Babs. Du jour au lendemain, en plus !

— Presque, dit calmement Ruth. Même à l'époque, je n'étais pas complètement écervelée. J'avais déjà compris que, quand l'illusionniste quitte la scène, il ne sert plus à grand-chose de rester assise dans une salle vide. La magie s'est envolée. » Elle s'interrompit un instant avant de reprendre. « Carol, j'en suis sûre, vous le confirmera.

— Arrêtez de m'appeler par mon prénom. Bon sang, j'ai un nom de famille. Pour les gens comme vous, j'ai un nom de famille. C'est…

— *Ce n'est pas "Mme Drever".* »

Carol cligna des yeux, puis la regarda fixement. « "Mme Drever", c'est *moi*. Alors même que vous étiez tous deux fiancés, il m'a épousée. Pour que l'enfant ait un nom. C'est tellement noble… Vous ne trouvez pas ? » De nouveau, elle sourit fugacement. « C'est *vous* qui avez vécu dans le péché pendant toutes ces années. Ce sont *vos* enfants, les bâtards.

— Nous… Nous avons…

— Je me fous de savoir ce que vous avez fait. Par quelle cérémonie vous êtes passée. La loi n'autorise un homme à avoir qu'une seule femme… Et c'est *moi*.

— Je… Je ne vous crois pas. Je…

— Bien sûr que si, vous me croyez. » Le mépris était affiché, assumé. « C'est tout à fait le genre de choses qu'il ferait et vous le savez. Ça correspond au personnage. En tout point. »

Liz quitta son fauteuil. Elle posa un bras protecteur sur les épaules tremblantes de sa sœur et, pour la première fois, vit Ruth Linley sous son vrai jour.

« Partez, lui lança-t-elle d'une voix grave. Vous avez fait ce que vous étiez venue faire. Dit ce que vous étiez venue dire. La première fois que je vous ai vue, j'ai pensé…

— Pas tout de suite ! » C'était Babs. Contemplant le triomphe calme sur le visage de Ruth Linley, elle dit : « Tout n'a pas été dit. Tout n'a pas été dit, loin s'en faut… Je me trompe ? »

Ruth confirma d'un hochement de tête.

« Très bien, écoutons. Jusqu'à la dernière misérable miette.

— Bien sûr. C'est pour ça que je suis ici. »

Comme les derniers lambeaux de banderoles après une fête nationale, ce qu'il restait d'un véritable bouleversement émotionnel venait chatouiller le cerveau de Bill Drever. C'était désagréable, mais c'était aussi un rappel. Inquiétant. Détruisant l'équilibre sur lequel Bill Drever avait bâti sa vie.

Mary Drever regardait du fauteuil jumeau. Ses aiguilles à tricoter cliquetaient doucement, mais comme chez la plupart des femmes de son acabit, ses doigts n'avaient pas besoin du secours des yeux pour transformer la laine en vêtements. Elle connaissait son mari. Elle lisait dans ses pensées. Des pensées pas compliquées. Des pensées simples, élémentaires. Le connaissant – et vivant depuis si longtemps avec lui et parmi les siens –, lire dans ses pensées n'était pas un exercice ardu.

« Laisse tomber, chéri, murmura-t-elle. Passe à autre chose.

— Ça ne passera pas, grommela-t-il, presque un gémissement.

— Sauf si tu le décides. »

Et elle se demanda pourquoi les hommes comme son mari se torturaient autant. Des hommes bien. Le sel de la terre. De la bonne graine… si cela existait encore. Les chevaux de trait de la race humaine. Solides, fiables, sans chichis ni façons. Mais, en raison de cette force même, vulnérables. Incapables de comprendre les hommes qui *n'étaient pas* comme eux. Incapables d'apprécier les innombrables tours et détours de la personnalité humaine. La grandeur n'était pas pour eux. Ils récoltaient rarement les honneurs et, quand ils le faisaient, s'en trouvaient tout gênés, car ils ne comprenaient pas *pourquoi*.

L'expression « élevé dans la crainte de Dieu » lui revint. Les hommes comme Bill, en effet, craignaient Dieu… C'était à peu près la seule chose dont ils eussent peur. Avec eux, il n'y avait pas de grandes démonstrations. Il n'y avait que la prétendue Règle d'or. Mais un homme pouvait craindre Dieu sans afficher sa religion. Sans jamais mettre les pieds à l'église. Quelle que soit la religion. Quelle que soit l'église. Mary Drever se dit qu'en Inde, en Afrique, en Chine, partout dans le monde, des hommes, certainement, ressemblaient à son cher Bill. Tous craignant Dieu, et en un sens craignant le même dieu. Des hommes qui se torturaient à grands coups de culpabilité chaque fois qu'ils manquaient à leur impossible idéal de perfection.

Il baissa le menton contre son torse, se frotta la nuque et marmonna :

« On a fait tout ce qu'il ne fallait pas faire, petite mère.

— Quoi ? »

Il leva la tête, la regarda avec des yeux tristes et, plus fort, répéta :

« On a fait tout ce qu'il ne fallait pas faire.

— Ça arrive. » Les aiguilles cliquetaient, les doigts retournaient la laine. Sur un ton légèrement agacé, elle ajouta : « D'accord, on a fait tout ce qu'il ne fallait pas faire, mais toujours pour de bonnes raisons. »

C'était une sacrée histoire. Elle la raconta tranquillement, mais avec une fierté insolente. L'histoire d'une vengeance au très long cours. L'histoire de cette forme de haine inextinguible si particulière aux femmes, et encore, particulière à un certain type de femmes. Un enfant, conçu dans le feu de la passion, puis abandonné par l'un des deux parents et renié par l'autre.

Sa logique était à la fois terrible et imparable.

« J'aurais pu protester qu'il était mon mari. Qu'il était le père de notre enfant. Mais qu'y aurais-je gagné ? Ça ne l'aurait pas retenu. Au mieux, ça aurait provoqué un léger désagrément financier. Or je voulais plus que ça. Beaucoup plus que ça. »

Elle avait élevé l'enfant. Elle avait payé sa scolarité – elle pouvait se permettre de lui offrir une école privée – et elle lui avait enseigné un métier. Une profession. *Sa* profession.

« Ne prenez pas cet air choqué. Je *savais*. La seule profession accessible à une femme digne de ce nom. La seule vraie profession indépendante pour notre sexe. J'en étais la preuve vivante. J'en suis *toujours* la preuve vivante. »

Toutes les astuces, tous les artifices, tous les codes, toutes les chausse-trapes. Mais pas en tant que partenaire. En tant que novice. Ensuite, elle avait lancé la carrière de sa fille et l'avait laissée se faire un nom toute seule.

Pas par amour. Par devoir.

« Je ne l'aimais pas. Elle personnifiait la grande erreur de ma vie. Mon seul moment de faiblesse. Comment pouvais-je l'aimer ? Je n'ai pas le prétendu instinct maternel. Je l'ai peut-être eu un jour, je n'en sais rien. J'en doute. Mais si j'avais eu l'occasion – si j'avais eu William –, j'aurais pu apprendre. »

Elle n'avait pas « appris », ni même essayé d'apprendre. De loin, cependant, elle gardait un œil sur William Drever. Sur son mari, en réalité. Se venger d'un débutant, d'un petit apprenti comptable sans le sou, n'était pas à l'ordre du jour. Mais dès l'instant où il accéda à la respectabilité et à un poste de directeur, la donne changea. Elle se rappela à son bon souvenir et menaça de détruire sa vie.

« L'intimidation, dit Babs.

— On peut appeler ça comme ça.

— Ou on peut appeler ça chantage.

— Je pense qu'il me devait quelque chose. »
Ruth alluma une nouvelle cigarette avec la précédente, à moitié fumée. En écrasant cette dernière dans le cendrier, elle ajouta : « J'aurais pu empêcher son mariage fictif. J'aurais pu le laisser aller jusqu'au bout de la procédure, puis signaler à la police l'existence d'un cas de bigamie. Je n'ai pas réclamé le moindre penny.

— Jusqu'à ce que vous sachiez pertinemment qu'il pouvait cracher plus d'un penny. »

Liz demanda :

« Il y a dix ans ?

— À peu près, oui. Je suis près de mes sous, Liz. C'est ma nature. Je finis toujours par récupérer ce qu'on me doit. »

Le tableau commençait à se dessiner. Celui d'un homme faible, vivant en couple marié avec une mégère éternellement insatisfaite, mais secrètement marié à une impitoyable dominatrice qui le tenait sous sa coupe. William Drever n'avait aucune chance. Pris entre les deux mâchoires incandescentes d'un étau qui se refermait sur lui, il avait fait ce que font toujours les hommes faibles. Il avait déshabillé saint Pierre pour habiller saint Paul. Il avait bidonné les comptes. Il n'avait pas osé en rabattre sur le train de vie que Carol en était venue à attendre et à exiger, pas osé décharger sa conscience de son erreur passée. La respectabilité primant sur tout le reste, il s'y était accroché jour après jour.

« Vous êtes une vraie peau de vache, dit Carol d'une voix sourde et crispée.

— Sans doute, sourit Ruth. Mais acceptez la réalité, ma chère. Je n'aurais pas pu être cette peau de vache sans votre concours actif. Il avait autant peur de vous que de moi.

— Il est en prison, dit Liz. Indirectement, c'est vous qui l'y avez envoyé.

— Indirectement ?

— Vous ne pouvez pas nier que...

— Pas *indirectement*. C'est l'erreur que vous faites. Je l'ai envoyé là-bas. Délibérément. Ce n'était pas un effet collatéral. Il s'est coulé tout seul le jour où il est venu pleurnicher parce que l'entreprise avait découvert qu'il truquait les comptes. Je voulais de l'argent... ou quelque chose en lieu et place de l'argent. »

C'était un aveu monstrueux. Sur le moment, il réduisit au silence les trois femmes qui l'entendaient. Elles ne pouvaient pas comprendre. Pas complètement. Comment auraient-elles pu ? Carol était une enfant gâtée, davantage une petite fille frustrée qu'une femme adulte. Babs avait connu la fourberie, voire l'égoïsme, dans des proportions rares, mais le mal poussé à cette extrémité, c'était une nouveauté. Liz, elle, était totalement dépassée. Seule la sincérité sereine – presque désinvolte – de ces confessions l'incitait à y croire.

Babs s'humecta les lèvres.

« Et sa fille ? demanda-t-elle. Était-*elle* au courant de toutes ces réjouissances ? »

« D'après ce que nous a dit Sal, vous avez des raisons de croire qu'il est innocent.

— Oui, monsieur. Nous sommes sûrs qu'il est innocent. »

Le sujet tabou n'était plus tabou. Oldfield et Robert occupaient les fauteuils. Sal et Pat se partageaient le canapé. Les deux jeunes gens sirotaient du Coca-Cola en cannette. Pat tenait un petit verre de sherry et Oldfield savourait un bon whisky. En l'espace d'une soirée – à peine plus de trois ou quatre heures –, ils se détendirent assez pour parler tranquillement du père de Robert et soulever la question de sa nature monstrueuse. Oldfield avait abordé le sujet, et Robert n'avait pas reculé face au sujet dont il *savait* que son interlocuteur voulait discuter.

Prenant des pincettes, Oldfield dit :

« Une erreur ? Vous n'êtes pas en train de sous-entendre que la police a arrêté un innocent plutôt que de se retrouver avec un autre Éventreur du Yorkshire sur les bras ?

— Non, répondit Robert d'une voix égale. Nous pensons que c'est une erreur. Quelque chose qui n'a pas été mis en évidence – dont la police n'avait pas connaissance – et qui aurait dû faire naître assez de doutes pour déboucher sur un acquittement.

— Faute de preuves ? C'est ça que vous voulez dire ?

— Non, monsieur. Quelque chose qu'il aurait pu prouver, mais qu'il n'a pas prouvé.

— Pourquoi donc ?

— Papa ! » Face à son maladroit de père qui faisait des contorsions et mettait les pieds dans le plat, Sal exprima son agacement par un froncement de sourcils. « Je crois que tu ne devrais pas…

— Mais si, Sal. » C'était Robert. Avec toute la solennité de la jeunesse, il ajouta : « Si j'étais à *sa* place, je voudrais savoir.

— Merci, Robert, fit Oldfield en hochant la tête. Maintenant, je vous prie, dites-moi pourquoi *vous* croyez votre père innocent. Je ne parle pas de preuves. Je veux savoir : *pourquoi* ?

— Il est… » Robert se tut, humecta ses lèvres, puis reprit. « Les… Les crimes n'ont pas pu être commis par un homme comme lui. Je suis… Je ne suis pas impartial. Je le sais bien. J'essaie de l'être, vraiment, mais je sais que je ne peux pas être objectif à propos de mon propre père. Néanmoins, je le connais. Je pense savoir de quoi il est capable. Je *sais* de quoi il n'est *pas* capable. Ces crimes-là. Il… Il n'aurait pas eu le cran. Je crois qu'il faut du courage – une forme de courage – pour infliger ce qui a été infligé à ces femmes. Or il ne l'avait pas. Il était… disons… faible, par certains aspects.

— Vous voulez dire qu'il ne supportait pas la vue du sang ?

— Non, monsieur. Pas ça. Pas tout à fait ça. Mais… Mais les femmes. Avec maman, par exemple. Il… Il ne savait pas leur tenir tête. Contrairement à… » Il hésita. « Contrairement à vous et Pat.

— Je le prends comme un compliment.

— Bien sûr, monsieur. Oui. Mais… Mais… » Sa lèvre inférieure tremblotait légèrement. « Si… S'il y avait eu la complicité. Comme entre vous deux. L'humour. Le *bonheur*. Ça paraît si évident, mais avec eux…

— Rob ! »

Sal bondit du canapé et se jeta vers lui, comme pour contenir physiquement les larmes qui menaçaient de couler.

« Ta réponse, David ? » demanda doucement Pat.

Oldfield hocha la tête.

« Affaire classée, Robert, dit-il. Merci d'avoir été aussi honnête.

— Papa, tu n'as pas le droit d'être…

— Sal. » Cette fois, ce fut son père qui l'interrompit. « C'est ton ami. Il fallait que je sache. Maintenant je *sais*. C'est ton ami, et nous serions honorés s'il était l'ami de toute la famille. »

HUIT

Aussi l'injustice est-elle le défaut capital des natures féminines.

Arthur Schopenhauer,
Essai sur les femmes

Babs était partie. Elle avait exprimé son dégoût avec sa franchise coutumière. « Cette foutue baraque commence à sentir mauvais. J'ai besoin de prendre l'air. » Et elle avait quitté la maison en trombe.

Son dégoût n'était pas sans fondement. La digue avait cédé et Ruth, comme se débarrassant du pus accumulé en elle, s'était lancée dans une diatribe, tout en colère rentrée, à propos de l'enfant qu'elle avait eu de William. Elle rejetait la faute sur William, évidemment ! « La fille faible d'un père faible. » Elle avait elle-même guidé la jeune fille sur le chemin de la prostitution professionnelle. La première règle, être une solitaire – avant toute chose. Être une solitaire, respecter la loi et rester d'une propreté clinique. Comme le chirurgien sur un théâtre d'opération.

« Je le lui avais dit. Je lui avais presque fait des schémas. Pas d'amourettes. Une réputation de bonne santé irréprochable. Cette petite conne *savait*. Simplement, elle a refusé de jouer le jeu. Elle savait très bien ce qu'exigeaient les clients responsables, mais elle n'a pas voulu apprendre. »

Pourtant (à père faible, fille faible), elle avait laissé venir à elle les petits dégueulasses. Un consortium de traînées, assouvissant la moindre perversion que réclamaient les détraqués, et résultat...

C'est à ce moment précis que Babs s'était levée de son fauteuil, avait pris son sac à main et avait dit :

« J'en ai assez entendu comme ça, ma chère. Cette foutue baraque commence à sentir mauvais. J'ai besoin de prendre l'air. Je reviendrai quand vous serez partie et que la maison aura été désinfectée. »

Et elle était partie. D'un pas rapide. D'un pas furieux. Comme en direction d'une destination connue, et avec peu de temps à perdre.

Si on lui avait posé la question, elle aurait nié connaître cette destination. Mais elle la connaissait. Elle n'avait pas l'esprit étriqué de Liz et de Carol. Son esprit, elle l'avait affûté à force d'évoluer dans un milieu où seuls les requins survivaient. Il y avait une réponse – il y avait une équation – et, Babs étant ce qu'elle était, cette réponse, cette résolution de l'équation, avait décidé de sa destination. Le Wounded Hart. La pénombre sur le côté de l'hôtel, d'où elle pouvait voir facilement les voitures stationnées.

C'est là qu'elle se trouvait désormais, en train d'observer la Mercedes qui avançait lentement vers le parking. Elle plissa les yeux pour mieux distinguer la personne qui conduisait. Dès que ses soupçons se furent transformés en certitude, elle quitta la pénombre et se présenta devant la portière de la Mercedes, à l'instant où Ruth s'apprêtait à en descendre.

« Quelques questions, ma chère. » Babs lui barra la route. « Poussez-vous. Il y a deux ou trois choses que j'aimerais régler. Entre femmes du monde.

— Bien sûr. » Ruth fut surprise, mais pas choquée. Affichant un sourire plutôt aimable, elle se glissa obligeamment vers le siège passager. « Vous n'êtes pas aussi innocente que les deux autres.

— Là-dessus, vous pouvez compter sur moi », murmura Babs. Elle monta dans la voiture et referma la portière. Elle posa son sac à main sur ses genoux et dit : « Cette fille… La fille de William. Outre le fait anecdotique qu'elle était prostituée… C'était une fille bien ? De compagnie agréable ? Ce genre de choses ?

— Je pensais avoir été claire…

— Non, ma chère. Pas pour moi. William, vous le détestiez. Vous le détestez toujours. Mais la fille ?

— À peu près autant, répondit Ruth sans ambages.

— Parfait. » Babs hocha lentement la tête, comme si une énigme venait d'être élucidée. « Et les deux autres ?

— Les deux autres ?

— Il y a eu trois meurtres, vous vous souvenez ?

— C'étaient ses amies.

— Elles aussi prêtes à tout pour s'amuser ?

— On peut dire ça comme ça.

— Et William le savait ?

— J'en doute.

— Mais sa propre fille. Il était au courant pour *elle* ?

— Encore une fois, j'en doute.

— Il la connaissait, pourtant, non ? De vue ? De nom ?

— Je n'arrête pas de vous le dire, je…

— C'est bon, très chère. Vous n'arrêtez pas de me le dire. Je pense que vous m'en avez assez dit. »

Il était bientôt 22 heures. Babs, assise au bord du lit, avait atteint un niveau d'hystérie rare pour les femmes de sa trempe. Elle fumait sa cigarette à coups de va-et-vient nerveux jusqu'à ses lèvres. Son visage était blême. Son corps trahissait un léger tremblement ; sa voix trahissait un léger frémissement.

Elle regardait Liz faire la valise.

« Mets tout dedans, chérie, dit-elle. Tout le bazar.

— Babs, je pense que tu devrais au moins rester jusqu'à…

— Tout, Liz, ordonna-t-elle sur un ton sec et autoritaire. Ensuite, appelle un taxi. Il y a un train pour le Sud qui partira avant le lever du jour. »

Liz paraissait triste, mais elle continua de faire la valise.

« Bordel ! » dit Babs à voix basse, comme à elle-même. Comme si elle se souvenait de choses dont elle n'avait pas encore pleinement pris conscience.

« Bordel, elle n'a pas été facile à tuer. Elle *refusait* de mourir, cette connasse !

— Écoute, Babs, si tu préfères ne pas…

— Mais je *veux*. » La cigarette fit encore un aller-retour rapide. « Voilà le *pourquoi*. Tu ne vois donc pas ? Le meurtre parfait. Qu'est-ce que ça peut faire si personne n'est au courant ? C'est pour ça qu'elle est venue ici. Pour jubiler. En sachant – en *pensant* – que personne ne pourrait faire quoi que ce soit. William s'était fait entuber. Joliment, proprement. C'était… C'était… »

Elle faillit craquer, et Liz eut la sagesse de laisser la valise en plan, de s'asseoir à côté de Babs et, d'une voix calme et apaisante, de lui dire :

« OK, Babs. S'il *faut* le raconter, raconte-le. Une seule fois. À moi, et ensuite à personne d'autre.

— D'accord. » Babs acquiesça et prit une longue inspiration. « Cette ordure de Yardley. Avec son histoire foireuse de promenade pendant une partie de bridge. *Il* était à la botte de Linley. Tout ce qu'il a eu à faire, c'est se pointer à une séance d'identification et se souvenir d'un numéro d'immatriculation. Bordel, c'était tellement *facile*. Trouver une connasse comme elle et un minable infoutu de garder sa braguette fermée… *Le* faire sortir du bois, savoir ce qu'*elle* cherchait à obtenir. Et les flics ont facilité les choses. Ils avaient une peur bleue de se retrouver avec un nouvel Éventreur du Yorkshire sur les bras. Ils cherchaient tout le monde et n'importe qui. Mais toujours des *hommes*, tu comprends ? Qui peut penser qu'une *femme* est capable de faire des choses pareilles ? Qui peut penser ça d'une *mère* ? » Elle s'interrompit pendant trente longues secondes. Elle tira sur sa cigarette avant de reprendre. « William ? D'accord, il a été faible. Faible ? J'ai connu des pipis de chat plus forts que lui. Mais ç'a joué en sa faveur, à *elle*. Elle lui avait réclamé de l'argent, elle l'avait forcé à trafiquer les comptes, cette machine-là était déjà en marche. Nom de Dieu, il était innocent. Assez innocent pour croire que tout ça, c'était une erreur... et non un traquenard. Mais *elle* savait. Elle savait qu'elle le tenait par les couilles. Et quand le jury a prononcé le verdict, ç'a été pour lui une échappatoire. Nom d'une pipe ! Il ne savait même pas que cette connasse sournoise était derrière tout ça. Il ne *savait* même pas. C'était la seule chose qu'elle ne pouvait pas lui dire, sans quoi il aurait pu contre-attaquer. Il aurait pu, mais j'en doute. William voulait fuir sa vie. Tout était devenu trop compliqué. Là où il est aujourd'hui, c'est là qu'il veut être. Il n'a même pas besoin de *penser* par lui-même. »

Babs se pencha en avant et écrasa ce qu'il restait de sa cigarette dans un cendrier, sur la table de chevet. Elle en alluma aussitôt une autre. Sa main tremblait d'un mélange de fureur, d'émotion et de dégoût.

« Je... Je suis désolée. » Liz se sentit obligée de poser la question, tout en sachant que c'était une erreur. « Sa propre fille ? Mais enfin...

— Il ne *savait* même pas que c'était sa fille.

— Ah ! Dans ce cas...

300

— Oui, fit Babs en hochant violemment la tête. C'est la question que j'ai posée. C'est la question à laquelle elle a répondu. *S'il ne connaissait pas sa propre fille, la belle histoire de Lady Ruth ne tient pas debout.*

— Dans ce cas, pourquoi…

— Chérie… Ce bon vieux Kipling savait de quoi il parlait. Toute cette affaire de femelle de l'espèce. Bien d'accord ! Elle haïssait sa propre fille. Pour ce qu'elle était, pour ce qu'était son père, pour tout. Tu as remarqué ? Pas une seule fois elle n'a employé le mot "prostituée". Elle a prononcé tous les mots possibles et imaginables, sauf le *bon*. Elle haïssait sa fille parce qu'elle avait sali ce qu'*elle-même* imaginait être une sorte de métier honorable. Elle haïssait les amies de sa fille parce qu'elles étaient comme sa fille. Elle haïssait William parce qu'il était le père de sa fille. Tout ! Il suffit d'une bonne dose de haine, et c'est la victoire assurée… Et Dieu sait qu'elle en avait à revendre.

« À mon avis, ce n'est pas *elle* qui a tué. Ni mutilé. Elle avait de quoi payer quelqu'un pour ça. Et il y a des hommes qui sont capables de tout, du moment que le prix est juste. » Un sourire sardonique effleura les lèvres de Babs. « Ne prends pas cet air choqué, chérie. À Londres, des salauds comme ça, je t'en trouve à la pelle. Mais c'est *elle* qui a tout organisé. Quelle que soit la personne qui l'a fait, c'est *elle* qui a tout préparé. Pour se débarrasser de William.

« Quand William a plongé, ça ne lui a même pas suffi. Elle devait anticiper le jour où il sortirait.

Détruire William. Détruire Carol. Détruire Anne. Détruire Robert. Détruire *tout*. Faire en sorte qu'il y ait trop de morceaux pour qu'ils puissent être recollés un jour. Et bien sûr, le meurtre parfait – les homicides multiples et les abominations. Il fallait qu'elle en parle à quelqu'un. Carol. Qui d'autre ? Toi, moi ? On n'était que les places debout dans le public. Elle… Elle… »

La voix de Babs s'étrangla.

« Elle jubilait. Je te jure… Elle *jubilait*. Si elle n'avait pas jubilé, je ne pense pas que… » Elle s'interrompit de nouveau, tira longuement sur sa cigarette et reprit : « Le gros porc devant le portail. Le fouille-merde. Elle l'a fait *dégager*. Aucun lien, tu comprends ? Personne d'autre que la famille pour faire le rapprochement entre elle et cette adresse, ici. Et on ne compte pour rien. C'est ce qu'on *dira*, de toute façon.

— Peter, murmura Liz.

— Qui ?

— Peter. Le Dr Bryant. Il l'a vue à l'hôtel.

— Ah oui, répondit Babs d'un air las. Peut-être bien. Peut-être qu'elle ne l'a pas jugé assez important. Peut-être qu'il *n'est pas* important. Il ne sait pas qu'elle est venue à la maison. Mets-le dans la balance face au conseiller municipal Marchbanks et à son épouse. *Et* au directeur. Elle s'est même servie de la voiture du conseiller municipal. Elle a laissé la sienne au parking, sur son emplacement réservé. Elle avait tout préparé… et bien ! Elle était indestructible. Si elle n'avait pas… *jubilé*. »

Lentement, comme attirée par une force invisible, la main libre de Babs rapprocha d'elle le sac à main, tira la fermeture, puis sortit le revolver. Un Colt Cobra. Calibre .32. Canon de 51 millimètres. Pendant un moment, elle le regarda sans rien dire.

« Ce… Ce foutu flingue. C'est pour se défendre contre les agresseurs, tu comprends ? Il y en a beaucoup, à Londres. J'en… J'en ai eu *besoin*, j'ai cru en avoir besoin. » Les larmes coulèrent sur ses joues. « Pas pour tuer. Bien sûr que non, pas pour ça. Je… Je… L'enfoiré qui me l'a refourgué. Je te jure, je vais lui casser la tête. Je lui casserai la tête. Elle… Elle *refusait* de mourir. Quatre tirs. Nom de Dieu, j'ai dû appuyer sur cette foutue détente *quatre* fois. Ce… Ce n'est pas normal. C'est injuste. » Elle leva la tête, regarda Liz avec des yeux suppliants et répéta : « Ce n'est pas *juste*. C'est comme *quatre* meurtres.

— Considère ça comme un traitement vermifuge, dit doucement Liz.

— Oui, un traitement vermifuge. » Babs laissa retomber le revolver dans le sac à main et réussit à sourire au milieu de ses larmes. « Tu sais, reprit-elle, le conseiller municipal et Mme Marchbanks – et le directeur… Ils ont une belle discussion très franche qui les attend. Dans sa voiture, lui aussi.

— Tu crois qu'elle a pu leur dire où…

— Jamais de la vie, chérie. » Peu à peu, la Babs d'avant reprenait les commandes. « Ils étaient son alibi. S'ils avaient été tenus au courant, ce n'aurait pas été un très bon alibi. Elle était maligne.

Assez maligne pour leur avoir raconté une histoire à dormir debout. Ils vérifieront. Ils découvriront que c'était du pipeau. » Elle se leva du lit. « Son alibi. *Mon* alibi, plus ou moins. Elle a été *trop* intelligente. OK, chérie, je vais finir de faire la valise. Trouve-moi un taxi. Pour Lessford. Il y aura un train. » Au moment où Liz arriva devant la porte, Babs ajouta : « Je, euh... Je ne veux voir personne d'autre, Liz. Tout ça... reste entre nous.

— Bien sûr.

— Et... Je ne reviendrai pas. Jamais. Au cas où. Dis aux enfants que je les aime. Et Carol. Elle refusera, mais demande-lui... d'accorder à William une dernière chance quand il ressortira. »

Les conteurs à l'ancienne, un peu limités, aiment les histoires bien ficelées. Avec un début, un milieu et une fin. Ils sont doublement ravis si cette fin comporte un coucher de soleil et deux amoureux marchant main dans la main vers un avenir radieux.

Mais pour une fois, la vérité...

CAROL

Elle s'est transformée en recluse. Seule, elle s'est installée dans la maison des Cornouailles. Son sempiternel autoapitoiement a fini par agacer, au point que Liz elle-même n'a plus le courage de lui rendre visite. Les gens du coin, aussi endurants que réservés, la qualifient poliment d'excentrique et la laissent tranquille. Un jour, elle mourra dans la puanteur et la crasse de son ermitage volontaire, fermement convaincue que, sans qu'elle y soit pour rien, la vie ne lui a décidément rien épargné.

BABS

Babs a appris à vivre avec la conscience d'être une meurtrière. Pendant quelque temps, elle a bu un peu trop et ri un peu trop, mais a fini par assumer ce qu'elle avait fait. Son nom apparaît encore dans les génériques de fin de certains programmes télévisés, et parfois l'inspecteur Hoyle le voit, mais ne le remarque pas. Ce qui, en soi, est une forme d'humour noir : savoir que le policier chargé de l'enquête découvre le nom de l'assassin dans son salon mais que son crime demeure inconnu.

LIZ

Elle aurait pu épouser Bryant. Il lui suffisait de ne plus en pincer pour un innocent en train de purger sa peine de prison. Bryant a eu la sagesse de s'en apercevoir et la bonne idée de se retirer d'un jeu qui n'aurait jamais rien donné. Une fois Carol partie, Liz est restée pour jouer la « maman » de Robert et d'Anne. Un jour, William sera libéré et Liz sera heureuse de devenir son épouse de fait. Et si la prison ne le brise pas, mais au contraire le forge, cela pourrait fort bien engendrer un bonheur retardé.

SAL

Sal et Robert se sont fiancés. Ils deviendront un jour mari et femme. Avec la sagesse prodiguée par Pat, Sal pourrait devenir une épouse idéale…

malgré le lavage de cerveau opéré par Oldfield sur Robert, qui le transforme en fou de jazz.

ANNE

Anne est celle qui s'en est le mieux sortie, et peut-être était-ce mérité. Lors de cette fameuse soirée en boîte de nuit, elle a rencontré le jeune homme qu'elle allait épouser, après une cour expéditive. Un jeune postier « prometteur ». Ils n'avaient nulle part où habiter mais, Carol ayant déjà disparu dans les Cornouailles, ils se sont installés avec Liz. Cela fonctionne bien. Rouse avait raison : l'entreprise a préféré l'argent à la vengeance. Et même si le mari d'Anne ne pourra peut-être jamais rembourser les soixante-dix mille livres, eh bien quoi ? C'est une bonne maison, avec de beaux meubles, et cela revient à payer un loyer.

MARY

À l'automne de sa vie, Mary a trouvé sa niche. Être la femme d'un homme bon, taraudé par la culpabilité à un point qui dépasse son propre entendement. Mais *elle* a compris, et parce qu'elle a compris, elle a aimé et a été heureuse.

RUTH

Qui se souvient de Ruth, sinon comme d'une abstraction ? Sinon comme la créature d'un cauchemar ancien ? Ce qui restait d'elle a été découpé et étudié par un médecin légiste, puis ce qui restait encore s'est envolé par la cheminée d'un crématorium. Ni fleurs ni couronnes, et pas de larmes, ce qui, en un sens, veut tout dire.

Pas de début, donc. Pas de milieu. Et certainement pas de jolie fin. Rien que la vie – un peu bonne, un peu mauvaise, pour l'essentiel très médiocre – mais c'est comme ça, et c'est comme ça que *c'était*.

Qu'avez-vous pensé de ce livre ?

Partagez votre avis sur vos réseaux sociaux
avec les # suivants :

#passionlecture
#1andelecture1018
#éditions1018

et tentez de remporter **1 an de lecture***.

Retrouvez-nous sur les réseaux sociaux
et découvrez tous nos conseils de lecture :

 editions1018    Editions 10-18   Editions 10/18

*voir modalités sur la page https://un-an-de-lecture-10-18.lisez.com/

Pour plus d'information :

#lisez!
engagé
www.lisez.com

Imprimé sur du papier issu de forêts gérées durablement.

10/18 – 92 avenue de France, 75013 PARIS

Imprimé en France par
CPI Bussière

N° d'impression : 2077183
Suite du premier tirage : mars 2024
X08188/02